角川春樹事務所

勾玉の巫女と乱世の覇王

【主な登場人物】

お南無様……宿儺村の古い祠に祭られた神。戦の世を終わらせるという。
真吉……宿儺村の村長の長男。小夜を愛し、護ろうとしている少年。
サヨ／小夜……神宮を目指して母と旅してきた少女。記憶を失っている。
壮介……分家の青年。家に代々伝わる闘技「とおの技」の使い手。
嘉平と多実……真吉の父親と母親。嘉平は宿儺村の長。
健吾……真吉の幼馴染。子どもたちの束ね役。
宗玄和尚……宿儺村から京都の寺へと上がった和尚。真吉の叔父。
名玄上人……京都大原に寺を持つ学識の深い高僧。

織田信長……戦国大名。天下静謐のため、上洛して足利義昭を擁立するが……。
木下藤吉郎……信長に使える新参の武将。後の豊臣秀吉。
誠仁親王……正親町天皇の嫡男。信長の献上金で元服。戦国の争いを憂う。
佐藤六左衛門……赤間関の大年寄。屋敷の離れを宿として提供している。
お冴……六左衛門の愛妾。豊前篠崎の海女。
裏部惟敦……神祇官に仕える公家。帝から託された古来よりの秘命を受け継ぐ。
蔵人／刑部／隼人／一木……裏部に使える家人。気の技と武芸の使い手たち。

目次

本書は書き下ろしです。

序章

……暗い。

彼はまだ目覚めていない。浮いては沈む夢うつつの中で、ふと言葉が浮かんだだけだ。目を開いたところで惣闇の中にいる。どのみち何も見えない。意識を外へ伸ばしてみる。

「お婆様あ」

芥子坊主の幼い童が、祠を拝んでいる老婆へ後ろから声をかける。

小高い丘の上である。まわりにそびえ立つ木々の青葉に朝日が煌めき、澄んだ空高くに鳥が飛んでいる。足元の草にはまだ露が結ばれている。

「おお真吉。驚いたのう、気付かなんだわ。ようここまでついて来れたな」

祖母は向き直り、孫の顔を覗き込みながら声をかける。

「これは何」

童は祖母が拝んでいた古い社を指差す。重石が載せられている板屋根は苔むしており、背の曲がった老婆と同じ高さしかない。

「昔から我が家で祀っておる神様の祠じゃ。御名をおなむ様と言う」
「お坊様が来たとき、なむあみだぶつとか言うけど、そのなむあみ様？」
「真吉は頭がええのう。南無阿弥陀仏とは違うが、その字を使うて昔から、お南無様と呼んどる」歯の抜けた口を開いて笑う。

何と、かような有様になっておるとは。あの威ある社はどうしたのだ。しかし入り海は変わらず見える。彼方の社は今どうなっておる。

回廊に囲まれた檜皮葺の社殿が、昇ったばかりの日の光を浴びている。常ならば静かなはずの境内は、騎馬武者でごったがえしている。三百騎を超えているだろう。郎党や従者も加わって、さしもの広い境内も息苦しいほどの人いきれである。その上、なおも騎馬で、あるいは徒で駆けつけてくる者たちがいる。そのたびに新たな土煙があがる。

馬の蹄の音、鎧の金具、草摺りどうしの当たる音、刀槍の触れあう音。それ以上に、武者どもが野太い声で交わす挨拶、遅れて駆けつけた家来が自分の主人を探す大声が耳を聾する。

「殿は――信長様はどちらにおられる」

たった今駆け込んできた騎馬武者が朋輩らしき男に尋ねる。

「戦勝祈願に本殿に昇られた」

そのとき境内奥、本殿の方から大音声が響いた。

「皆の衆、聞かれよ！」

一斉に視線が集まる。声の主は、逞しい体つきをした髭だらけの侍大将であった。回廊正面、祭文殿の前に立ち、境内の武者どもに向かって右手を上げている。

「殿のお下知じゃ。よっく承れ」

祭文殿から『殿』、織田上総介信長が出てきた。中背の体を鎧に固め、やや鉤鼻の細面であるが、切れ長の目に強い光を湛えている。後ろに甲冑姿の若い近習を従えている。

「願文を奉納し神託を仰いだ。勝ち戦さ間違いなしとのご託宣であった。必ずや今川勢を蹴散らしてくれるわ」

少し甲高い声で呼びかけた。武者どもの雄たけびが境内に轟く。

「まだ追いつかぬ者どももおるゆえ、今しばらく待て。その間に陣を調える。侍大将は拝礼の上、本陣の方へ参れ。他の者は再度、戦さ支度をあらためよ。藤吉郎！」

「ここに！」祭文殿の階段下に、筒袖姿の小男が駆け寄り平伏した。

「お指図通り、門前宿の者を叩き起こし、握り飯を調えさせております。おっつけここへ運んでくる手筈でございます」

「うむ、それでよい。腹ごしらえは肝心。遺漏なきように致せ」

信長は近習を引き連れ、境内東に設けた本陣に向かう。武者どもの間から、先ほどまでとは違う大きな喚声が起こった。

「殿、やりますぞ！」「上総介様、我らにお任せあれ」といった大声があちこちから上がる。

「熱田社へは願文を奉納しただけで、神託は頂いておりませぬが、よろしいので」

主が陣幕に入るなり、ついてきた近習が小声で尋ねた。

「構わぬ。勝てばご託宣通り。負ければ神罰が下って死んだというだけのこと」床几に座り、若武者を見上げる。

「どうした。怖いのか」

「何を仰せられます。この菅谷長頼、若輩ではございますが何度も戦さ場を踏んでおります。これは武者震いでございます」

「強がりは無用。何せ此度の相手は今川勢三万。今までの小競り合いとはわけが違う。まともにやって勝てる相手ではない。策はあるが——目指すは義元の首ひとつ、では策と言えるかも怪しい」主が薄く笑った。

「宿老どもは、今川は国境いへ楔を打ち込むだけとの見立てで、籠城を勧めおる」

「とはいえ、このまま今川勢を見過ごしておいては」

「むろんだ。ここで引いたら日を置かずして熱田津が取られる。さすれば今、境内で気勢を上げておる者どもも、掌を返すに躊躇すまい。何としても食い止めて押し戻さねばならん」

「分かっております。それゆえ拙者も、必ずや義元を」

「その意気は買うが無謀な真似は致すな。幼き頃より見知っておる者を犬死にさせとうはない。義元の進み具合は物見を送って探らせておる。なすべきことを果たしたのちは、天佑を信じて駆けるのみぞ」

……よき覚悟だ。

信長があたりを見回す。

「長頼。今、何か聞こえたか」

「は？　いや何も」

「低い声で……いや空耳か。さて侍大将どもがやって参る。陣立てにかかるぞ」

また戦さの世なのだな。あのときの北面の武士……。おぼろげな古い記憶が蘇る。それが思い出させたものへ意識を伸ばすが、見つからない。まどろみの中で彼は眉をひそめ、更に探る。

あたりは薄暗い。上から微かに光が射してくる。だがまわりの光景は妙にぼやけていて、焦点が定まらない。下は砂地である。すぐ左に大きな岩がそびえ立ち、ずっと上まで伸びている。その右隣にも、左ほどではないが高い岩がある。

両方の岩も砂も輪郭が小刻みに揺れ、そこを何かが横切っていく。魚だ。鱗が銀色に煌めき、宙に浮かんだまま通り過ぎて行く。

突然に気がつく。水の中なのだ。池か川か。どうしたことだ。混乱した意識は、やがて水の揺らめきに染まり、音のない水底で鎮まり、もとの暗い静かな世界へと戻っていった。

第一章　小夜

一

永禄十年（一五六七）八月。美濃国の主、斎藤龍興のいた稲葉山城を落とした織田信長は、余勢をかって北伊勢に出陣した。赤堀、楠城などを抜いたが、神戸氏の支城である高岡城で頑強な抵抗に遭うこととなる。

†

その村は南伊勢――北畠領内の山麓にあった。

どんよりとした雲が晩秋の空を覆っている昼下がり。数え十四の真吉は、久蔵の畑のまわりに誰もいないことを確かめて、人参を一本抜いた。

そこは村の東はずれで、久蔵の藁葺き家以外あたりに人家はない。畑で作られている人参は土のせいか、生でも甘い。秋になると悪童仲間四、五人で、こっそり抜いているのだが、今日は一人きりである。

近くの川で泥を洗い流した人参をかじりながら、何とはなしに、村の北境にある木橋まで足を延ばした。たもとに道祖神の石塚があり、北への道と、橋を渡って東へ行く道とが分岐している。塚の根元に座り込む。

俺はなんで村の長の家なんかに生まれたんだ。昨日の父の言葉が蘇り、溜息をつく。

――お前も年が明けたら若衆組に入る齢になる。長の血筋の者として、将来どうするか決めねばならん。長を継ぎたいなら、もっとしっかり手習いをせい。怠ってばかりで習う気がないんなら、壮介の下で修行して『とおの技』を身につけろ。どっちにするか、年明けまでに決めとくんやぞ。

手習いは苦手だ。じっと座ってること自体好きではない。弟の良太の方がよほど向いている。とおの技がどんなものかは、よく知らないが、村の目となって、まわりで何が起こっているか遠くまで探りに行くための技だと聞いた。そちらの方がまだ性に合っている気がするものの、修行は大変そうだ。

壮介は長の分家の息子だが、村の子らにとっては、二十代も半ば過ぎたのに独り身の『変わり者』である。噂では毎夕、山の中で技の鍛錬を続けていて、年に一度は熊野まで足を延ばして修行しているという。長の血筋でも、この技を身につけているのは、もう彼一人だけなのだ。

だが、今まで平穏だったこの辺りも物騒になってきている。東への道では追剝ぎが出たというし、南の山を越えた志摩では、海賊どうしの争いが起こっているという話だ。その上、北の桑名には織田とかいう大名が攻めてきた。長である父としては、とおの技を使える者が増えて欲しいと思っているようだ。

けど、そんなら――と真吉は思う。

　まわりの村ともっと仲良くして、万一に備えたらよさそうなものだが、相変わらず一緒の祭礼もしないし、寄合いもない。惣名主様の呼び出しに顔を出すくらいである。だから、たまに大人にくっついて市へ行き、よその子らに出会っても、「何や、スクナ村の者か」と胡散臭げな顔をされてしまう。

　そんな具合だから、新しく村人になる者といえば外からの嫁入りくらいだが、それも稀にしかない。親の許しをもらうのが大変で、それに真吉の父――長の許しもいる。昔からの掟だと言うが、本当に息が詰まりそうだ。

　座ったまま思い悩んでいた真吉は、北から歩いてくる三人連れに気付いた。それは大人の男女と幼い女の子という珍しい組合せの旅人で、このあたりの者ではなかった。思わずしげしげと眺めてしまう。

　先頭は、頭を手拭で縛った背の高い男で、四角い荷を天秤棒の前後にぶら下げている。格好からすると従者だろう。太い眉に顎の張った顔をして、逞しい腕が茶色の筒袖からのぞいている。

　後ろの一人は、市女笠をかぶり萌黄色の小袖に旅の打掛けをまとっている女だった。足には脚絆を巻き、しっかりした旅拵えである。長い黒髪を後ろで束ね、白いうりざね顔に紅をさしたその女は、真吉の目にも、村の女とは全く違って見えた。右手に杖を持って歩きながら、左を歩く女童へ頻りに目をやっている。

その子は少し丸顔だが色白で、黒目がちの目元が女の人と似ている。母娘なのだろう。小さな鉢笠をかぶり、薄桃色の着物を着て、同じように杖を握っている。彼より二つ三つ小さいように見えた。母親でなくとも、ちゃんと歩けているか気になるところだ。

初めは単に、この齢で長旅だとしたら辛いだろうと思った真吉だったが、すぐにその子から目が離せなくなった。虚ろな、心をどこかに取り落としてきたような表情なのだ。宙を見てるような、何も見てないような目つき――。

ずっと近づいてきたところで、女の子はようやく彼に気付いたらしい。その眼差しが変わった。空っぽだった黒目の、ずっと奥の方から何かが浮かびあがってきた。

タスケテ……。

一瞬にして体が強張る。どうした。何があった。

だが相手は覚束なげに目を逸らしてしまった。それでも真吉は視線をはずせない。人参を握る掌が汗ばむ。

一行は道祖神の傍らで止まり、大男が尋ねてきた。

「坊主。神宮へは、この道でよいのか」

「違う。この先はスクナ村だ。外宮のある山田へは、右の橋を渡って行くんだ」

男の目が、塚の側面に浅く刻まれた文字を捉える。『宿儺』と読めた。これでスクナと呼ぶようである。

「どれぐらいかかる」

「俺の足で夕暮れ前には着く」

女童の方を、ちらちら見ながら答える。

「イヨ様、道を間違えたようです。あのまま街道を行った方が早かったです」

「そうですか……妙ですね」

訝しげな女の瞳が真吉に注がれた。なぜか一瞬、息が詰まる。

「仕方ありません。日のあるうちに着くなら戻るより良いでしょう。このまま参りましょう。サヨ、大丈夫ですか」

女は案じ顔で傍らの子に尋ねた。サヨは視線を前方に据えたまま、女の顔を見ることなく頷いた。虚ろな表情は変わらない。イヨが溜息をついたように見えた。

大男は天秤棒を肩の上で揺すると、木橋に足を向けた。二人が続く。橋を渡って行く途中でサヨが振り返り、目を泳がせた。また彼の視線と絡まる。

イヤダ……タスケテ……。

気のせいじゃなかった！　真吉は思わず立ち上がった。だが女童は前へ向き直り、三人連れはそのまま東へ歩いて行った。

しかし彼の胸には、耳には聞こえなかった訴えが刻まれた。

どうしよう……。けど、あの女の人は優しげだった。やっぱり母親なんじゃないだろうか。それなのに助けを求めるなんて、どういうことだ。優しそうな素振りは、ただの見せかけなのか。それに本当に困ったことがあるなら、なぜ逃げないんだ。いや、あんな童では、すぐに捕まってしまう。だから救いを求めたんじゃないのか。でも俺に何ができる。大人を呼んでくるか。呼ぶにしても何て言うんだ。

そこで真吉は、はたと困ってしまった。

あの子は何も喋ってない。俺が聞こえたと思っただけだ。実のところは目が合っただけだ。言ったところで誰も相手にしてくれないだろう。それに……。

彼はこの村の、外との付き合い方を思い出した。そもそもよそ者とは関わらないようにしている。言うだけ無駄だ。

東への道は野原に続いており、今は秋なので背の高い草が密生している。三人連れはその草地の中へと見えなくなっていた。

再び塚の根元に座り込む。でも……。

真吉の思案は堂々巡りするだけで、全くまとまらない。彼らの姿が消え、だいぶ経ってから、はっと思い出す。追剝ぎ！

盗人が出るから東の道へは近づいてはならないと言われてた。立ち上がって人参を放り投げると、大急ぎで三人連れの後を追う。この道は通らない方がいい。それだけでも言うべきだった。

橋を渡り野原に入る。そのまま駆け続け、もうすぐ草地を抜けるあたりで、苛立った怒鳴り声が聞こえてきた。

「さっさと身ぐるみ脱いで置いて行けと言ってるんだ！」

背の高い草は彼を完全に覆い隠している。音を立てないよう、そっと窺う。

草地を抜けると雑木林があり、間が小さな空地になっている。そこにあの三人連れがいて、前後に抜身を持った二人の男が立っていた。盗人の待ち伏せに遭ったのだ。

女二人の笠に杖、それと大男の担いでいた荷物は道の脇に置かれている。おそらく、ここで一息入れたのだろう。追剝ぎどもは、そういう場所が分かっていて待ち構えていたのだ。

二人の盗人は共に、蓬髪を後ろで束ねている。黒く日に焼けた顔は髭だらけである。薄汚れた小袖に傷だらけの胴丸を着け、裾は腰の帯にからげている。前の方——林に近い男だけ、脛当てをつけている。後ろの盗人の頬には刀傷がある。

「いいから黙って通せ。痛い目を見ることになるぞ」

大男の従者が落ち着いた口調で言った。担いでいた天秤棒を左手で地面に立て、仁王立ちになっている。

女二人は従者の背後、少し離れた所に立っている。青い顔のイヨは右手で懐剣を構え、後ろに女童を庇っている。サヨも強張った顔で目の前の光景を見ている。

「何を抜かす！　これでも喰らえ」

脛当ての男が踏み込みながら、刀を袈裟懸けに振り下ろしてきた。慣れた動作だった。

大男は立てていた棒を軽く手首を捻って振り上げ、先端を突き出した。それだけで棒の先は目にも止まらない速さとなって、胴丸の真ん中を突いた。

「ぐえっ！」盗人は宙へ浮き、そのまま後ろへもんどりうった。

一人倒した男は、素早く棒の反対端を後ろへ突き出す。前の盗人が踏み込むと同時に、後ろで刀を振り上げた賊はたたらを踏み、目を見張ったまま固まった。

「どうする。まだやるか」

水平に棒を構えた大男は平静な口調で言うと、前後に目をやった。

真吉は目の前で繰り広げられた一瞬の闘いに驚いた。あの男はただの従者ではなかった。少なくとも棒術の心得がある。この三人連れは何者なんだ。

倒された盗人が刀を杖がわりに、ふらつきながら立ち上がると再び構えた。後ろの盗人は二、三歩下がり、今度は刀を突き出すように構え直した。刀傷の顔が引きつっている。

大男はちょっと意外そうな顔をしたが、軽く腰を落とし、前後どちらへも踏み込める構えで棒を握り直した。

刀傷の盗人が刀を突き出しながら突進する。大男は素早く後ろへ向き直り、下から棒を振る。その寸前、真吉は左の草むらの陰から弓を構えている三人目の盗人がいることに気付いた。

「危ない！」

真吉は思わず叫んだ。それがまずかった。矢が放たれる。

大男は突っ込んできた盗人の刀を払い上げ、そのまま棒を首元へ振るう。そいつが鈍い音を立てて吹き飛ぶ。その一連の動作の中で、彼は突然の叫び声の方角――真吉の方へ目をやった。それが隙となった。

もし叫び声がなければ、従者は飛来する矢をも避けるか、少なくとも急所を外せただろう。だが声に気を取られたため、矢には対応できなかった。首に矢が突き通る。

ガクンと大男の動きが止まった。首から血が噴き出す。

彼は信じられないという顔をして自分の血を眺め、矢の飛んできた方向に視線をやり、そして女たちの方へ向き直ろうとして、その場に崩れ落ちた。体が痙攣し、手から棒が転がり落ちる。

真吉は自分がとんでもないことをしでかしたのが分かった。頭の中が真っ白になり何も考えられない。逃げなければ、ということさえ思い浮かばなかった。

我に返ったとき、矢を放った盗人が目の前にいて、彼の右腕を捕まえた。そのまま背後に回り、首を絞め上げる。息が詰まり足が半分宙に浮く。

「おい！　どんな具合だ」

女たちに刀を向けている脛当ての賊に向かって尋ねる。真っ青な顔をした女たちは棒立ちだ。

「お頭、あいつはだめです。首を折られてます」

刀傷の男は、変な方向を向いて倒れたまま動かない。

「仕方ねえ。また別の奴を探すさ」

お頭は背後から真吉の首を絞めたまま、女たちの方へ向き直った。イヨは蒼白な顔をして、それでも女童を庇いながら、右手に持った懐剣を突き出している。先端が震えていた。

お頭は弓矢を残したまま、真吉を引きずって二人に近づく。真吉は逃れようとするが、右腕を封じながら首を絞めつける盗人の力は強く、息が苦しくて力が入らない。叫ぶこともできない。恐ろしさに涙を流しながら懸命にもがく。

「とんだ手間をとらせやがって。どこの何者だ」

女は睨んだまま答えない。

「着物をいただくだけじゃあ収まらねえ。裸にひん剝いて一晩中、泣き喚かせてから売り飛ばしてやるぜ。この女はいい銭になりそうだ」

イヨの右手が更に大きく震える。

「娘の方はどうします」

脛当ての盗人が、刀で二人の動きを封じたまま尋ねた。サヨは女の背後に隠れたまま、大きく目を見開いている。

「うーん。もう少し大きければ売れると思うが……。こっちのガキもろとも死んでもらおう」

その言葉に、手下は思わずそちらを向いて頷きかけた。その一瞬を見逃さず、イヨは素早く踏み込み、右手首に切りつけた。小太刀の技だ。賊が喚いて飛びのく。手首から血が飛び散った。その顔が紅潮する。まさかこんな女に刀が使えるはずはないと油断していた自分への怒りと、女に斬られたという恥辱とで男は我を失った。刀を振りかぶる。

お頭が怒鳴ったが、もう遅かった。振り下ろされた刃は懐剣を弾き飛ばし、左肩から胸まで袈裟懸けにした。血しぶきが舞い上がる。イヨの口が開いたが声は出ず、その場に倒れ伏す。

背後のサヨが露わになる。彼女は目の前で女が斬り殺される一部始終を見ていた。イヨがそのまま動かなくなると、ふっと目の焦点が消え、手足の力が抜けて仰向けに倒れた。気を失ったのだ。草むらがその体を受け止める。

「馬鹿野郎！　着物まで台無しだ」

お頭が怒鳴り続ける。手下の男は血まみれの刀を握り、茫然と突っ立っている。

「仕方ねえ。娘だけでも人買いに売り飛ばそう。女の童が好きな長者もいるっていうからな」

うなだれていた盗人が、ほっとしたように頷いた。

「だがこっちのガキは用無しだ」お頭は、左手だけで器用に腰刀を抜いた。

「このへんの小僧のようだが、お前のおかげで手間が減ったぜ」

刃先を首に当てる。

「礼を言っとくぜ。成仏してくれや」

左手に力がこもり、真吉は目をつぶった。

風を切って礫(つぶて)が飛んできた。それは過たず腰刀を握っている手に当たった。お頭が声にならない叫びを上げて刀を放り出す。

真吉は盗人の腕の中から逃れ出た。

数歩走った所で、こっちを向いて立っている壮介に気付いた。鼻筋の通った、優男とも言えそうな若者は、真吉の頭越しに、賊たちを険しい目つきで睨み付けている。

「な、なんだ、てめえは！」

お頭は落とした腰刀を拾おうとしながら喚いた。

壮介の体が跳ねた。真吉の横を走り抜け、一気に迫る。

刀を拾っていては間に合わない。盗人は迫ってきた若者に向かって右拳(みぎこぶし)を振るった。

壮介は右手刀で拳を下へ叩(たた)き落とし、同時に跳躍しながら体を左に捻る。勢いをそのまま乗せた右膝が、相手の左耳の下へめり込む。

枯枝が折れるような乾いた音が響き、お頭は横ざまに倒れた。

若者は空中で回転して柔らかく下り立つと、残る盗人めがけて走った。慌てた相手は血まみれの刀を振り上げ、さっきと同じように袈裟懸けに斬ろうとした。だが重い刀を持ち上げていては、壮介の速さについていけない。

振り下ろされる白刃より早く、盗人の懐に飛び込む。まっすぐ突き出された壮介の指先が、相手の首根に深々と食い込んだ。最後の賊も地面へと叩きつけられた。壮介はその勢いで前へ転がると、向き直りながら両足で立つ。

ほんの数瞬の間に、二人の盗人が斃されていた。

動かないままの追剝ぎに歩み寄ると、屈みこんで首に手を当てる。脈がないのを確かめ、静かに息を吐いて立ち上がった。

何が起こったのか分からず、棒立ちのままの真吉に壮介が近づく。口を開こうとした真吉の左頰に平手打ちが飛んだ。

「東の道には近づくなと言われてただろ！」

「ご、ごめん……」

「まあ何かわけがあったんやろうとは思うが」倒れている大男と女二人を見やる。

「話は後回しだ。村へ戻るぞ。皆を呼んで後始末をせにゃならん」

真吉を引きずるようにして村へ駆け戻る。

走りながら真吉は振り返った。大男が、首に矢を突き立てたまま倒れている。イヨと呼ばれた女は、あの美しかった着物を赤く染めて地に伏している。そして女童は——サヨだけは仰向けに、静かに眠っているように見えた。

その夜、長の屋敷に、村の主立った者たちが集まった。真吉は寄合いが行われる広座敷の真ん中に座らされ、何度目かの同じ話をさせられた。父が――嘉平が口を開く。

「要するに旅の者が追剝ぎに殺されたということだ。真吉は、道を変えるよう言うため追いかけたが、間に合わんかった」

息子と同じく広めの額をしているが、しっかりと結ばれた口元から、言葉を選ぶように話す。

「殺された旅の者が誰か、分かったんですか」

壮介が尋ねた。昼間、二人も殺した人間とは思えない落ち着いた口調である。一方で真吉は、そのときの光景を思い出して、目を合わせられずにいた。村の、そのへんの男と変わらない体つきなのに……。

「いや、役立ちそうなものは何もなく、皆目分からん。明日、改めてお役人が来て検分してもらうことになっとる。死骸は五つとも、久蔵の納屋に入れた。生き残った童は、とりあえずこの家に運び込んで、婆様の部屋に寝かせとる」

長の視線が、座敷の隅で背中を丸めて座っている久蔵に向いた。

「世話になったの。おかげで真吉が助かったわ」

「いやあ。坊が、心ここにあらずと村はずれの方へ歩いてってたもんで気になって。壮介さんに行ってもろたんです」

真吉は驚いた。壮介が来たのはたまたまではなく、そういう事情だったのか。しかも久蔵は、真吉が勝手に人参を抜いて、村境いに向かったのを見ていたのだ。まわりに誰もいないのを確かめたはずなのに……。

そっと久蔵の顔を見やる。眠たげな半分閉じたような目、色黒の痩せた頬。見慣れたいつもの顔だ。

真吉の脳裏で閃いた。東はずれの畑——そこは村へ入ってくる者が必ず最初に通る所。彼はよそ者の見張り番なのだ！　家の中からでも、気取られず見張れるようになっているに違いない。

久蔵が見返してきて、慌てて視線をはずす。

「話を合わせとかないかん。壮介が東の道へ見回りに行ったら、五人も死んどるのを見つけたということかのう」

分家の主——喜助が一同に投げ掛けた。嘉平より少し年嵩であるが、息子の壮介とは全く似ておらず、狭い額にも眉間にも皺が何本も寄っている。細かいことが気になる性分で、悪童たちはよく叱られていた。

「それでええじゃろ。盗人どもの傷も、首を折られたり喉を突かれたりや。あのでかい男の棒で、皆やられたいうことじゃ」

「けどそうすると、大男の方は誰にやられたんかいの」

「盗人がもう一人おって、そいつが矢で殺して生き残り、銭を奪って逃げたんや。となると、金目のものは隠さないかんな」

「生き残った童が違うことを言い出しても、目の前で親が殺されたんやから、何が起こったか正しく覚えておらんでも不思議はない。壮介のことも見とらんし、問題ないやろ」

「あの女の人は本当に母親やったんか」

真吉は思わず尋ねた。大人たちが一斉に彼を見る。

「確かにそうとは限らん。親子かどうか、わしらは知らんと言っておくべきやろな」

「そうか、その童に聞いたら、どこの者か分かるやないか。正気づいたんか」

喜助が、この場に二人だけいる女――真吉の母と婆様に尋ねた。

「ええ。でも、ちょっと困ったことがあるんよ」

母の多実(たみ)が答えた。嘉平と対照的に優しげな顔つきをしており、真吉の口元は母似である。

「何も覚えとらんのよ」

「今日のことを？　やっぱり殺されたのは母親で、だから」

「いえ真吉、そうやなくて。サヨという自分の名も、どこの者なのか、何しにここまで来たのかも覚えとらんのよ」

全員が黙り込んだ。

真吉も困惑した。彼は、女の子と目が合ったとき『聞こえた』ことは、誰にも話していなかった。そんな話をしても信じてもらえるとは思えず、自分が何か嘘(うそ)をついているのではないかと疑われるのも面倒だったからだ。どのみち、あの子が目を覚ませば、はっきりすることだった。だがこうなると……。

「弱ったのお。となると、その童はどないする。お役人に言うても面倒がられるだけやぞ」

「五人も死人が出た追剝ぎの生き証人やから、しばらくは無下にはせんじゃろうけど、一年もして埒があかねば、どっかへ奉公に行かせるかして、体よく追い出すんじゃろうな」

「それでも親なし子では、行く末は遊び女に堕ちるくらいか」

一同の会話は真吉の心へ突き刺さった。

タスケテ……。俺は助けてやれなかった。それどころか、俺のせいであの大男が殺され、そのせいで女の人も。全部俺のせいだ。何とかしてやれないのか。

「かわいそうや。大きくなるまで育ててやろう」

真吉は俯いたまま、一息にそう言った。大人たちが啞然としたのが分かった。

「何を言うとる。誰が育てる。その銭はどないする」

喜助が、とげとげしい口調で吐き捨てた。

「銭は、女の人が持ってたのを使わせてもらう。それでも足りなければ」彼は父の方へ向き直り、両手をついて額を床に擦りつけた。

「あの男の人も女の人も俺のせいで死んだ。お願いだ！　残されたあの子を助けてやってくれ」

座敷が静まり返った。しばらくして嘉平が応じる。

「お前の気持ちは分かる。けど、悪いのは盗人であって、決してお前やない。それに知っとるやろうが、この村によそ者を入れることはできん。これは昔からずっと続いとる掟なのだ」

「そんなら、あの子を俺の嫁にする！」真吉が顔を上げて言い切った。

「その掟は知っとる。けど、嫁にするならよそ者でもいいはずだ」

　長が絶句した。

「わっははは。これは一本取られたのう、嘉平」それまで一言も発していなかった婆様が、笑いながら息子の名を呼ぶ。

「真吉の願いを聞いてやれ。ここであの子を放り出したら、こいつには一生、悔いが残るじゃろう。育ててやったらええ。女童ひとりくらい何とでもなるじゃろうし、そのうち少しずつ思い出すかもしれん。とはいえ」床に手をついたままの孫に視線を向ける。

「嫁にするかどうかは先のことじゃのう。もっとあの子が大きゅうなって、お前が本当にあの子を気に入ったら、な」

「ありがとう、お婆様！」

　真吉はもう一度、額を床に擦りつけた。

　このあとサヨという名には、とりあえず多実が選んだ『小夜』という字を当てることも決められた。

†

その公家屋敷は上京の北にあり、平安京創建当初の内裏から見て、鬼門の方角に当たっていた。それが意図的なものだったのかは分からない。敷地自体は平安京の一般官人並みの十丈（約三十メートル）四方と広くはないが、家屋はその境界いっぱいまで建てられており、敷地に対して不相応に大きい。

夜陰に沈むその建家の輪郭を、眉の形をした朧月が、辛うじて浮かび上がらせている。

「……既に消えておるか」

屋敷の主である公家――裏部惟敦が、主殿の屋根に設けた天文観象の楼台上で唸った。楼台と言っても、七尺（約二メートル）四方ほどの板敷きと竹の手すりだけの、ささやかなものである。

「何かご不審でも」

小道服姿の主の足元に、侍身分の家人――青侍とも称される家僕が、手燭を持ってうずくまっていた。頭に小さな白髷を結っている。

「昼間、南東より妖しき気を感じてな。今時分なら判然とするかと思うたのだが」

その方角に鋭い眼差しを向けたまま、首を捻る。烏帽子から覗く髪には白いものが混じるが、背筋の伸びた姿勢で彼方を窺っている。塀の向こうの家々は既に静まり返っていて、虫の音が聞こえるばかりである。

「蔵人は今、堺であったかな？」

「は。京から運ぶ丁銀の警護を頼まれ、刑部と共に出かけております。隼人ならおりますが」

「いや、よい。蔵人であれば、あるいは何か感じ取ったかとも思うたが、儂の誤りかもしれぬ。では下りるか、一木」

「先だっても同じようなことがございましたな」背後の階段に向かいかけた老侍が、丸めた背のまま呟く。

「もっとも、あのときは西北。方位が方位ゆえ驚きましたが」

この頃、西北は怨霊の来る方角とされ、鬼門より怖れられていた。

「左様であったな。彼方此方が気になるとは、儂も老いたかのう」

笑い飛ばして見せた惟敦だったが、内心どきりとした。双方の気が、まさに同じ類のものだったことに思い至ったのだ。

もしや、あちこちで妖しのものが。それとも西北の地から南東へ移ったのか……。惟敦は階段を降りながら、改めて闇の向こうに一瞥を投げた。

†

「聞いたぞ。お前、許嫁ができたんやってなあ」

小夜が宿儺村に現れた翌日。真吉が、村の子らが遊び場にしている河原へ行くと、健吾が笑いながら彼の顔を覗きこんできた。幼馴染の健吾は、他の童より頭半分以上大きく、この春から子らの束ね役になっていた。

こいつもか――。真吉はうんざりして素知らぬ顔をした。

よそ者の親無し子を嫁にすると、彼が寄合で宣言したことは、昨夜のうちに村中に広まっていた。さすがに詳しい経緯までは隠されており、盗人に連れを殺された女童を壮介が見つけ、とりあえず長が引き取ったその子を、真吉が一目で気に入ったという話になっていた。

だが村人にはそれだけで充分で、真吉が道を歩いていれば、出会った年寄りがじろじろ見るし、すれ違った女たちが背後で何やらおかしそうにささやきあう。

あんなこと言うんじゃなかった。彼は早くも後悔していた。

今朝早く、真吉は改めて小夜に会っていた。目が覚めたと、母が真吉と良太を起こしに来たのだ。

少女は、婆様の部屋の布団の上で膝(ひざ)を揃(そろ)えて座ったまま、ここがどこか、なぜ自分がここにいるのか戸惑っているようだった。

小夜が身につけていた着物は枕元に置かれていて、代わりに洗いざらしの寝間着姿である。母がどこからか借りてきたのだろう。だが行儀よく背筋を伸ばして正座している姿は、村の女の子とは明らかに違って見えた。

「小夜ちゃん、かか様の名、思い出せた？」

多実の問いかけにかぶりを振る。

真吉は複雑な気分だった。小夜は不安そうだったが、あの暗い虚ろな目ではない。昨日、何があったかだけではなく、今まで起こったことも全部、覚えていないのだろう。

「イヨさんって言うらしいんよ。どっから来たか思い出せる？」

やはり困ったようにかぶりを振る。

「そう、やっぱり分からんのね。でも慌てなくてええんよ。何か思い出せるまで、この家の子やと思って暮らしてもろたらええわ。それと」

母が笑みを含んで、真吉の方へ顔を向けた。

「これが真吉。あなたの許婿(いいなずけ)」

彼は座ったまま硬直した。弟の良太は啞然として今朝、初めて見る女の子と兄の顔を交互に見ている。

「……母さん」

「こういうことは最初にはっきりさせといた方がええんよ。さあ、ご挨拶(あいさつ)して」

多実が澄まして二人に言った。

真吉は固まったまま何も言えない。少女は驚いたようだったが、やがてにっこり笑うと、彼に向かって両手をつき頭を下げた。

「小夜と言います。よろしくお願いします」

どう答えていいか、やはり分からなかった。

そして今度はこれだ——。

「なあ、どうなんや」

健吾がしつこく繰り返し、真吉は睨み返した。

「お前には関係ないやろ」

「ん？　じゃあ本当なんやな」

健吾がなぜか真剣な顔で念を押してきた。いつものように遊び場に集まった子らが二人を囲んでいる。大きな子も小さい子もいる。弟の良太も交じっている。

「だったら何だ！」

「だったら……お前、千枝のことはどうするんや」

健吾が意外な言葉を発した。

「千枝？」

一つ年下の千枝は、ひょろ長い手足をした気の強い女の子だった。もう男の子と遊ぶような齢でもないが、お転婆で、まだ一緒に村じゅうを駆け回っている。

まわりを見回すと千枝と目が合った。真吉を見つめている。

「そうや。あいつはお前のことが」

千枝が足元の枯枝を摑み上げた。いきなり振りかぶると、健吾に向かって叩きつけた。

「痛てて！　何するんや。俺はお前のために」

千枝は何も言わず、自分よりずっと大きな男の子に、枝を何度も激しく振り下ろす。

「やめろや。何で俺を」

健吾は腕で庇ったまま後ろへ下がる。真吉は、突然始まった光景を目を丸くして見ていた。はっと気付く。

「千枝、お前」

彼女は枝を振り回すのをやめた。そのまま首だけ向けて来たが、枝を捨てて走り去った。

だが真吉は、千枝の目から涙がこぼれ落ちるのを見てとっていた。

「知らんかった。千枝が……そんな」

「仕方ねえか。お前はガキだからな」同い齢の健吾が、後ろから声をかけてくる。

「そういうわけやから、女を二人も泣かすような真似すんなよ」

大人の口真似だ。そう思ったが言い返せなかった。

千枝はそれっきり戻ってこなかった。


「あのう、何てお呼びしたら……」

同じ頃、多実に言われて、屋敷の裏にある井戸端で野菜を洗う手伝いをしていた小夜が、口ごもりながら尋ねた。昔、多実が使っていたのを縫い縮めた藍色の野良着を着ている。

「あ、そうやね。まだ本当の許嫁というわけでもなし」

一緒に洗い物をしていた多実が、目を細めながら言った。彼女は、昨日の詳しい経緯を聞かせるのはまだ早いと思っていた。少女にとって恐ろしい経験だったのだ。それに多実が直接見聞きしたわけでもない。そこでとりあえず、村に広まっている程度の話だけして、仮の許嫁になったのだと説明していた。

「本当のかか様は別におるんやし……。そう、『多実かか様』とでも呼んで。同じように『嘉平とと様』やね」

「はい！　多実かか様」

小夜が嬉しそうに応じた。

「じゃあ、今度は台所を手伝って」

竈のある土間に入ると、調理台から包丁を取り上げて振り向いた。

「どう？　今までに使ったことありそう？」

その姿を見た小夜が硬直した。大きく目を見張り、息が詰まる。血の気を失った顔で、何かを言おうとして口を開いたが、言葉が出てこない。両膝がはたから見えるほど震え始めた。

「あ……あ……」呻き声が漏れ出る。

多実は急いで包丁を置くと、駆け寄り両手を差し伸べた。頭を胸の中へ包み込む。

「大丈夫、大丈夫よ！　ここには怖いもんは何もない！」

そのまま、じっと抱き続ける。多実の温もりが伝わるにつれ、呻き声が収まっていった。

「ご、ごめんなさい、多実かか様。何だか急に……」

小夜の涙声がした。

「ええのよ。気にせんでええ。きっと何か、とっても辛いことがあったんやね。ゆっくり、できることからやったらええんよ」

二

九月に北伊勢で国衆らの頑強な抵抗に遭った信長は、武田信玄の動きへの懸念もあって兵を返した。そのまま美濃の稲葉山城へ入り、城下町の井ノ口を含め、一帯を岐阜と改めた。

だが美濃尾張二か国の主となった信長にとって、その城はもはや粗末すぎた。急遽修築した山上の城館で用談や指図をしながら、麓に豪奢な館――後に御殿とも称される居館を新たに建てた。規模の大きさゆえに周辺の普請はまだ続いているが、師走に入り、山上への道に雪が降り積もってからは、その館を使っている。

「貞勝。その書状だが」

御殿奥の座敷で、信長が右筆役の村井貞勝に尋ねた。一回り以上も年上の村井は、見るからに謹厳実直な雰囲気を漂わせている。

「十一月九日付の勧修寺晴豊様から……帝の綸旨にございますな。これが何か」

「前に聞いたところでは、美濃攻略を嘉してますます勝ち進むようともあるが、美濃の朝廷旧領を返すようにというのが眼目、と申したな」

「もって回った書き方ではございますが、そこが肝かと」

「早速の無心に驚き入ったが、それに加えて此度はこれか」

主が、説明を受けたばかりの文に改めて目をやった。その書状は公卿の万里小路惟房からのもので、正親町天皇の皇子である誠仁の元服や、御所修理への助力を求めていた。

「さすがに驚くの。次から次だ。朝廷はかくも困窮しておるのか」

「今、京を押さえております三好や松永などは、帝への馳走は、とんとしておらぬようで、内裏は築地塀もなく竹垣で間に合わせている有様だとか」

「なんと。それゆえ元服の費えまで献上してくれというわけか。して、この誠仁とやらは何者だ」

「確かめましたところ、立太子礼はまだでございますが、唯一の皇子で次の帝となるべきお方とか」

「ほお。それでは無下にできんな。よかろう、二つとも承知の旨、返答しておけ」

「畏まりました。では早速に」

「これでは田舎侍や百姓どもが自儘に致すのも無理はない。公儀はおろか、朝廷をも粗略にしておる奴ばらを早々に追い出し、世の筋目を正さねばならん」

苛々した様子で立ち上がり、座敷を歩き回る。

「そのためには上洛だ。色々手配りしておるが、まずは伊勢攻めか。一益から何か来ておるか」

「少しお待ちください——。八月のご出陣で新たに二郡を平らげたことへの御礼と、国衆へ調略を進めているが、神戸、長野などは備えを固めているとのご報告までにございます」

「ふむ。あれは試みに仕掛けたまでだ。次が肝心だが、格別の動きはないということだな。とはいえ、南の北畠がどうしておるかも気になる。詳しく知らせるよう申しつけよ」

「では、それにつきましても直ちに」

貞勝は、美濃遺臣から取り立てられ傍らに控えていた武井夕庵に、滝川一益への書状を書くよう頼んだ。自分は万里小路への返答に取りかかる。夕庵も、貞勝ほどではないが主よりずっと年嵩である。二つの白髪混じりの頭が並んで文机に向かい、一心に筆を走らせる。

信長は腰を下ろすと手元の器から、さ湯を飲んだ。手炙りしかない部屋であるが、寒さを感じている様子は全くない。

貞勝は、信長が少し落ち着いたのを見計らって、前々からの疑問を尋ねてみた。

「伊勢とは別段支障なく商いしておりますのに、敢えて滝川様を送られましたのは、長島の一向衆を攻める布石にございますか」

「何を言う。あれは所詮、百姓どもの一揆に過ぎん。いずれ本腰を入れれば一息に揉み潰せるわ」

信長が長島、本願寺らの一向衆と苦闘を続けることになるのは、まだ先のことである。

「上洛のためだ。浅井とは話がついて、妹の市を嫁にやることになった。六角は残っておるが、これで近江路は押さえた。しかし何が起こるやもしれん。もう一つ、京まで往来できる道が欲しい」

「それが、北伊勢から鈴鹿越えの道というわけですか」

主の周到さに驚く。

「それでは滝川様への書状でございますが、北伊勢の国衆どもは、いずれ打ち平らげる所存とのことでよろしゅうございますか」

筆を執っていた武井夕庵が念押ししてきた。

「いや待て。先ほど申した通り、京への道を押さえるためのものだ。無闇に殺してどうする。いらぬ遺恨を残さぬよう、こちらが望む通りの和睦に応じるならそれでもよい。世人の聞こえもあるしの。向こうの出方次第だ」

風の音が激しさを増している。降り続いていた雪は吹雪に変わりつつあるようだった。

ときに信長三十四歳である。

†

小夜は包丁に触われないだけでなく、竈の火も苦手なのが分かり、屋敷内や庭の掃除、それに水汲みを担うことになった。もちろん田畑が忙しくなればそちらも手伝わせることになるだろうが、当分は多実に付いて家の用事をやらせる。

とはいえ、秋はたちまちに過ぎ去って、もう冬である。寒い早朝から起きて、凍えそうな手で水を汲むのは楽ではない。家の裏にあるのは釣瓶井戸ではなく、竹竿の先に水桶をぶらさげ、それを井戸の中に下ろして水を汲む。

桶いっぱいに満たすと小夜には重すぎて引き上げられないので、七、八分程度で汲まねばならず、回数も多くなる。桶の水は、台所の内と外に一つずつ置いた大甕まで運んで移す。小夜の背では足りないので、厚みのある石を踏み台として置いてもらったが、それでも伸び上がるようにして重い桶を持ち上げ、水を移さなくてはならない。

他にも戸外での大根干しや洗い物など、言われたことは何でもやっていた。寒風に晒されながらの水仕事や拭き掃除で、小夜の白い手は、たちまちあかぎれだらけになり血が滲んだ。とはいえ虐待されているわけではない。村の子らにとっては当然の手伝い仕事なのだ。真吉兄弟も冬に備えて、山での枯枝集めや薪割り、藁仕事をこなしている。

ただ小夜としては、囲炉裏端での朝餉や夕餉のとき、向かいに座る真吉に荒れてしまった手をちらちら見られるのが、少し恥ずかしかった。そもそも、多実や婆様とは手伝いをしながら何かと話すようになっていたが、真吉はむしろ彼女を避けているかのようで、あまり言葉を交わす機会もないまま過ぎていたのだ。

ある朝、小夜は自分がすっかり寝過ごしたことに気付いた。

毎朝一番に隣の部屋の多実が起き出して台所へ向かう音で目が覚めるのだが、その日はなぜか聞き逃したのだ。横で眠る婆様を起こさないよう大急ぎで身支度して濡れ縁に出た。朝靄がかかり、羽織った厚手の袖無し越しに冷気が食い込んでくる。素足で踏む縁板も氷のような冷たさだった。

濡れ縁の沓脱ぎで藁草履を履き庭に降りる。白い息を吐きながら井戸へ急いだ。踏み潰される霜柱がさくさくと音を立て、むき出しの足先がたちまち赤くかじかんでくる。台所の横を小走りで通り過ぎる時、多実のまな板の音が聞こえた。

井戸に辿り着き、息せききったまま最初の一杯を汲み上げようとして、足元の霜柱が既に荒れていることに気付いた。いくつもの足跡がついている。

多実かか様がもう井戸を使ったのだろうか。訝しく思いながら、急いで汲み上げた水桶をぶらさげ、台所の外の大甕まで運んだ。底に残った水に氷が張っているかもしれないと、覗いてみて驚いた。既にいっぱいに水が満たされていた。

小夜はぼんやりとその水面を眺めた。自分は汲んでない。多実かか様だって朝餉の支度で忙しかったはずだ。ふと後ろからの視線を感じて振り向くと、朝靄越しに屋内に入る影絵のような後ろ姿がちらりと目に入った。井戸端の足跡は、よく見ると彼女のよりいくぶん大きめで、でも多実かか様より小さかった。だから代わりに水汲みをしてくれたのは——。

朝餉の途中、小夜は思い切って向かいの真吉へ、にっこり笑って頭を下げてみた。相手は目を丸くし、そして俯いてしまった。そのまま下を向いて雑炊をかきこんでいたが、しばらくすると、そうっと顔を上げ見返してきた。小夜は微笑み、二人は囲炉裏越しに視線を交わした。

翌朝から真吉は、以前からそうだったかのように、水汲みを手伝い始めた。父母も婆様も、早起きが苦手なはずの真吉が、と驚いたが何も言わなかった。

三

明けて永禄十一年（一五六八）二月。信長は再び北伊勢へ攻め入り、前年に苦戦した高岡城を始め、北伊勢の城、土豪を次々と降らせた。有力国衆である神戸氏とは、三男信孝を継嗣とすることで和睦する。だが同じく国衆の長野氏とは、安濃城を巡って、なお激戦が続いていた。

†

この戦乱のさ中、真吉の叔父――宗玄和尚が、京から七年ぶりに宿儺村へ帰ってきた。戦さに巻き込まれぬよう、奈良へ回り伊賀街道を使って南伊勢に出た。

宗玄は縁あって、まだ幼い頃に京へ上って僧侶になった。墨染の衣の上からでも太い骨を感じさせる体つきだが、愛嬌のある丸顔で、いつも笑っているような目をしている。

北隣の村との間にある雑木林を横目に宿儺村へと歩く。道祖神の石塚を過ぎると林が途切れ、久蔵の畑がある。そこを右へ折れると宿儺村を東西に横切る道へ入る。曲がりくねりながら、西の山までずっと伸びている。

道の左に沿うように小川が流れており、そこからの用水路に小橋がかけられていた。右手に広がる田んぼの間に集落が点在しており、左手には畑があって南の山へと連なっている。

和尚は、昔と変わらぬ穏やかな佇まいに、ほっと息をついた。

帰ってくる途中、戦さに遭ったのか、野盗の群に襲われたのか、家が全て焼け落ち、人っ子一人いない村も目にしていた。死臭が漂っていて、痩せこけ飢えた目をした犬が、人の手と思しきものをくわえてうろついていた。

西への道の向こうに雑木林と接する小高い丘があり、その南裾に大きな百姓屋が見えた。長の屋敷――久しぶりの生家である。

屋敷地に足を踏み入れた。母屋が北へ延びており、それに沿って東が広い前庭になっている。奥の方で鶏が何羽か歩き回っていた。

宗玄が呼ばわる前に、中年の百姓と老婆が出てきた。来るのが分かっていたのだ。久蔵だなと苦笑した。

広座敷に落ち着いた宗玄は、甥の真吉、良太と向かい合った。傍らに婆様、兄の嘉平、その嫁の多実もいる。そしてもう一人――真吉の横に座っている女童がいる。

「あまり覚えておらんだろうな真吉。前に会ったとき、お前はまだ八つだった。良太、お前は六つだった。そして此度は、真吉の許嫁もおるわけだ」

「まだ本当の許嫁というわけではないがの」

婆様が目を細めながら正した。

「初めまして、小夜です。これからよろしくお願いします」

まだ幼なげな女の子が、両手をついて明るく挨拶した。藍色の野良着に袖無しを羽織り、髪も普通の村娘がするようなお下げ髪である。日に焼けない質らしく、文で知らされていた通りの色白だった。宗玄はこの一件が妙に気になり、久しぶりに戻ってみる気になったのである。

「おお可愛いの。今いくつ――おっと」口元に手をやる。

「はい。十三ということにさせて頂いてます」

小夜が笑みを消すことなく言った。

「ふうむ。見たところ確かにそれくらいだ。村には慣れたか」

「はい。多実かか様からも、婆様からも良くして頂いてますし、友達もできて楽しく過ごしております」

宗玄はにこやかに笑って頷きながら、ひっかかるものを感じていた。

昔のことは何も覚えておらず、この地で我が身にふりかかったことも詳しくは聞かされていないという。初対面で少し緊張しているようだが、それはそれとして……この子を見た瞬間に感じた何かが、うまく言葉にならない何かが気になる。

「多実さんは、女の子ができんのを残念がっておったから、喜んでおるのではないかな。

精々甘えたらよい」余計な考えを振り捨てて、明るく言ってやった。

「真吉は、もうすぐ若衆組に入るのだな」

「はい！　田起しが始まる前に。それと壮介さんへ、とおの技を教えてくれるよう頼んどります」

甥の意気込みに、いささか戸惑う。

「おぬしは、とおの技とは何か知っとるのか。なぜ習いたくなったのだ」

「ようは知りませんが、盗人を討って救うてもらいました。俺も大切な者を守ってやれる力が欲しいんです！」

その目はどこまでも真っ直ぐだった。

「なるほど、よう分かった。では儂との話はここまでだ」

真吉が立ち上がり、小夜、良太の先に立って座敷を出る。真吉が敷居のところで振り返った。足が痺れそうになったわ——。小夜もその表情に気付いて笑い返す。

三人が表へ出て行ったのを庭越しに認めてから、宗玄が口を開いた。

「なかなかお似合いだな。素性は分かったのか」

「何も。それらしい尋ね人もおらんようで、役人もお手上げだ。まともに探す気があるんかも怪しいが」

「遠くから旅して来たのかもしれんな。言葉が少し違う。最後まで分からなかったら、本当に真吉の嫁にしたらいいんじゃないか。気立てはよさそうだ」

嘉平は苦笑いで応じた。宗玄が続ける。

「それはさておき……とおの技か。いつ戦さに巻き込まれるかも分からぬ当今では、何かと役立っとるようだな。だが本来は、そんなものではないのだろう？」

「分家が代々伝えてきた技だ。探索のためだけの技とも思えんが、今となっては名の由来も分からん。喜助が習いたがらんで絶えかけたのを、壮介が十四で習い始めた。だが、一年ほどで師だった爺様が亡くなってしまい、その後、神隠しにおうた」

「前に帰ってきたとき、その話を聞いた。長の血筋の者が突然いなくなったということで、結構な騒ぎになっておったな」

「もう死んだもんとばかり思うとったら、ひょっこり村に帰ってきた。六年前のことだ。五年もどうしてたんかと聞いたら、道祖神様の所で出会うた修験者の後をついて行ったとか。そのまま山奥で修行しとったらしい。そこで教わった術を、とおの技に取り入れたと聞いたから、もう元々とは違う形になっとるだろうな。今でも西の山で鍛錬を続けとるし、秋の収穫後は熊野まで出かけて行って、ふた月くらい帰ってこん」

「確かに、これからますます役立ちそうだな。ところでさっきの娘、何やら気になったのだが……ううむ、どうもうまく言えん」

兄が宗玄を訝しげに見返す。早春の風が座敷に置いた経文を揺らし、鳥のさえずる声が聞こえてきた。

その夜、広座敷に例の主立った者たちが集まり、宗玄を迎えての宴(うたげ)が行われた。こういう場合は酒食が出て、賑(にぎ)やかな四方山話(よもやまばなし)が続くのが常だが今宵(こよい)は違った。北の戦さはどうなりそうか、皆、真剣な眼差しである。

「壮介から聞いておるんじゃろ」

「私は見たことは伝えられますが、先のことまでは分かりません」

「此度の織田勢は二万と聞いた。それに美濃との戦さで鍛え上げられておる。間もなく伊勢の北半分は織田のものとなるだろう」

宗玄が断言した。

「やはりそうか。けど問題はそのあと、南伊勢――このあたりがどうなるかや」

喜助がせき込むように尋ねた。

「そこは向こうが何を考えるかによる。織田は信長とかいう殿様が全て仕切っておるらしい。それよりも、北畠の殿様はどうするつもりなのだ。何か聞いとることはないのか」

「北畠勢は国境いまで兵を進めたのですが、それ以上、北へは行っとりません。北伊勢のお身内は見殺しではないかとの噂でした」

「織田とは、まともにやり合いたくないだろうな。北へは踏み込まず、ご自分の国だけ守るつもりか。だが、それですむかどうか」

「殿様のご本拠は多気(たげ)だ。宿儺村はあそこから遠くない」

嘉平が考え込みながら言った。多気の町は北畠家の政(まつりごと)の中心地である。村からだと、北への道を途中で左に折れ、そのまま西へ行った所になる。

「だが戦さになっても、この村はもっと南だし、街道からもはずれとる。戦さ場にはならんやろう。危ないのは、むしろ始まる前やな」

「賦役か。若い者の五、六人も出さなくてはならんか」

宗玄が低い声で、兄に向かって言った。

「土塁を作るのに駆り出されるくらいは仕方ないが、槍を持たされて雑兵として戦わされでもしたら……困ったことになる。まずは織田が来るのか、それはいつ頃になるかや。間違いのない見極めがいる。また壮介に頼まねばならんな」

真吉は板戸から耳を離した。息を止めて、座敷隣の暗い小部屋から抜け出す。戦さが近づいているという不安がこみ上げる。

良太と一緒の寝間に戻ろうとして、はっとする。濡れ縁の先に、小さな影を見つけたのだ。

「小夜」

盗み聞きに行く気配に気付いたのだろうか。待っていた少女の手を握り、素足のまま一緒に庭へ忍び出た。春先の冷たい夜気が二人を包む。そのまま体を丸めてしゃがみこむ。

どうだったと小夜が目で尋ねてきた。

「織田の軍勢がこっちの方まで来るかもしれんそうや。けど、戦さになってもこの村は大丈夫やろうと言うとった」

「いくさ……戦さはいやだ」

「え？　小夜は戦さに遭うたことがあるんか」

「何もよう覚えてなかったけど、二つだけ思い出したことがある」

しばらく俯いていたが、思い切ったように顔を上げた。

「町が燃えてるの。こんなふうな暗い夜なんだけど、まわりじゅうの家から火が上がって、あたりを真っ赤に照らしてる。そこを刀を持った人たちが、黒い影になって右やら左やらへ走りまわってるの。その影に追われて大勢の人が……。男の人や女の人や、大きい人や小さい人や、子の手を引いてる女の人が……」

最後は涙声になっていた。小刻みに震えている。

真吉は思わず、その小さな肩を抱いた。目を覗きこむ。心細げで悲しげだったが、あの暗く虚ろな瞳ではない。昔のことを全部忘れてしまって、むしろ良かったのだ。密かにそう思っている。

小夜は、縄綯いや麦踏みといった仕事もやったことがないようだったが、素直にそれを習った。だから家の者とも村の皆とも、すぐ馴染んで、何事もなかったように暮らしている。だがそんな彼女が、今でもたまに怯えた表情を浮かべるのに真吉は気付いていた。父が鉈を光らせたとき、囲炉裏の火がはぜたとき、小夜の瞳はそれに釘付けになる。包丁や竈の火に限ったことではないのだ。

本当は何か覚えているのではないかと思ったが、怖くて聞くことができなかった。またあの声が聞こえてくるかもしれないと思ったからだ。タスケテ……。

やはり思い出したことがあったのだ。でもそれは戦さのことだった。武者の振り回す刃が、燃やし尽くそうとする炎が怖かったのだ。

「二つ思い出したと言うたな。もう一つは何だ」

少女の顔が強張った。瞳が揺れ動く。

「ご、ごめん……。それは言いとうない」

「そんならええ。いつかその気になったら話してくれ。他に隠してることはないな」

小夜が頷く。

「安心せい。お前は俺の許嫁だ。何があっても守ってやる」

真吉は、少女の冷えきった髪に頰を押し当てた。さっきの頷きの奥にあった、微(かす)かなためらいには気付かなかった。

四

三月になって、信長は長野氏との間で、弟信良(のぶよし)（後の信包(のぶかね)）へ家督を譲らせる条件で和議を成立させる。かくして北伊勢は織田家の勢力下に入る。

†

宗玄は村に二日ほど滞在しただけで慌ただしく京へ帰っていった。しばらくして北の戦さも終わった。

そして真吉は今、枯れ草が伸び放題の南の山の斜面に寝転んでいた。村から南へ続く山々は西ほど険しくなく、一番手前は里山になっていて、薪(たきぎ)や萱(かや)などを採る入会地(いりあいち)になっていた。視線の先の空は、透き通った水色であり、小さなちぎれ雲がいくつか浮かんでいる。

「どうしたの。怠けてちゃだめよ」

視界にいきなり小夜の笑顔が入ってきた。慌てて体を起こす。

「そうやない。一仕事終わって休んでたんだ」

「若衆組でするのに出てたわね。何してたの」

彼女が左に並んで座った。そこは斜面を少し登ったところで、春の日差しを受けて流れる小川と、その向こうの田畑や集落がよく見渡せた。

「これや」真吉が肩越しに背後の草地を指差した。

「もうじき野焼きをするから、燃え広がらんよう、両端の草を幅広に、ずっと上の方まで刈り取った。えろう疲れた」

「そう……ここを燃やすのね。明日？」

かすかに怯えを滲ませた口調で尋ねる。まだ火が苦手なのだ。

「いや、風向きがよくなるまで待つ。たぶん四、五日先やと言うてた」

「若衆組の仕事って大変ね」

「そうなんだ。こないだは水路の修繕もやったし」

そこで言葉が途切れた。空高くから澄んだ鳴き声が聞こえてくる。

ピージョルピー……。フィチフィチ……。

「ヒバリか。あんな高くまで飛んだら気持ちええやろうな」真吉が目を細めて、ケシ粒ほどの鳥の姿を追う。

「ヒバリの雛(ひな)は、生まれてすぐ飛べるようになるんだ。俺も飛んでみたいなあ。小夜もそう思うやろ」

「え? ど、どうかな。ちょっと怖そうだからやめとく……」

「村がどんな風に見えるか知りとうないか。一緒に飛ぼうや」

「うーん……真吉となら飛んでもいいかな。安心だよね、守ってくれるんだもの」

すっかり打ち解けた相手をからかおうと、そう言った彼女の脳裏に突然、閃いたものがあった。それは一瞬のことで、すぐ消え去った。

——私は飛ぶ。鳥よりも高く、風よりも早く彼方まで。

「おう、任せとけ」

青ざめたことに気付かなかった真吉の、明るい声が遠くに聞こえた。

三日後。

千枝は、若衆組の男たちが、南の山裾に集まって話しているのを、小川を渡ったところから眺めていた。灰色や茶の同じような野良着の集団であるが、彼女との間には狭い畑があるだけなので、健吾や真吉の顔がはっきり見分けられた。山の斜面を下るように、南西から風がゆるやかに吹いてくる。

若者たちは打ち合わせが終わったのか、左右に分かれて移動を始めた。健吾が彼女に気付いて駆け寄って来る。

「何が始まるん」

余計なことを言われないよう機先を制して尋ねた。

「あ、ああ。野焼きや。今日一日は風向きが変わらんやろいうことで急にやることになった。儂らは西端へ登って、一列になって火をつける。東端へ登る連中は火を見張っとって、おかしな方向へ行きそうになったら、その先の草を刈る」

「ふーん。頑張ってな」

もっと何か喋りたそうな健吾だったが、彼女のそっけない口調に踵を返した。真吉も加わっている西への組を追う。

二つの組は広い斜面の両端に行き着くと、それぞれ上のほうへ登っていき、やがて背丈よりもある枯れ草の中へと見えなくなった。

「千枝さん」

物思いにふけっていた千枝は、突然後ろから声をかけられ、半ば飛び上がった。慌てて振り向くと、そこに小夜がいた。藍色の野良着を着て親しげに微笑んでいる。確かにもう顔見知りであることに違いはないし、とりあえず差し障りなくやっている。

「あそこの枯れ草を燃やすらしいんだけど、いつやるか聞いてる？　これから行っても大丈夫かしら」

若衆組が登って行ったのを見てなかったんだ。そう気付いた千枝だったが、今はあまり小夜と話したくなかった。知らないと言いかけて、いたずら心が起きた。

「明日らしいで」

「明日……」

小首を傾げて斜面の上の方をじっと見つめる。

何を見てるんだろう。千枝は不思議に思った。小夜については、良太から色々それとなく聞き出していた。包丁に触われない、火が苦手だ——。だがそれでも何かよく分からないものを感じる。

「ありがとう」

小夜は礼を言うと真っ直ぐ斜面に向かい、そして登り始めた。

千枝は、枯れ草の中に小夜が消えていくのを、上機嫌で見送った。たぶん、横合いから煙がやって来てびっくりするだろうけど、駆け下ったら簡単に逃げられる。ちょっと脅かすだけだ。あの可愛い顔を泣き出しそうにして駆け戻ってくるのが楽しみだ。

「まずい！」

若衆頭が叫んだ。斜面の西側から一斉に枯れ草に火をかけ、それが大きく燃え広がり始めたときだった。風が急に強くなり、しかも北東への風だったのが、東から南へと向きを変え始めたのだ。

「今日一日は大丈夫と思ったんやが。上へ先回りして南側の草を刈るぞ。みんな駆け登れ！　健吾、真吉！」

若衆組に入ったばかりで、まだ慣れていない二人を呼ぶ。

「東にいる連中に伝えろ。あっちも南側の草を刈るよう念押しするんや。煙に巻かれんよう、いったん畑まで下りてから東へ走るんやぞ。急げ！」

二人は言われた通り、さっき登ってきたばかりの道を駆け下った。そこで右に向きを変え、東へ走る。右手の斜面からは白色の煙が噴き出しており、枯れ草の間からちらちら見える橙（だいだい）色の炎は、向きを変えた強風に煽（あお）られ、早くも斜面中央に迫りつつあった。

真吉は走っていく先に、千枝が青い顔で突っ立っているのを見つけた。山の方を向いたまま、胸の前で両手を握り合わせ、何やらただならぬ様子である。健吾も気付いて足を止めた。

「小夜が……小夜がおる！」千枝が大声で二人に訴えた。

「さっきここから登ってった。そのまま戻って来ん！」

二人ともぎょっとして、彼女の指差す方向を見上げた。今や斜面を覆い尽くす勢いで、もうもうと煙が吹き上がっている。慣れない者はそのまま上へ逃げるかもしれない。そうしたら煙に巻かれて息ができなくなる。

「健吾！　東の組への伝えを頼む。俺は助けに行く！」

真吉はそのまま、目の前の斜面めがけて駆け出した。後ろから健吾が何か叫んだようだったが、振り返ることもしなかった。

煙に巻かれそうになったら頭を低くする。真吉もそれくらいは知っていた。野焼きは毎年行われており、傍らで眺めていて煙で息が詰まりそうになった経験もあったからだ。

だが斜面を上がってくる煙となると、地に触れそうなくらいまで頭を下げなくてはならない。その姿勢のまま、大声で名を呼び続けながら登るのは、容易なことではなかった。

しかしそんなことは言っていられない。

上へ行くにつれ、あたりを取り巻く煙はみるみる濃くなっていき、それに混じって灰や燃え滓（かす）が飛んでくる。目や喉が痛んでくるし、熱気も押し寄せてくる。いくら呼んでも応じる声はない。

焦りを感じ始めた真吉だったが、そこで目の前に現れた窪（くぼ）みの中から覗く藍色が見えた。

小夜の野良着だ！

そこへ飛び込むと小夜がいた。窪地の底に丸くなって倒れたまま、目をつぶって動かない。

まさか。青くなって肩を揺すった彼の耳に、微かな呻き声が届いた。生きてる。煙を吸って気を失っているだけだ。

ほっとしかけた真吉だが、それどころではないことに気付いた。厚くたちこめた煙で、どの方角も全く見通しが利かず、しかも煙がしきりに向きを変えるので、どちらへ逃げるべきかも見当がつかない。だが熱気は強くなってくる。炎が迫ってきているのだ。

必死に逃げ方を考える。今は窪地にいるので辛うじて息ができるが、ここから飛び出したらすぐ息を止めるしかないだろう。小夜が気を失っている以上、おぶって逃げるしかないが、息を止めてとなると、精々十歩しか走れないのではないか。その間に煙から抜け出せるか。

そこまで思い至って、真吉はぞっとした。逃げるべき方角を間違えたらそこでおしまいだ。

だがそのときは小夜と一緒だ——。そう気付き、それだけで落ち着いた。一瞬自分ひとりで逃げようかと思った己を恥じた。

十歩でできるだけ遠くまで行こうとするなら斜面を駆け下るべきだ。炎があっても突っ切る。火傷（やけど）するかもしれないが、耐えてみせる。とにかく煙の外へ逃れるのだ。

覚悟が決まった真吉は、もう一度、倒れたままの小夜に目をやった。頬に黒い小さな燃え滓がついていた。そっと拭（ぬぐ）ってやる。その拍子になぜか涙が溢（あふ）れた。

え、何でだ。慌てて両目をこする。

その瞬間、まぶたを貫く緑色の閃光を感じた。それは目の玉をも突き抜けるかのような強烈な光だった。

何ごとかと驚き、忙しく瞬(まばた)きしながら目を開ける。

光っているものなんて何もない、さっきのままの光景だ。そう思った次の瞬間、強烈なつむじ風が襲ってきた。

それは窪地のまわりで渦を巻き、周囲の煙を一気に吹き飛ばした。立ち枯れていた草も、たちまち吹き飛ばされ、なぎ倒される。とっさに目を閉じ、小夜をかばうように身を伏せた。

旋風は、やって来たときと同じく、あっけなく消え失せた。

恐る恐る体を起こした真吉が、呆然(ぼうぜん)とあたりを見回していると、薄くなった煙の向こうで動く人影がいくつか見え、彼を呼ぶ声が聞こえてきた。

助かった。ほっとして下に目をやると、灰まみれの小夜が見返してきた。

「よかった、気がついたんだな。大丈夫か。何でこんなとこへ」

彼女は少し咳(せ)き込んでから、左の袂(たもと)を上げ、そこに右手を入れた。引き出した掌(てのひら)に、薄茶色の小さなものが握られていた。

それが小さな声で鳴いた。鳥の雛だった。

「これはヒバリ……。真吉が好きだって言ったから、私もあれからずっと見てたの。そしたらこの辺に巣があるって分かって……。ヒバリの巣立ちは早いって聞いたから、大丈夫だろうって思ってたんだけど……間に合いそうもなかったから捜しに来たの。でもなかなか巣を見つけられなくて……やっと見つけたときはもう逃げられなくなって……。ごめんなさい」

小さくかすれた声で、切れ切れに小夜が答えた。

真吉はあのときと同じだと思った。言うべき言葉が見つからない。黙ったまま、顔についている燃え滓をもう一つ、取ってやった。

この後、散々叱られた小夜だったが、いつ野焼きがあるか誰かに尋ねなかったのかと問われて、誰にも聞きませんでしたとだけ答えた。

†

「二人とも来たな。そんなら行くぞ」

西の山への登り口で、真吉と健吾を待っていた壮介が言った。あたりはむせかえるほどの新緑である。

壮介が、野焼き騒動の後、とおの技を教えてやると二人に声をかけてきた。だが、ここひと月ほどは麦刈りをし、それから田んぼに戻すべく荒起し、代掻き、畦作りと忙しい日々が続いていた。そして田植えまで少し間のある今日が、ようやくその初日であった。

壮介が先に立って山道を登り始めた。手ぶらである。二人も緊張してついていく。木々の青葉が、少し傾きかけた日を受けて輝いている。途中から険しい枝道へ入った。壮介が早足で登りながら説明する。

「長に頼まれたんだ。この技を使える者がもっと必要になる。血筋にこだわらず、見どころのありそうな者には教えてやってくれとな」

喋りながら、急な道をすっすと登っていく。ついていく二人はすぐに息遣いが荒くなる。

「俺が十五のときついていった行者様は、山を駆けながら修行なさっとった。そのときは修験者だけが通る山奥の道を使う。だから、途中で熊や猪に会うこともある。たまには」

ちらりと振り向き真吉を見る。

「山賊に会うこともある。それで身を守るための技を工夫されとった。俺はそのいくつかを、とおの技に取り入れさせてもろうた。だから、誰にでも教えるというわけにはいかん。喧嘩にでも使われたらかなわんからな。けど、お前らなら大丈夫やろう」

壮介は悪戯っぽく笑いかけた。しかし二人には笑い返す余裕がなかった。懸命に足を動かしながら肩で息をする。急勾配の獣道を、休息なしで登り続けているのだ。当然、道は狭く、岩や木の根だらけで危なくもある。

「まずは、技を身につけられるだけの天性があるか。そこから始めさせてもらう」

早足で半刻（約一時間）ほども登ってから、壮介がようやく立ち止まった。そこは突然に現れた空き地だった。右は谷へと急激に落ち込み、左は絶壁が上の方まで続いている。

そして前方は三間余り（約六メートル）のほぼ垂直な崖になっていて、すぐ手前は砂地であった。幅は二間足らずの一種の袋小路である。

「ここが昔からの修行場への入り口だ。崖の上にも道が続いとる」

真吉と健吾は既に疲労困憊していた。西の山の、こんな険しい所へ入り込んだのは初めてだった。汗だらけで喘ぎながら、立ちはだかっている壁を見上げる。

「入り口というのはそのままの意だ」

戸惑う二人を尻目に、壮介が崖の正面に立った。

壮介が軽く深呼吸すると、走った。あっという間に加速して崖に到達する。ぶつかると思った瞬間、ほぼ垂直の壁をそのまま駆け登る。上に熊笹が生い茂っている。手を伸ばしてそれを摑み、体を反転させて身軽く崖の上に立つ。

二人はぽかんと口を開けたまま、壮介を見上げた。

「というわけだ。ここに立てれば先に進める。できんかったら、とおの技を習うには向いてなかったということになる。俺はこの先の修行場へ行っとるから、真似して駆け上がって来い。帰りに、またここへ戻ってくる」

真吉と健吾は取り残された。駆け上がれと言われても、こんな切り立った崖、そもそもどうやったら登れるんだ。呆然と見上げる。

雨が降り続く梅雨があったが、それはいつもの年より短めで、すぐに陽炎が立ち昇る盛夏がやってきた。

「お祓いのときに使う着物は干し終わりました」

うっすら汗をかいた小夜が、夏の夕日に晒されている裏庭から戻ってきて、台所で立ち働いている多実に告げた。

年に一度、お南無様へ祝詞を上げてもらう。それが明日であり、山田の町から権禰宜が来てくれる。それに列する嘉平と喜助が明け方に行う水垢離のしつらえ、二人が着る水干や袴、烏帽子などの支度、祠へ持参する幣や榊、供え物となる神饌の準備などで大忙しである。分家からも手伝いの女が来ていたが、小夜も用事を言いつかっていた。

「そしたら次は、お供えを盛るのを手伝うて」

「大層な数なんですね」

神饌を盛り付ける器と、それらを載せる白木の台を見て目を丸くする。台は十ほどだが、それらに三つ四つずつ置かれる土器が、隣の広座敷いっぱいに置かれている。米、餅、酒、塩、酢、海老、貝、魚、干肉、昆布、海苔など、供えられる種類も多いが、米、餅などは山盛りに、そして決められた数と形に整えなくてはならない。

「上まで運ぶのも手伝います」

お南無様の祠が、丘の上にあるのは聞いて知っていたが、お参りしたことはなかった。婆様が、まだだめだと許さなかったのだ。

「それは血筋の者がやることになってるからええの。ここで器ごとに取り分けるところまで。お祓いにも、私のような嫁衆は出んのよ。あなたかて、真吉のお嫁さんになっても出られんよ」

多実がいたずらっぽく笑い、小夜は頬を赤らめた。

「この神様は、どういうご利益――お力を持ってるんですか」

「世の中が戦さで荒れ果てたとき、お蘇りになって、争いをみんな終わらせてくれるというんやけど」溜息をつく。

「そんならとっくに、あのお姿で顕(あらわ)れて頂いてもええはずなんやけどね」

多実が視線を送った広座敷の壁に、祀(まつ)りのときだけ掛ける古い布絵があった。赤黒い肌、渦巻く髪に赤い眼(め)。太い腕で宝剣を捧げ持ち、燃え盛る炎を背負って、恐ろしげな姿である。不動明王に似ているが、それとも違う。

なぜか小夜の胸がざわついた。動悸(どうき)が速くなる。慌てて目を逸らした。

「お前まだやっとるんか。ええかげん諦(あきら)めたらどうや。俺たちみたいな並みの者には無理やで」

健吾が、山から下りてきた汗まみれ痣(あざ)まみれの真吉へ声をかけてきた。もう日が暮れようとしている。

壮介がやってみせたように崖を駆け上がろうとしても、途中で落ちてしまう。そのたびに地面――砂場に叩きつけられる。あまりのつらさに、健吾はひと月も経たずに脱落していた。

そもそも今は田に雑草のはびこる時期で、苗の間に入り、泥まみれになって根ごと、それもくり返し抜かなくてはならない。夕方早めにあがるのを大目に見てもらえるにせよ、崖のところまで登っていくだけでも辛い。

だが真吉は諦めなかった。盗人二人をあっという間に斃して彼と小夜を助けてくれた壮介の姿が、心に刻み込まれている。そして炎と煙の中でどうすることもできなかった自分の姿も……。

「いや。頑張れば登れると思う。もう少し続けてみるわ」

「ふうん。まあそれはそれとして」耳に口を寄せてきた。

「お前、小夜の裸を見たことあるか」

「な、何言ってるんだ！　あるわけないやろ」

真吉が飛び離れた。顔が真っ赤になっている。

「いや、そういう意味やない。勘違いすんな」慌てて手を振る。

「実はこの前、千枝から聞いたんやが」

その話によると、小夜は決して自分の裸を見せないという。川で遊んでいて着物を濡らしたり、暑いさなかに誰かの家で行水を借りたりするが、そういうときでも決して着物を脱がない。

「暑いとき胸をはだけて、手で煽いだりもせんらしい」

「確かに一度も見とらん。けど、婆様は見とるはずや」

小夜は婆様の隠居部屋で寝起きしている。何かあるなら知ってるはずだし、自分も聞かされていていいはずだ。

「ただ恥ずかしがり屋なんかな。あるいは、お前には知られとうないことがあるのか……」

健吾は疑問の消えない目つきで窺った。

そう言えば――真吉は思い出した。ずっと前に、思い出したが言いたくないことがあると聞いたな。

†

夏が過ぎていく。

真吉は日に焼けて真っ黒になり、何度も地に叩きつけられた体は見違えるように鍛えられていった。落ちるとき、とっさに体を捻って衝撃を和らげられるようにもなり、時には回転して下り立てたりもする。彼はこの崖登りが、単に天性を試すだけのものでないことを悟った。

とは言え何とかして、崖の上に立たなくてはならない。壮介の手本を懸命に目に焼き付ける。何か秘訣(ひけつ)があるのではないか。

そして見つけた。壮介は崖の所々で頭を出している石の尖端に、手足の指を引っ掛けるようにして登っているのだ。だが、それには手足をばらばらに、自在に動かせなくてはならない。根気強い修練が必要だった。

そしてある日、遂に崖の上の熊笹を摑むことに成功した。右手でそれを摑んだまま懸命に体を持ち上げる。左手も添える。両腕で自分の体を持ち上げ、最後はあっけなく崖の上にいた。ほぼ、三月がかり。だがついにやり遂げたのだ！　いつでも成功するようになるまでにはさらに修練が必要だったが、一度うまくいった後はどんどん上達した。

「よし、だいたい登れるようになったな。先へ進むぞ」

検分していた壮介がそう告げた。今度は崖の先にある五間（約九メートル）四方くらいの平らな修行場へ移る。その先は山頂まで続く急な斜面になっていた。そこで『とおの技』を真吉に伝え始める。

「とおの技を使うには、まず速さを身につけねばならん。恰好なのが獣道の駆け上りだ。けど、その要領はもう身についとる。手と足を同時に、そして別々に使うんだ」

壮介は山の中腹にある修行場から、山の背めがけて斜面を一気に登ってみせた。四本足の獣のような姿勢である。

急斜面に貼り付くぐらい体を低くし、両手も使って、枝葉の下をくぐるように駆ける。かわせない枝葉は手刀ではらう。そのときも足は止まらない。手足を別々に働かしながら駆け登るのだ。

真吉はいつの間にか、そんな微妙な動きも見切れるようになっていた。

織田が攻めてくる気配はないか、壮介はときどき数日かけて探索に出かけていた。彼が留守の間も修行に手を抜くことはなかった。体の隅々まで自在に動かせるようになること、それ自体が面白くなってもいた。

†

秋が深まり、真吉の腕も足もどんどん逞しく、しなやかになっていった。婆様、父母、弟そして小夜も驚きの目を向ける。

「凄(すご)いね。肉がこんなに盛り上がってきとる」

ある日の夕方。井戸端で体を洗っている真吉の腕に、小夜が触れようとしてきて、反射的に身をかわした。少女がむくれる。

「えー。なんで触わらせてくれんの」

「まだ汚れとる。それに」言葉に詰まる。それに何だ。目をそらせ水を汲み上げる。

「どいてないと濡れるぞ」

言いながら水をかぶる。小夜が軽く悲鳴をあげて飛びのいた。

「いじわる！　もういい」

水を浴び続ける真吉を睨みつけて台所へ入る。夕餉作りの手伝いだ。彼女もいつしか、包丁を使えるようになってきていた。

真吉は空を見上げた。秋の夕焼けだ。鮮やかな橙色が、黄金に色づいてきた田んぼを染め変えていく。やがてそこへ藍色が忍びこんでくる。自分がじっとしていても、別の世界が向こうからやってくる。

行ってしまうな。やって来るな。今がこのまま続いてくれ。台所から漏れてくる母と小夜の楽しげな声を聞きながら、そう思った。

†

九月二十一日。内裏にある清涼殿の中を宮人、女房たちが慌ただしく行き交っている。

「いったいこれは何事だ。何が始まったのだ」

帝からの急な呼び出しでやってきた誠仁親王は驚いて、傍らを走り抜けようとした舎人の腕を摑んだ。

「は、はい。親王様」その男は息せききっていた。

「帝が祈禱をすると急に仰せ出されまして。その支度の最中でございます。まずは三神器のしつらえをせねばなりません。そのためには夜の御殿にございます神剣と神璽とをお遷しせねばなりません。そのためには」

「祈禱？　なぜ、また突然に」誠仁が遮った。

「お聞き及びと存じますが、織田弾正忠と称する者が上洛の途にございます。六角勢をたちまちに蹴散らして京に迫りつつあるとか。ところが、その軍勢は何と三万。それほどの兵が京に入りましたら、何が起こるやもしれず。それを防ぐためでございます。急遽、吉日を卜させたところ、本日を逃せば来月になるとかで」

「何を申す。織田はそんな大名ではない。一乗院を供奉して上洛すると予め申して参ったではないか。いったいどうなされたのだ」

「さ、さあ。私どもに仰せられましても」

親王は直衣姿のまま、大急ぎで春興殿へ向かった。そこに神鏡を祀っている賢所がある。年経て古びた春興殿の前で、慌ただしく指示している正親町天皇を見つけた。白帛の祭服姿であるが、こめかみに青く血管が浮かんでいる。

「おお、誠仁。聞いたであろう、急ぎ祈禱を行うぞ。その方も、すぐ着替えて列せよ」

「畏れながら、乱暴狼藉のご危惧であれば、まずは禁中警護の綸旨を伝奏役より伝えさせる方が確かなのでは」

「とうにしておるわ。ところが何も言って参らぬ。この上は大神に静謐を願うしかない」

「それでは再度、勅使を」

「まずは祈禱じゃ。今日中にせねば来月になる。それでは間に合わんのだ！」

誠仁は、焦れて地団駄踏まんばかりの父を呆れて見返した。

正親町天皇はこの日、天下静謐の祈禱を行った。遅れて勅使の万里小路より、洛中安泰の要望が近江路で伝えられた。先の綸旨は、上洛する信長と行き違いになっていたのだ。

信長は朝廷の不安に配慮し、直ちに軍勢を京に入れることはせず、まず公卿たちとも昵なってから帰洛した一乗院――足利義昭は十八日、将軍宣下を受ける。
こん
懇の細川藤孝らに内裏警護をさせた。そして周辺の三好勢などが討ち払われた後、十月に

†

村の収穫も終わって、冷たい時雨が降り、そして北からの寒気が厳しくなってきた頃、真吉はようやく、とおの技にある闘いの技、『護手の技』を習い始めた。

「斜面に霜が立つと滑りやすくなって危ない。駆け上りの修練はしばらく止めにして、春までは護手の技をやろう。俺も今年は、熊野へは行かん」

壮介は、技の型をいくつかやってみせた。手指を揃えて伸ばした形に固め、前後左右に素早く移動しながら、それを突き出し、あるいは左右に振るう。

「護手の技は、とおの者が持つ速さを活かすんだ。相手の得意な得物に、まともにつきあってたら負けてしまう。この技は素手で、常に相手の急所を狙う。どこが急所かは、型と一緒に少しずつ教えてやる」

速さを活かす、ということは間合いを少しでも有利にすることに他ならない。だから基本の手の形は貫手、手刀である。手指自体の鍛え方も習う。

「それと気の修行も始めるか。まず、まわりの気配を読めるようにする。他の者の視線を感じたことがあるやろ。それを鋭敏にしていく。手始めに、家の中で誰がどこにおるか読んでみろ。手仕事の合間でもできるしな」そう言ってから探るように真吉の顔を見た。

「気配が十分読めるようになったら、『気の技』を教えてやる。読み取った相手の気に、自分の気を乗せて一瞬、相手の動きを封じる。『気を打つ』とも言うが、これには才がいる。お前がそこまでできるかは、それ次第だ」

五

翌永禄十二年（一五六九）正月。本圀寺に寓居する足利義昭が三好三人衆に急襲され、危ういところで撃退するという事件があった。

そこで信長は、斯波義廉の屋敷であった二条邸を修築して、将軍のための新御所とすべく普請を開始した。自らも妙覚寺を宿として京に留まり、陣頭指揮を取る。

「貞勝。儂が帰った後、普請中の石垣が崩れて何人か死んだと聞いたが、まことか」

二月九日夕刻。信長が、進捗報告に参上した村井貞勝に尋ねた。所用のため、早めに妙覚寺へ戻っていたのだ。

「八人ばかり。何分にも急ぎの普請ゆえ、石積みの頭どもも目が届きかねており……面目ございません。ただ死人は雇い人足どもばかりで、手伝いの兵は無事でございました」

貞勝の目の下には隈ができている。新御所の大工奉行に抜擢されていたのだ。信長と共に普請場の指揮を取るだけでなく、資材、勘定の手当て、人集めの指図、棟梁との計らいなど休む暇なく飛び回っている。

「左様であったか。何千人も働いておるゆえ是非もないが……。残された者がおれば、それなりに支払ろうてやれ。それで遅れはないか」

座敷から、暮れつつある庭に目をやる。

「お指図通り、来月中には」

「よし。もう飯時だ。一緒に食っていけ。戻ってからでは腹が減るだろう」急ぎ追加の膳を用意させるよう、小姓に命じる。

「ところで、此度の普請は将軍御用ゆえ、大名や近隣の武家らにも馳走を求めた。それで結局、北畠からは何がしかあったか」

「いえ。ご承知とは存じますが何も」

「やはりそうか。上洛するでもなく、儂の触れ状を無視しおった。北畠は、古くより公儀から伊勢守護に任ぜられておる。にもかかわらず何をするでもなく、己の領国の安寧だけを考えておるとは」

「ただそれだけに、公方様とも既に誼を通じておられるはず。あまり云々致しますと、義昭様とのご関係にもよろしくないかと」

「確かにそれゆえ自重しておるが、北畠とは境目争いも起きておると、信良と一益の連署で報せが参った」不快げな主の眉間の皺が深くなった。

「昔よりの国を分けて治めるは、やはり無理があるか……。まあよい、今は普請を急がねばならん。その間に考えるとしよう」

北畠をどうするかは、もう決めているのではないか。貞勝はそう感じていた。

†

宗玄が宿儺村へ顔を見せてから一年が経とうとしていた頃、健吾が人目につかない納屋の裏へ、真吉を呼び出した。

「お前、まだ修行を続けとるんか。凄いな。随分強くなったんやろうな」

「いや、そんなでもないけど」

用心しながら答える。壮介から、修行の中身を他の者に話さないよう厳しく口止めされていた。

「いや、言いたくないなら別にええんだ。それよりな、若衆組の新入りは色々こき使われて大変やったけど、かわりに神宮様への抜け参りができるよな」

「ああ、そう聞いたな」

この頃、神宮近くの村々では、新たに若衆組に入った者は独りで勝手に参拝に行くことが認められていた。大人への一種の通過儀礼である。

「もうじき次の新入りが来る。今は野良仕事も一休みやし、そろそろ行かんか。若衆頭に言われたけど、古市(ふるいち)には泊まり宿もあって、その分の銭は出してくれるそうや」

「ああ……遊び女とかがおるところか」若衆宿で、自慢げに大声で話をする男がいたのを思い出した。

「そうやな。抜け参りはええけど……古市へはあまり行きたくないな」

「何でや。絶対面白そうやないか。なあ一緒に行こうや」

小夜の顔が浮かんだ。あいつはひょっとしたら、そこの遊び女に堕ちていたかもしれない。

「いや、やっぱりやめとく。抜け参りも別々に行こう」

真吉はきっぱり言って、その場を離れた。呆気（あっけ）にとられている健吾の顔が見えたような気がした。

†

梅雨の季節になり、東播磨（はりま）のなだらかな山々は、濃い緑色に覆われている。街道沿いに見える楮（こうぞ）の木も青々と葉を茂らせ、淡い黄緑色の花を咲かせている。このあたりは和紙を多く産する地で、里はもちろん、山中でも楮が多く自生していた。

その街道を、二人の騎馬侍が先導する荷駄の列が進んでいた。二人とも、一文字笠（いちもんじがさ）に黒の袖無し羽織、鼠（ねずみ）色の馬袴（うまばかま）という地味な姿であるが、共に長めの太刀を帯びている。一行は京への帰路にあり、朝から小さな集落をいくつも通り過ぎていた。日は真上にあるが、ここ数日曇り空が続いていて暑くはない。

「刑部様。蔵人様はどこまで行かれたんでしょうな」

空馬(からうま)を引いている二十歳(はたち)くらいの侍が、横を進むひと回り年嵩と思われる侍に尋ねた。

若侍はあばた面で、頭には荒武者のような茶筅髷(ちゃせんまげ)を結っている。

「さあて。この先の物見をしてくると言って出られたが、だいぶ先まで確かめておられるのかな」

刑部と呼ばれた侍は大きな顔に顎が張っていて、中背だが分厚い胸の逞しい体つきである。広い月代(さかやき)に髷を結い、槍を担いでいる。

「そろそろ何か起こらないと、連阿弥(れんあみ)殿もせっかく警護を頼んだのに、と不足を覚えるかもしれませぬな」

薄笑いを浮かべた若侍が、後ろに流し目をやった。

網代笠(あじろがさ)をかぶった初老の男が、やはり馬に乗って列の真ん中を進んでいる。目立たぬ黒の十徳(じっとく)姿であるが、小者を従えている。

「何もなければそれに越したことはあるまい。遠国での年貢集めは、それだけで面倒なものだからな」

網代笠の男は京で金貸しを営んでいる。公家の多くは、荘園からの年貢が入る前に入り用となった銭を金貸しから借り、後で利子を含めて返済する。だが代官が荘園を私物化したり、盗賊が跋扈(ばっこ)するせいで、年貢銭の徴収自体が容易ではなくなっていた。そこでそれも金貸しに依頼することが増えていた。年貢は本来、年一度だが、二毛作が盛んな地では半年ごとに徴収することもあった。

いずれにせよ京から離れた、あちこちの荘園を経巡って銭を集めるわけであるから、腕と身元の確かな護衛が必要になる。そこで知り合いの公家から頼まれた裏部惟敦が、自ら育てた腕の立つ家人を同道させるようになっていたのだ。むろん護衛する金貸しから相応の礼金は受け取る。

もっとも、荘園の押領が増えるにつれ年貢銭の警護は減る一方で、今では金貸しや交易商から直接頼まれる丁銀警護などが多くなっていた。裏部家の青侍の腕は、豪商の間で評判になっていたのだ。

「それよりも隼人。相変わらず『気』の修行がはかどっておらんようだな。そのうち裏部様のご不興をかうぞ。若いうちはもどかしゅう思えて、太刀や槍といった打ち物の稽古に向かうのも分からんではないが」

「まさにその通りです、刑部様。近頃は、太刀だけでも遅れを取ることがなくなって参りましたもので、加えて気の修行までしたいという欲が湧いて来ませぬ」

隼人が、さほど恐縮する様子もなく応じた。

「しかし世の中は広い。とてつもない兵法者もおる。気を操れるようになれば、そのような者にも勝てる。蔵人様を見てみろ。それに気の修行は、才のある者でも十年、二十年かかる。今から身を入れておかねば、急に上達はできんぞ。儂とて、蔵人様にはまだまだ及ばぬ」

刑部は諄々と、噛んで含めるように説く。

「そこも気になっておるのですが、本当に私にも才が備わっておるのでしょうか」

「むろんだ。裏部様はまず第一に、それを見極めた上で家人とする者を選んでおる」

「それはつまり……御家に伝わる使命を果たせるよう備えておられるゆえ、ということですな。古(いにしえ)よりの伝えにある、あの」

「しっ！　このような場で口にするでない」

二人は確かめるように振り返った。金貸しは、前後を銭箱を積んだ馬にはさまれ、眠そうな目をして揺られている。以前にも警護を依頼したことがあり、信頼しきっているのだ。

彼らが顔を戻すと、道端に蔵人が立っていた。

長身で、そげた頬に針のような細い目をしている。総髪に髷を乗せ、二人と同じく黒と鼠色だけの出立(いでた)ちである。歩みを止めさせることなく、隼人に預けていた自分の馬に身軽く跨(またが)った。

「遅くなった」

刑部と隼人は顔を見合わせた。突然どこから現れたのか。寸前まで全く気配が読めなかった。

「この先の、両側から山が迫っておるところに案の定、山賊どもが隠れて待ち構えておった。左に五人、右に三人だ。左の三人と右の二人が弓矢を持っておる。残りは手槍だ」

「飛び道具ですか。ちと面倒ですな」

刑部が、槍を握り直しながら、平静な調子で応じた。

「隼人、右をやってみるか。あそこに山に入る細い道が見えるであろう。あれを辿れば、待ち伏せしているところに忍び寄れる。この列が三十歩くらいまで近づいたところで仕掛ければよい。先に弓の弦を断つようにすれば、さほど手間はかからんだろう。左の連中は、騒ぎに気を取られたところで、我らが片付ける」

「お任せ下され。刑部様、馬を頼みます」

隼人はすぐさま馬から飛び降りると、腰から鞘ごと抜き取った太刀を左手に摑んで、山道に入って行った。後ろ姿が嬉しげである。

「大丈夫ですか、一人で。些か慢心しておるようですが」

刑部が気遣わしげに問うた。

「この程度でしくじるようでは仕方あるまい。そのときはまた、次の者を裏部様に捜して頂くまでだ」

若侍が消えた山道を見る蔵人の双眸が、一層細くなった。

六

真吉が小夜と出会ってから二度目の暑い季節がやってきた。

馬に乗った北畠家の侍——小笠原勝俊は、炙るような日差しを遮っている一文字笠を持ち上げ、前方を見やった。右手に雑木林、左手に木橋。そのたもとに石塚がある。

「この先が惣名主の申しておった宿儺村だな」

傍らの徒侍に声をかける。同じく笠をかぶっているが、しきりに汗を拭いながら歩いている。

「は。描かせた絵図通りです。林を過ぎると畑があり、そこを右に曲がった先の、大きな百姓屋が長の家のはず」

やれやれ、と小笠原は思う。賦役くらい名主に申しつければ済むはずが、これまでにない数と渋りおって。あげくに、とりわけ宿儺村は頭数すらよく分からんと抜かしおる。そうなると此度ばかりは自ら、しかと検分せねばならん。

急に曇ってきた空を見上げる。夕立が来そうな気配である。

さっさと終わらせて帰らねば。それにしても宿儺村とは、何とも曰くありげな名だ。追儺どころか宿儺か。

『儺』とは疫神のことである。それゆえ悪神が宿る村、というほどの意味になる。

畑を右に折れたところで、カラスがうるさく鳴いた。道が村の真ん中を通っていて、田畑で野良仕事をしている姿があちこちに見えた。思っていたより大きな村である。道のずっと先に、丘に抱え込まれているような大きな百姓屋が見えた。

あれが長の家か。屋敷と言ってもよさそうな構えだ。

「さて、そう仰せられましても……」

村の長——嘉平が苦渋の表情を浮かべた。広座敷の上座に二人の侍を据え、自分は下座である。隅に婆様と多実が控えている。

「この村からの賦役は、多くとも四人と昔より決まっております。それを急に、出せるだけ出せと仰せられましても……」

侍相手ゆえ、改まった言葉遣いで慎重に答える。

「突然の大戦さになりそうゆえ、此度はこれまで通りとは参らぬのだ。武具も持参してもらわねばならんが、竹槍(たけやり)でも良い。長年の殿の御恩に報いてもらいたい」

小笠原は出されたさ湯を呑(の)みながら言った。斜め前に徒侍が厳しい顔つきで座っている。

「槍を使える者など、この村にはおりませぬ」

「そんなことは分かっておる。鍛えてやるゆえ案ずるな。見れば、この村は案外と大勢おるな。まず十人は出せそうだ」

「無茶でございます！　まだまだ草取りも大変ですし、畑も手が回らなくなります」

婆様が多実に目配せして、そっと座敷から出る。

目を見張って立ち止まった。板戸の陰に小夜がいたのだ。黙って奥へ引っぱっていくと、震える声で尋ねてきた。

「真吉さんたちが、戦さに連れて行かれるのですか」

「聞いておったのか。値打ち物やら籾米(もみごめ)は山奥に隠したが、人を出せとなると難しいのう」

小夜の顔が一段と青ざめる。

「案ずるな、何とかする。さっきも言うた通り、お前は隠れておれ。そうじゃ。この際じゃから、儂に代わって、お南無様にお願いしておってくれ。裏山のてっぺんにある祠じゃから、行けばすぐ分かる。あそこなら誰も来んしな」

婆様は、そう言いつけると納戸に入り、厨子棚から小さな紙包みを取り出した。

「常ならばこれで何とかなるが……さて」

小夜は屋敷の裏庭を走りぬけ、丘の上へと走る。

戦さはいやだ、恐ろしい。忘れかけていた記憶がまた蘇る。一面の炎の中、影絵となって逃げ惑う人々。そして刀を持って襲いかかる武者たち。いくら鍛えていても、戦さ場で生き延びられるかは分からない。真吉の体が血で染まる光景が頭をかすめる。

裏山のてっぺんに着いた。だが初めて見るその祠は、目の高さほどしかない、小さな古びた社に過ぎなかった。粗末な苔むした板屋根に色あせた四脚の足。それが大きな平たい岩の上に据えられている。

願いをかなえてくれる力なんてあるはずない……。足の力が抜け、背を向けてしゃがみこむ。固くつぶった目から涙が溢れ出た。

小夜は既に多実から、真吉の許嫁となったわけを詳しく聞かされていた。親無し子となった彼女を、助けてやってくれと彼が必死で頼んだのだ。そしてあの野焼きの火と煙の中……。何があっても守ってやる。真吉の言葉が耳の奥でこだまする。
次々と涙がこぼれ落ちる。彼が連れて行かれたら、そして二度と会えなくなったら。い
やだ！　誰か助けて。
轟ッ、と山鳴りがした。
はっと目を開く。木に止まっていた鳥たちが一斉に鳴きながら飛び立つ。もう一度山が
鳴り、足元が大きく揺れた。
久蔵は村の主立った者たちと、嘉平の屋敷に急ぎつつあった。騎馬侍がやって来るとは、
ただ事ではない。村に入ったのを見届けてから、主立った家の主に声をかけながら駆けて
いるのだ。どうなるか分からんが、少なくとも頭数がいた方がいいだろう。
彼らの腰には刀が、そして手には鍬や棒も握られている。
小夜は、揺れに耐えられず座りこんだところで気付いた。隣の雑木林の枝葉は揺れてい
ない。揺れているのはこの丘だけだ。
背後で奇妙な音がした。振り返ると祠がゆっくり傾いていく。揺れで倒れそうになって
いるのかと思ったが、そうではなかった。
祠の下の大きな一枚岩が斜めに持ち上がっているのだ。五人がかりでないと動かせない
ほどの分厚い岩が今、右端から持ち上がりつつあった。岩の下に敷かれている灰色の砂利

が顕わになっていく。

　そして小夜は、その砂利の間から伸びている、泥にまみれた黒々とした腕を見た。それが上にある岩板を押し上げているのだ。

　祠へ向き直った小夜だが、腰に力が入らず立てない。黒い腕はゆっくりと、だが着実に現れてきた。最初、手首の下あたりまでしか見えなかった腕は、やがて肘、上腕まで伸びていき、それにつれ祠の傾きも大きくなっていく。土で黒く汚れた腕には、びっしりと剛毛が生えている。

　祠は限界まで傾き——音を立てて倒れた。小夜は悲鳴を上げた。

　真吉は、右の貫手を突き出したところで動きを止めた。いつも通り修行場に入り、型の稽古中である。壮介は三日前から北へ出かけていた。国境いの雲行きが怪しくなってきているらしい。

　何だ？　今、何か聞こえたような……。その耳に微かに小夜の悲鳴が届いた。

　そこは麓の声など聞こえるはずもない山奥である。しかし彼はすぐさま確信した。どうした小夜！　何があった。

　真吉は全速で山を駆け下り始めた。だが道は遠い。一気に十歩分を飛ぶ。壮介から教わった、跳ねながら山を下る技だ。それでもまだるっこい。湿った空気を切り裂くように飛ぶ。

東の空は既に暗くなりつつある。いま行くぞ、小夜！

「うん？　何だ」

小笠原は胡座を解いて右膝を立てた。思わず脇に置いた刀に手が伸びる。それは短い地鳴りだった。雑木林の方で一斉に鳥が鳴く声が上がる。しばらくは耳をつんざくばかりの鳴き声だったが、やがて収まった。

「ふむ地鳴りか。珍しいの」

照れ隠しのように言って座り直した。その機を捉えて嘉平が、婆様からそっと渡されていた紙包みを差し出す。

「遠路まことにご苦労様でございます。しかしながらこの村には、さほどの人数がおらぬことは、お分かり頂けたかと存じますが」

嘉平と婆様、多実が低頭した。小笠原は眉根を寄せ、その包みに目をやった。

「銭か。今まではこれで収まったかもしれん。だが此度はそれどころではない。まさに北畠家が生き延びられるか否かの瀬戸際に立っておる。それゆえ儂のような融通の利かぬ者を出張らせておるのだ。この村より十人の賦役、きっと申しつけたぞ！」

小笠原が立ち上がった。

祠が載っていた岩板は、裏返しになって横にどかされている。その下に敷き詰められていた砂利の中から現れたのは、巨大な男だった。

小夜の喉は締めつけられているようで声が出ない。体は震え、うずくまったまま這うこともできない。巨漢を見上げる。

背丈は優に六尺（約一・八メートル）を越え、全身が黒い泥土に覆われている。その黒い層を通しても、全身が鎧のような筋肉で覆われているのが分かる。岩板を押し上げた上腕は、小夜の胴ほども太さがある。

太く黒々した髪は、鳥の巣のごとき蓬髪で背中まで伸びている。同じように渦巻く黒い髭が顔の下半分を埋め、そこから血のように赤い唇が覗いて見えた。その唇がうごめく。唸り声が聞こえ、それにつれて牙のような鋭い歯がみえた。異様な臭気があたりに漂う。両腕、両足には黒い毛がびっしりと生えており、胸や腹も同じく剛毛で覆われている。そして男は一糸まとわぬ裸体であった。股間の渦巻く陰毛の塊の中から、巨大な陽根と陰嚢が垂れ下がっている。

そして――目。白いはずの部分は黄色く濁り、その瞳は夕暮れが迫る丘の上で赤く光って見えた。山犬の目だ。

男の背後から、暗灰色の雲を通った僅かばかりの夕日がさした。逆光となった巨漢は黒い塊と化す。瞳の赤色が輝きを増した。

戸惑うように空を見上げていた男は視線を下げ、あたりを見回す。倒れている祠に目をとめた。右手を伸ばすと、易々と板壁を突き破り、中から緑青色の小さな丸鏡を取り出した。

それから地面にうずくまっている小夜に視線を移す。弱々しい夕日に照らされた少女の顔が、蒼白に浮かび上がる。蛇に射すくめられたネズミのように、震えたまま動けない。

男の唇が動いた。唸り声でなく声に変わる。

「オン……ナ」

右の素足が一歩踏み出され、巨漢の影が彼女の半身にかかる。

「……女」

鋭い爪の生えた左手を伸ばし、もう一歩踏み出す。小夜は完全に影に覆われた。

「聞いたぞ。賦役十人とはどういうことや！　それでは田んぼも畑も手が足りのうなる。儂らに死ねいうんか。お前らかて年貢が取れねえぞ！」

喜助がまくしたてた。手には棒が握られている。

小笠原は、濡れ縁から下りかけた姿勢のまま、庭を見渡した。十人余りの百姓が、屋敷の前庭に群がっている。手に手に鍬や鋤などの得物を持って、こちらを睨んでいる。

いつの間に報せを回しおった。小笠原は戸惑った。だが……。

彼の顔が引き締まり、左手に刀を提げたまま草鞋を履き、庭に下りた。後ろから同じように刀を提げた供侍が続く。灰空の雲が厚さを増し、あたりは薄暗い。

濡れ縁の前に立った二人の侍を、半円を描くように村人が取り囲む。

まずい！　嘉平は慌てた。確かにこの手もある。百姓と長く付き合っている郷回りの侍は、このような強訴(ごうそ)をされたら、騒ぎを大きくしたくないので適当なところで折り合いをつける。お互い阿吽(あうん)の呼吸があるのだ。だがこの侍は、今まで百姓との談判などしたことがない。このままでは行き着くところまでいってしまう。

長が口を開こうとした瞬間、小笠原が刀を抜いた。ぎらりと白刃が光り、侍たちを取り囲んでいた村人がどよめく。

「此度の件は、当家にとって生きるか死ぬかなのだ。下らぬ脅しにひるむような我らではないぞ。これ以上、云々(うんぬん)するなら見せしめのため成敗してくれる」

すぐさま声が上がった。

「あんたらが死のうが生きようが知ったことか！　儂らを巻き込むな。こっちかて生き死にがかかっとるんや」

小笠原の顔が怒りに歪(ゆが)んだ。百姓風情が、長年の恩義も忘れて勝手なことを抜かしおって！

刀を八双(はっそう)に構えた。全身に殺気が漲(みなぎ)る。

本気だ。嘉平は焦った。どっちにしろ死人が出たら終わりだ。村ごと大変なことになる。だが村人も、相手が刀を抜いた時点で殺気立ってしまった。どうしたらいい。全身から冷汗が噴き出す。

小笠原が刀を構えたまま一歩踏み出した。

「待てぃ！」

轟く声が、疾風のように前庭を吹き過ぎた。同時に異様な臭気が押し寄せる。長も村人も侍も、全員が声の方向へ視線を向ける。

声の主は庭の奥に立っていた。異形である。その男は白晒しの水干と袴を身につけている。だが不釣り合いに小さい。手足が大きくはみ出しているのだ。

すぐに気がつく。着ているものが小さいのではない。男が大きいのだ。足には何も履かず、手には何も持っていない。はみ出した手足のあちこちに黒い泥汚れがこびりついている。汚れ放題だったのを、辛うじて拭ったような具合だ。

水干の上から頭がそびえ立っている。同じく汚れがこびりついた髪は伸び放題で、大きく乱れ広がっている。それが一段と男を大きく見せていた。

だがそれらはいずれも大したことではない。全ての視線は、顔に釘付けになる。髭だらけの顔に、異物のように張り付いているものがある。裂けているかのように大きく真っ赤な唇。そして夕暮れの中で赤く光る瞳。

怪異！　小笠原の頭にその言葉が閃く。何奴だ。なにゆえこんな所に。我に返って急いで体の向きを変え、巨漢に向かって刀を構え直す。

異形の男は、先ほどまでの騒ぎなど知らぬげに歩き出した。並みの歩みだが歩幅が大きい分、どんどん近づいてくる。村人は呆気にとられたまま、まだ立ち直れない。

嘉平も混乱していた。何者だ、これは。

「お南無様……」後ろから婆様の押し殺した声が聞こえた。

「お南無様？　これが？」

麻の水干を着た巨漢は、小笠原と名乗った侍に近づいていく。

分からない、本当にそうなのか。お南無様は戦さの世に蘇り、その乱れを正して儂らを救って下さると伝えられてきた。だが長い戦乱の間、どのように祈ってみても顕れて頂けることはなかった。なぜ急に……。

長は、はっと正気に戻った。この巨漢が、お南無様かどうかは分からない。だが、とりあえずこの場をどうするつもりなのだ。あの侍は、言って分かる相手とは思えない。かといって殺したりしたら、隠し通せるとも思えない。明るみに出たら、今度は何十人もの武者がやってくるだろう。いったいどうなってしまうのだ。背筋に再び冷汗が流れる。


山を下り切った真吉は、たそがれつつある道を東へ駆け続け、ようやく屋敷が見える所まで来た。道の左側に普段通りにある。

いや、前庭に人がいっぱいだ。何があったのか。敷地へ駆け込もうとしたとき、屋敷の南角に見慣れた後ろ姿を見つけた。

小夜だ！　真吉は心底ほっとした。よかった、無事だったんだ。

少女はこちらに気付かぬまま、陰から前庭の方を覗いている。汗まみれのまま背後へ駆け寄る。

「小夜」息を切らしながら声をかけた。

ぱっと彼女が振り向き、驚き顔になった。が、すぐ唇に人差し指を立て、庭へ流し目をやる。真吉も喘ぎながら一緒に覗いた。

何だ、あいつは？

八双に構えた小笠原の刀が殺気をはらむ。その横で、供侍がいつでも踏み込めるよう青眼に構えている。異形の男は、全く頓着なく歩いてくる。あと一歩で間合いだ。

刀の先端がぴくりと動いた。巨漢が止まり、異臭が濃くなる。

「この村は逃散した」低い声が男の唇から押し出されてきた。

「それゆえ誰もおらぬ」

続けて言った瞬間、瞳が緑色に変わった。小笠原の体が凝固する。巨漢が、次いで供侍へと視線を移した。

八双に構えていた小笠原の腕がゆるゆると下ろされ、力なく垂れ下がった。目は虚ろである。供侍も刀を下ろす。

「逃散して誰もいない……」

二人の体から力が抜け、惚けたように繰り返す。

「そうだ。疾く去ね」

つまらなそうに言った男の瞳が赤に戻る。侍たちは刀を納め、そのまま前の道へ向かう。村人たちは唖然として、通り道を開けた。小笠原が繋がれていた馬に乗り、供侍が後ろについた。二人はもと来た道を、おぼつかない足取りで戻っていく。

異形の男は、傍らにいた喜助へ歩み寄り、持っていた棒を取り上げた。その横の男が持っていた鉈も取り上げる。

驚いたまま何も言えないでいる村人の目の前で、棒の一端を手早く鉈で削り、槍のように尖らせる。他端に何やら刻み模様を入れる。

「道祖神の守り人は誰だ」

巨漢があたりを見回し、太い声で問う。

「儂ですが」久蔵が恐る恐る答えた。

「あの者らが村から出た後、これをその脇に立てよ。よそ者は入ってこなくなる」

異形の男は、自分が形を変えたばかりの棒を久蔵の足元へ放った。軽く投げられたように見えた棒は、鈍い音を立てて、深々と地面に突き刺さった。

久蔵が全身の力を込めて棒を抜く。それから長に問うような視線を投げた。

「言われた通りに頼む。それと二人が戻ってこないか見張っとってくれ」

久蔵は頷き、物問いたげな眼差しを男に注いでから、村の北はずれへ向かった。残った村人たちは改めて巨漢に目をやる。

「お南無様」婆様が前に進み出て、潰れたような声で言った。深々と拝礼する。

「ようお出まし下されました。長らくお待ちしとりました」

「今は、そう呼ばれておるようだな」太い声が応じた。

「なにとぞ我が家へお鎮まりくだされ」

婆様が再び拝礼しながら招く。

「うむ。だがその前に……女！　川はどこにある」

屋敷の陰からずっと覗いていた小夜へ、左の人差し指を向ける。

「道を越えた、あの家の向こうを流れています」

小夜が懸命の大声で答えて指差した。十間（約十八メートル）ほど離れた茅葺(かやぶ)きの家だ。

川は、このあたりでは道からいくぶん離れていた。

「禊(みそ)いでくる。食い物を用意しておけ」

異形の男は唸るように言うと、風を切る音を残して飛翔(ひしょう)した。

小夜が指し示した家の屋根へ、音もなく降り立つ。微かに残る夕日が辛うじてその姿を浮かび上がらせた。一瞬だけ先を窺(うかが)うと、再び跳び、見えなくなった。

我に返った村人が一斉に叫び喋(しゃべ)り出して、あたりは騒然となった。

†

「それはまことか！」

惟敦が、青い顔で座敷へ駆け込んできた一木に問い返した。

「はい。三度卜してみて三度とも。間違いはございませぬ。急ぎ、お伝えに参りました」

持参した三枚の鹿の肩骨を、床の上に置き、震える手で指し示す。射しこむ夕日が、白く枯れている骨を照らし出した。いずれも全く同じに、真一文字の大きなひび割れが二つ、直角に交わって走っている。

「何と言うことだ。遂にあれが蘇って参ろうとは」主も青ざめた。

「して、いずこの地か分かったのか」

「いえ。残念ながらそこまでは。次は居場所を卜せねばなりませぬが、また二十日の潔斎の後でなくてはできませぬ」

「ううむ、そうであったな。次の骨卜は儂がやってみよう。だがそれまでに、たぶらかされる哀れな者どもが出て参るであろうな」

「御意。しかしながら、これまでも如何ともなし得ぬことでございました。必ずや、それも終わりにすべく」

「分かっておる。すぐ皆を呼び集めよ。此度こそ決着をつけねば、今後も宸襟を悩ませることになる」

†

祀りのときと同じに、広座敷を調える。壁に布絵を掛け、その前に神饌を載せた台を並べる。本家と分家、更に主立った者たち全員の家から食材を集め、大急ぎで準備できた分だけである。

日が暮れきった頃、お南無様は水を滴らせて戻ってきた。濡れた水干姿のまま神饌の前にどっかと座り、胡座を組むと、目の前の器に山盛りに並べられた食い物を、何も言わず手づかみで食べ始めた。

だが食うのは肉だけだ。鶏、兎、鯉……肉以外は、米も菜も食べない。貪り食う合間に酒も飲むが喉を潤す程度だ。たちまち足りなくなる。

鶏の臓物も持って来いと言う。塩もみにして生のまま食べる。口から生血が滴る。大急ぎで更にあちこちの家から取り寄せる。雉、鹿や猪の干し肉……。

油灯皿の明りが浮かび上がらせているその様子を、真吉は座敷の一番後ろから見つめていた。

川で頭から洗い落としたのだろう、お南無様の体にも髪にも汚れはなくなっている。異臭もほとんど消えた。明りが灯る座敷では瞳も黒色だ。しかし顕わになった地肌は船乗りよりも赤黒く、その巨軀からは異様な気を感じる。やはり人とは思えない。本当に、この家に代々言い伝えられてきた『神』なのだ。だが……。

布絵を見やる。この蓬髪の巨漢が剣を持てば、確かに明王の如き姿にも見える。しかしそうではなく、二本の角があれば——鬼だ！　真吉の胸に不安がこみ上げる。

父と婆様が、お南無様から少し間を取って座っている。更に少し離れて、母と主立った村人が居並んでいる。普段の集まりと違うのは、まだ戻って来てない壮介と、見張りを続けている久蔵がいないこと。代わりに俺と小夜がいることか。

小夜は、お南無様のすぐ横に座って、次々に出てくる料理を並べたり、空いた器を下げたりしている。お南無様が呼んだのだ。

「まだ幼き者ゆえ私が」

多実が青い顔をしつつ申し出たが、じろりと見返した目に、たちまち言葉を失った。小夜は少し青ざめながらも、落ち着いて立ち働いている。だがそれを見つめる村人の胸に、ある不安が浮かんでいた。

お南無様はどうやら荒魂の神ではないのか。荒魂神は強い霊力を持つが、人身御供を求めることがあるという。まさか……。

「お南無様」

婆様が落ち着いた声で呼びかけた。鶏の骨を噛み砕いていたお南無様が視線を投げる。

「お言いつけ通り、道祖神の脇に棒を立てましたが、あれは結界でございますか」

「そんな大層なものではない。ただの目眩ましだ。よそ者にはこの村への道が見えなくなる」

座に嘆声が広がった。これで戦さが起こっても、ここだけは無事でいられる。

「よくぞおいで下さりました。それでお南無様は何をなされようと」

「知っておろうが。戦さの世を終わらせるのだ」

鯉を頭から齧りながら、太い声でこともなげに言う。

座がしんとした。長の家の言い伝えでは、お南無様は戦さで荒れ果てた世を正し、儂らを救ってくれるという。だが本当にそんなことができるのか。いくら荒魂神でも、どうやってそれをなし遂げようと言うのだ。

「但し、そのためにはお前たちにも手伝ってもらわねばならん」

お南無様が脂で汚れた指を嘗めながら言った。食べるのは一段落らしい。

「手伝い……。戦さなき世が取り戻せますなら、私どもにできることは何なりと」

婆様が身を乗り出すようにして言った。だが他の村人には戸惑いが広がる。儂らはただの百姓だ。何をしろというのだ。

「まずは、そうよのう」

つと左手を伸ばし、小夜の髪を数本、太い指に絡ませた。少女はびくっと体を震わせたが、そのまま俯いてじっとしている。婆様もさすがに不安げな表情を浮かべる。

「上の祠にあったこの鏡。如何なる経緯でこの家へ招来したのか、聞きたい」

お南無様が懐から、あの緑青色の丸鏡を取り出してきた。

「それは」婆様の目が驚愕に見開かれた。

「その鏡は昔、山田の町で大火がありました際、私の父御が持ち帰ってきたのでございます。私が生まれるずっと前、まだ若かった頃のことで、仔細は存じませぬ」

「聞き知っておるだけでよい。何か伝えはあろう」

お南無様は口の端を上げ、まだ小夜の髪を指先でいじっている。少女は青い顔でじっとしている。真吉の胸に嫌悪が兆した。

「は、はい。幼き頃に聞いた話でございますが」

婆様が語り始めた。

昔、外宮のある山田と、内宮のある宇治の町とが争いになり、そこに北畠家が介入してきて山田の町を焼き払った。およそ一千軒も燃えたという。婆様の父御は、外宮がどうなったか心配になり、危険を冒して様子を見に行った。そこで何があったかは誰も知らない。要するに古い銅鏡を持ち帰ってきたのだ。

「如何なる由緒の鏡なのかは存じませぬが、然るべきときが来るまで祠に祀るよう、父が言いつけたと聞いております」

「そうか。伝わっておるのはそればかりか……。では次だが、儂の入る仮屋を建ててもらおう」

「はい。確かにご入り用かと存じまするが、それはいかような建家で、どこに作れば」

「急ぐゆえ庵のようなもので構わん。建てるのは祠のあったところだ。岩板を戻して、その上に建てよ」

「急ぐと仰せられますと、どれくらいの間に」

「この近くに熊や狼はおるか」

「熊は秋にときどき出て参りますが、狼は近頃とんと見かけませぬ」

婆様が不思議そうに答えた。何の関わりがあるのか。

お南無様が立ち上がり、暗い濡れ縁に出て夜空を眺めた。

「近くにはおらぬか。月は上弦……。次の次の満月までに建てよ」

「は、はい。それまでお南無様には、この家をお使い頂くということでよろしゅうございますか」

「いや、これより出かけねばならん。その満月の夜に戻る」

一同がざわめいた。いったいどこへ行って何をするのか。

「それは……差し支えなければ、どちらへお出でに」

「山に入る。力を元通りにせねばならん。西へ行けば吉野や熊野ゆえ、熊や狼もおるであろう」

「熊や狼？」

濡れ縁に立つお南無様の顔は、月明りの陰になっている。赤い唇が横に大きく広がり、瞳が赤く光る。

「食うのだ。とりあえずは鹿や猪を食らうにしても、力を完全に戻すには、あれらを食うに限る」

座敷にいる全員が凝固した。この荒魂神は本当に救い神なのか。ひょっとしたら別の理由で顕れたのではないのか。

「あんたは本当にお南無様なのか」

突然、暗い庭先から声がした。全員がそちらを窺った。異形の男も庭を見やる。座敷の明りが届く所に壮介が立った。

「今、戻りました。久蔵のところで、あらかた聞きました」

「国境いで何が起こっておるか、確かめに行かせとった者です」

婆様が急いで説明する。

「確かに儂がお南無様だが、それがどうした」

水干姿の男は不気味な笑みを浮かべたまま尋ねた。

「少し聞かせてもろうたが、どうも解せんのだ。だがいずれにせよ、お南無様なら俺より遥(はる)かに強い力を持っておるはず」

壮介はそう言って、挑むような眼差しを返した。

「なるほど。少しは腕に覚えがあるということか」

巨漢が嬉(うれ)しそうに応じて庭に降りる。相変わらず素足である。

「やめい、壮介！　そのお方はお南無様に相違ない」婆様が叫ぶ。

「俺はたくさんの行者様に会(お)うたことがある。人を操ったり、目眩ましだってできる行者様もおった」

「いつでも良いぞ」

庭に降り立った巨漢が楽しげに告げた。

壮介の体が走った。村人には一瞬、壮介が消えたと見えた。

次の動きは真吉だけが辛うじて見えた。壮介は巨漢の懐に入るや、左の貫手(ぬきて)を脾腹(ひばら)に突き立てた。鞭で何かを叩くような音がして、その貫手は狙った腹の手前で止まった。男の右掌が受け止めたのだ。いつ手が動いたか見えなかった。

壮介の顔に驚愕が浮かぶ。見ていた村人が息を飲む。

「修験の技か」

先ほどと変わらず悠然と立っている異形の男が、嘲るように言って口の端を持ち上げた。

次の瞬間、壮介は貫手をそのままに、飛び上がりざま下半身を捻り、右足先を相手の首筋に奔らせた。並みの人間なら首が折れる。

男の瞳が緑色に変じた。足先が首に触れた瞬間、壮介の体が真後ろへ吹き飛んだ。そのまま地面に叩きつけられる。

真吉は青ざめた。あまりに早い！　受け身もできなかったのでは。

壮介は庭に倒れ伏したまま動かない。眉間に皺を刻んだ異形の男が右足を踏み出した。緑の瞳がぎらりと光る。

お怒りになっている。殺されるぞ。全員がそう思った。

巨漢の足元に何かが飛び出した。小夜だ。そのまま土下座する。

「お許し下さい、お南無様！　悪気があってのことではございません。どうかお許し下さい！」

異形の男は無表情に左足を持ち上げ、彼女の首の上に持っていった。

真吉が飛びかかろうとした刹那、足が引っ込められた。

赤い瞳に戻った男は、屈むと少女の顎の下へ手を入れた。無理矢理に顔を持ち上げる。

「今、死んでもらっては困る。約束したではないか。儂の傍に侍るとな」

くく、と低く笑ってから立ち上がった。小夜が突っ伏す。

座敷から凍り付いたように見つめている村人へ目をやる。

「では、このまま山へ入る。仮屋のこと忘れるな」

青い顔の婆様が頷く。

「いや。もう一つあった」背を向けかけたお南無様が、呟くように言った。

「戻ってから聞きたいことがある。キヨモリのことだ。誰ぞ、よく知っておる者を用意しておけ」

「キヨモリ？　どちらのキヨモリで」

「平家だ。相国入道平清盛。構えて忘れるな」

そう言い残したお南無様の姿が夜の闇へ溶けた。

七

七月十一日。信長の右筆役である武井夕庵が、稲葉山上の城館へやってきた。日差しはまだ暑いが、頂上まで登れば、かなりましである。

「どうした夕庵。夕べ遅くまで立ち働いておったに、随分と精が出るな」

信長は館広間に座り込んで、一面に広げられている南伊勢や城の絵図、様々な書状を前にしていた。向かいに座っている木下藤吉郎が、よく動く丸い目で愛想よく、夕庵へ会釈してきた。

「これは木下様。用談がお済みでないのでしたら出直しますが」

「構わん。一段落したゆえ通したのだ。何用だ」

信長が、ゆるやかに京扇を使いながら言って来た。広間は板戸も襖も全て開け放たれ、涼やかに風が吹き抜けている。

「山科言継様が岐阜に下向されており、ご挨拶をとのことでございます」

「ほお。卿とは将軍御所の普請中、何度か立ち話を致した。あの年寄りが暑いさなかに美濃までとは、骨折りなことだ。して用向きは」

「三河様のところへ参られる途上ゆえ、ご挨拶だけとのことでございました。後奈良帝の法会にかかる費えの献上を頼みに行かれるとか」

「驚いたな。この暑い時季、三河――竹千代のところまで参るのか。その法会とやらには、幾ら入り用なのだ」

「おおよそ二万疋ほどかと」

「たかが法会に、さまでかかるのか。加えて、常の如く朝廷は手元不如意というわけだ。それゆえわざわざ……。老体には辛かろうな。よし。まずは夕刻、山を下りたところで会うてやろう。京では、父信秀を見知っておるということで話が弾んだ。他に格別の用件がないのであれば、儂から三河へ飛脚を遣わして、献上金を届けさせよう。それまで岐阜に逗留させることでどうだ」

「さぞお喜びになるかと存じます」

「もし工面がうまくいかねば、足りない分は儂が出してやってもよい。そちから伝えておいてくれ。それと逗留中、城下におる家臣どもに引き合わせてやれ。お互い後々の役に立つこともあろう」

夕庵が平伏する。

「いよいよ北畠攻めでございますよ」藤吉郎が気を遣って、場の話柄を振ってきた。

「此度は四万を超える軍勢。戦支度も大変ですわい」

「となると、相手もそれと悟って、国中挙げて備えの真っ最中でございましょうな」

夕庵は今、取次役も兼ねているので家中の動きはよく承知している。来月には出陣予定なのだ。

「左様に聞こえて参りますが、止むを得ませぬ。所詮、悪あがきでございますよ」

「甘く見てはならぬ」主が鋭い口調で言った。

「先ほど命じた通り、その方には大事な役目を振ってやったのだ。ゆめゆめ油断致すな」

はっ、と藤吉郎が頭を下げる。

「ひとつ、お主の考えを聞いてみるか。知っての通り、木造具政が密かに誼を通じて参っておる。こやつを先導役にすれば戦さもやりやすかろうが、更に打っておくべき手はあるか」

　具政は、北畠当主の叔父で木造城主である。本来は最初の難敵のはずであった。藤吉郎の顔に緊張が浮かぶ。丸い目が忙しなく、絵図や書状のあちこちを走る。

「これで北からの手配りは、まずよろしいかと。残るは南……」

「うむ、よく見えておる。伊勢の大湊に若干だが水軍もおるし、南へ逃げられては戦さが長引く。それゆえ志摩にも手回しをしておく要がある。一益から、九鬼嘉隆という海賊と手を結んではどうかと申してきて、先日その者を引見致した。これで水軍を封じ込めるし、必要とあらば海からも兵を送りこめる」

　藤吉郎が、恐れ入りましたと言って笑った。夕庵は、背筋を別の汗が流れたように感じた。主が彼に目を向ける。

「ついでだ。そちの目から見て、他に抜けはないか。何なりと申してみよ」

「私なぞには到底……。ただ北畠様は権中納言。公儀より伊勢国守護に任ぜられております。戦さとなりますと、公方様の方はよろしいので？」

「さすが、貞勝と同じようなことを申すの。既に手を回してきておる。先頃、義昭からやんわりと申入れを受けた。北畠とは隣国となったゆえ、今後は懇ろにとな。気にいらん！」

　信長が吐き捨てるように言った。手の扇をぴしりと閉じる。

「小賢しい遣り口も気に入らんが、そもそも義昭は僧侶であったから、武家の棟梁としてどう振る舞うべきか、とんと分かっておらん。依怙の沙汰ばかりか、兵糧米を売っての商いで金儲けまでしておる。斯様な有様では、公儀の威光を取り戻すことで世の乱れを正さんとした儂の苦労も水の泡だ」

主の突然の怒りに、慌てて面を伏せる。

「将軍とはいかにあるべきか、じっくり言い聞かせるしかあるまい。だがこうなると、まずは己の立場というものをよく分からせねばならん。押して北畠を攻めることは、良き手始めとなろう」

夕庵は黙って聞きながら、北畠はかえって墓穴を掘ったと思った。

†

「信じられん、お南無様が本当に顕現されようとは。正直、儂はただの言伝えと思っておった。

宗玄が、さっきから同じような問いを繰り返している。嘉平からの報せを受け取り、急いで村へ帰って来たのだ。

いつもの広座敷である。集まっているのは嘉平、多実、婆様、真吉、分家の喜助、壮介そして小夜である。弟の良太は分家に預けた。かわいそうだが何も知らない方がいい。

「間違いない。お南無様は、丘の上でお鎮まりに――お眠りになっておられると、お前も聞いておったであろうが。その通りに、祠の下から顕れてお出でになった」

お婆様が、誰にも聞かれていないか、白く陽に晒されている庭へ目をやりながら答える。蜩の声がうるさいのが幸いだ。

「しかも言伝え通りのお姿で、不可思議な力をお持ちだったと……」

「そうだ。現に、他所では大変な頭数となった賦役が、この村には来なんだ。それに棒を立ててからは侍どもはむろん、見知らぬよそ者も入って来ん」嘉平が唸るように応じる。

「前からの行商人や、近在の知り合いは変わらずやって来る。初めてこのあたりへ来た者だけ、村へ入る道が見えんようだ」

「仏僧は鬼神を語らん。じゃが単なる目眩ましとは思えんな。とはいえ、それは護法の技か、あるいは邪法の術か」

「めったなことを言うもんやない！」婆様が遮る。

「あの方はお南無様じゃと、何度言えば分かる！」

「母者の考えはよう分かった。だが儂も戦さが迫っておる中、これまでになく厳しい関所の詮議を通って、ようやく戻ってきたのだ。もっと色々聞かせてくれ。さもないと己の考えもまとめられん」

異形の男が顕れて以後、沈みがちで、今も俯いている小夜へ目を向ける。

「お前は、お南無様の傍らにいると約したとか。それはどういうことなのだ。お前の口から聞かせてくれ」

「お南無様が祠の下から現れたとき、私に言ったんです。女、うぬの願いをかなえてやると。村の者や真吉とやらが戦さ場へ行かなくて済むようにしてやる、但しそれには条件があると」

　真吉が強張った顔で、答える小夜を見つめている。

「まもなく戦さが始まる。それが終わるまでの間、命じたら傍らに来て侍るのだと」

　なぜ俺なんかのために、そんな約束をしたんだ！　真吉は心の中で叫ぶ。

「そして、私の額に左の指を押し当てて、約束だと念押ししたんです。その後は抱え上げられて、まるで宙を飛ぶように裏庭まで跳んできて……。そこに干してあった水干と袴を見つけると、勝手にそれを着て、前庭へ出て行きました」

「なぜそんな条件を。お前に何をやらせようというのだ」

「分かりません。ただ禊から戻ってきたお南無様に、傍らへ来いと言われたとき自らそこへ……。逆らう気も起こりませんでした」

「まさに人を超えた力と思えるな」

「いや、人傀儡の術かもしれません。放下僧が似たようなことをするのを見ました」

　壮介が言った。やつれているが口調は変わらない。お南無様に弾き飛ばされて、全身を強打して気を失った。肋骨を二本折られ、左足を痛めている。

「人傀儡というもんやとして、元に戻す方法はないんですか」

　真吉が身を乗り出すようにして問うた。

「術をかけた者と、それを受けた者の力の具合による。無理に解こうとすると、心に何か傷を負うかもしれん」

「そんな必要はありません。私は真吉さん——村の皆が戦さに巻き込まれなくて済むというなら、約束を守ります」

小夜が顔を上げて言い切った。

「でも戦さの間、侍らせるとは何をやらせようと」

多実が言いかけて口を噤む。全員が感じている不安だった。

「お南無様が顕れたんは、この娘が願ったからなんか」

喜助が額に皺を寄せながら問う。

「お南無様は何百年も眠っておられたはず。同じように、己の大切な者の無事を願う男女は大勢おったと思う」宗玄が考え考え答える。小夜の表情は変わらない。

「それでもこれまで顕現されなかった。たまさかではないのか」

「ううむ。いささか符牒が合いすぎとるようにも思うが」

「それより、お仮屋の進み具合はどうなんだ喜助。あと半月くらいしかないぞ」

嘉平が尋ねる。

「村の衆へ指図しながら作っとるが、本当に庵程度のもんや。祠のあった所では、広さもあまり取れん。方一丈半（約四・五メートル四方）がやっとだ。材料は使っとらんかった納屋から取った。掘立て柱の間に梁と棟柱を渡し終えたんで、昨日からは竹天井にかからせとる」

「それはまた随分と簡素じゃのう」

「いや、後から茅で葺くし板戸もつける。けど、そこで何をされたいんか分からんので困っとる。手直し覚悟や。調度に何が入り用なのかも分からん。水甕と藁座くらいは用意しとくが」

「そうか、祠の跡に建てるのであったな。お南無様が出てこられた穴とやらは探ってみたのか兄者」

　宗玄が長に尋ねた。

「いや、そんな余裕はなかった。若い者らに岩板を戻させる前に覗いてみたが、底も見えんくらい深い穴やった。真っ暗で、それ以上は分からん」

「……そんな穴の底に、何百年も眠っておられたんかのう」

　婆様が呟き、みな押し黙った。それがどのようなものか想像すらできない。

　真吉はぎくりとした。とんでもないことが閃いたのだ。お南無様がまた眠りにつくとき、もし小夜に傍らに侍れと命じたら。

　思わず横目で少女を見る。青ざめながらも背筋を伸ばして座っている。いや、この約束は戦さが終わるまでだ。そんなことは……。

「村の主立った者は仔細を知っとるわけだが、他の衆へは何と言っておるんだ」

「偉い行者様が村の安泰を祈禱しに来て下さることになった、という話にしとる。これも村以外の者へは口止めした」

「良い思案だ。こんな摩訶不思議なことが生じていると知れたら、何が起こるやもしれん。今は国中が殺気立っておる。それで、お南無様に言われた平清盛とやらはどうする気なんだ」

「それが難儀だ。名はともかく、詳しいことなど知っとるはずもない。それもあって、急ぎ宗玄に帰って来てもらったんだが」

「確かに京にいる儂の方が余分には知っておろうが、それとて大したものではない。何を聞きたいか分かっておれば、予め調べることもできるが」宗玄も首を捻る。

「いや待て、思いついたぞ！　清盛を最もよく語れる者——琵琶法師を連れて参ってはどうだ。これなら、もし不足があっても、とりあえず止むを得んとなると思うが」

「なるほど琵琶語りか。うまい思案じゃ。さっそく山田へ使いを走らせた方がええ。急がんと戦さが始まる前に、よそへ逃げ出してしまうからの」

「その通りだ。すぐ久蔵か誰かに行かせる」

長が、ほっとしたように婆様に頷き返す。宗玄が続けた。

「戦さが近づいておって、関所を出るのはともかく、次は入れるか分からん。当分居らせてもらうぞ。寺へは、戦さのせいで戻れんと文を送る」

「申し訳ないですが、私はしばらく紀伊へ行きます」壮介が告げた。

「思ったより膝の具合がいけません。早く治さんと、とおの者として働けません。紀伊には怪我をした修験者が使う湯がいくつかあります。街道だと関所が面倒なので、南へ山越えして志摩から潮路を使います」

「それがよさそうやな。誰かつけてやりたいところだが」

「無用です。当分は皆、湯治の手助けどころでないはず。それより」婆様に顔を向ける。「餞別代わりに聞かせてもらえんですか。お南無様は、なぜ真っ先に鏡のことを知りたがったんでしょう」

「分からん。儂もあの時は驚いた。じゃが昔、鏡を持ち帰った折の大火では外宮の社殿も焼け落ちたと聞いとる。そこが肝なんかもしれん。あれは外宮の――まさにご本体ではないかと思う！」

「な、何を言うとる。外宮も燃えたかしらんが建て直されとろうが。ご神体の鏡もちゃんとお祀りされとる」

　喜助が目をむく。

「それが本物となぜ言える」異を唱えたのは、意外にも宗玄だった。

「外宮が焼け落ちたというのは大変なことで、京でも騒ぎになった。前にそのことを知って調べてみたことがある。外宮炎上に至った争いの後、ご神鏡がどうなったか朝廷から使いが送られようとしたが、外宮側がそれを拒んだという話が残っておった」

　外宮炎上に至った争乱は文明十八年（一四八六）のことである。大事の報せを受けた朝廷は、わざわざ元号を長享へと変えている。

「そんなら、ご神鏡が行方不明になったのを隠そうと、あとで似た鏡を作るか、どっからか持ってきた、ということですか」

真吉が勝手に想像を膨らませていく。

「分からん。そうかもしれんし、そうでないかもしれん。だが少なくとも、祠でお預かりしてきた鏡は、お南無様が欲しがる——深い謂れのあるものだったということになろう」

「けど畏れ多くも、あれが外宮のご神鏡やったとしよう。お南無様は、それをどうしようというんや。戦さのない世とするための役に立つんか」喜助が再び口を挟んでくる。

「あの鏡に祈れば、それが真実となるんか」

「儂らとて、お祀りの際にはそういう願いもしておろうが。祈るだけで真実となるものなら、とうの昔にそうなっておるわ。お南無様が山に籠られる要もない」

婆様が苦く言い、沈黙が場を覆った。

分からない。あの鏡は本当に外宮のご神鏡であったのか。お南無様は、それをどうしようというのだ。

いったんその場を終えることになったとき、壮介が真吉を呼び止めた。

「肝心なところで村を離れねばならん。残念だし心配だ。特にお前には、まだ中途半端なとこまでしか教えとらん。そういうときがかえって危ない。己の技を過信するな」

「分かりました。気をつけます」

「それと、お南無様と戦おうなんて思うな。俺でも歯が立たんかった。お前では全く勝負にならん。何があってもだ。たとえ小夜のことでも」

目を見張った真吉だが、とっさに言葉が返せない。

「織田との戦さが、そんなに長く続くはずはない。終わるまでの辛抱だ。護符代わりにこれを貸してやる。俺には当分用なしだ」

帯から山刀を抜き取り、鞘ごと渡した。

「心を鎮めるのにも役立つ。じゃあ行く」

手を振って、左足を少しひきずりながら歩み去った。

真吉はその使いこまれた山刀を抜いてみた。それは短いが厚さのある、研ぎ澄まされた刃を持っていた。真昼の陽を反射して刃が眩しく光る。

お南無様の戻ってくるときが、そして織田の軍勢が攻めてくるときが近づいていた。

†

「骨卜の結果は『行方定まらず』か」

烏帽子に白い浄衣姿の惟敦が、忌々しげに呟いた。屋敷の中庭にしつらえた幔幕の囲いの中にいる。真ん中に掘られた穴の中で、太い薪と細めの枝が燃えている。脇に据えられた白木の棚には、二本の榊の枝が立てられ、その間に、白く枯れた鹿の肩骨が何枚か置かれてあった。

惟敦の向かいにいる、同じく浄衣を着た一木が、主の持っている肩骨を凝視する。骨の平坦部には、先ほど惟敦が尖端を焼いた棒を押しつけて生じさせた、ヒビ割れが浮いている。その割れ模様は八方に細かく広がっていた。中国由来の亀卜ではなく、それより遥か昔、この国で行われていた占いの方法である。

「鎮座することなく、うろついておるようでございますな」

「居場所は定まっておらぬわけだ。方角はいずれと見る？」

二人とも、眉根を寄せながら、骨の模様を判じる。

「おそらく南のように思いまするが」

「如何にも。となると奈良、飛鳥、吉野そして熊野か。疑わしげな所ばかりだのう。これでは蔵人らに捜させることもできん。次の骨卜の際には鎮まっておることを願おう。あ奴め、無知の輩に悪業を働いておらねばよいが」

八

真吉は丘の上に来ていた。

煌々とした十三夜の月明りが、闇の中から、木や茂みの輪郭を浮かび上がらせている。陰には何かが密やかに息づき、こちらを見つめているかのようだ。

祠のあった所には、既に庵が出来上がっていた。真新しい竹の香りが漂ってくる。山道を登って行ったとき正面となる南側に板座敷があるが、今は戸で閉め切られている。茅葺きの切妻屋根が西へ長く伸ばされている。下は地面で何もないが、竈も据え付けられる。

出入り口も西面にあり、筵がぶら下げられている。

今時分は庵でもいいとして……。真吉は首を傾げた。冬はどうするんだろう。ここにいるのは、長くても秋の終わりまでなのだろうか。だがその頃には大風がやって来ることもある。ここはてっぺんだから、まともに風がぶつかる。まわりに木もあるが、強い風が吹いたら飛ばされてしまうかもしれない。お南無様だから、そんな心配をする必要もないだろうが。

庵の向こう——北へと歩く。

眼下に広がる暗い雑木林が、やはり輪郭だけを浮かび上がらせている。彼方に覗く黒々とした海面に、黄色く煌めく細片となった月が映っている。その手前、ずっと左の方に明りの群が見える。多芸御所がある多気の町だ。もうとっくに暗く沈んでいる時分なのだが、松明と思しき橙色がたくさん揺らいでいる。

もしかしたら、あそこへ駆り出されていたのか。夜を徹して戦さ支度を進めているのだ。だがここから見える、闇に浮かび上がる町は綺麗だ。

はっとして立ち止まる。小さな黒い影——。所在なげなその影が振り向いた。月の明りに白く浮かんだ顔は、やはり小夜だった。

「こんな夜中に何しとるんだ」

「たぶん真吉と同じ」

柔らかな声が返ってくる。

「そうか。明後日、お南無様が戻ってくると思うと寝つけんよな」

「うん……」小夜が顔を町の方へ戻す。

「そしたら、ゆっくり夜の明りを見るなんて、もうできんかもしれんね」

「何言うとる。お南無様が本当に戦さを全部終わらせてくれるかは知らんが、ここの戦さはすぐ終わる。そしたらまた元通りだ。そんときは、また見に来ようや」

少女は何も答えず身じろぎもしない。夜気が深まっていく。

「どうした。何を考えとる」

「そうなったらいいなと思って」

小夜が目元を拭った。泣いてる？

「あの……あのね私、真吉に話しとこうと思うの。前に、思い出したけど言いたくないことがあるって」

向き直りながら告げたその声に、何か覚悟が混じったように思えた。

「ああ、あれか。でも無理せんでええぞ」

「ううん、いま聞いといて欲しい。私には連れの女の人がいたのよね。その人は私のかか様じゃないかって、皆に聞かれた。でもあの人は絶対、かか様なんかじゃない！」叫ぶように続ける。

「お、覚えてるの。私は寝ている。あたりは暗いけど、私のまわりだけぼんやり明るくて。その明りの中に、あの女の人が入ってくる。近づいてくるんだけど、短刀を握ってるの！

でも私は寝たままで動けない。手も足も力が入らない。逃げることさえできない。黙って見てるしかないの。そして刃が突きつけられて」

一気にそこまで言って、がたがたと震え始めた。息が荒くなる。真吉は駆け寄ると、震える体を両腕で包んだ。

「落ち着け、大丈夫だ！　俺がおる。しっかりしろ小夜！」

強く抱き締める。呼吸が少しずつ落ち着いてくる。

「ご、ごめん……もう大丈夫。詳しく思い出そうとするたび、こうなるの。だから話したくなかった。で、でもあんなことをする女の人が、私のかか様であるはずない！」

真吉は聞こうか聞くまいか迷った。だが聞くなら今しかないのでは。

「けど小夜、それは本当のことなのか。確かなのか。俺には、あの女の人がお前を殺そうとしたなんて信じられん。現にこうやって生きとるやないか」

「夢じゃない」少女が呻くように言う。初めて聞く声だった。

「夢だったらよかったのに……。でも証しがある」

真吉の胸を押して体を離す。

「証し？」

「そう。だけど真吉には……見せたくなかった」

両手を着物の襟元へ持っていき、そのまま左右へ広げた。胸が露わになっていく。

「お、おい。小夜！　何を」

月に照らされた胸の白さが真吉の目を射た。小さな膨らみが見える。だが更に着物が広げられたとき、彼は絶句した。白い胸に傷跡が見える。それは左の乳首の内側から右の乳首の下まで、真っ直ぐ左右につけられていた。月の光の中でそれは黒々として見えた。

「私が真吉の家で目を覚ましたときからあった。婆様と多実かか様に、何も覚えてないと言ったら困ったような顔をして、胸に傷があるけど、そのうち消えると思うから気にせんでいいと言われた」

その傷跡は、薄桃色の小さな二つの乳首と真逆に、大きく禍々しい姿で居座っている。

「分かるでしょ。これは刀で傷つけられた痕。だから夢なんかじゃない。普段は見ないところだし、初めは私も気にせんかった。でも、だんだん傷跡が濃くなってきてる気がして……。だから余計に言いたくなかった」震える両手で襟を戻していく。

「私は本当は、真吉の許嫁なんかにふさわしくないんだ……」

真吉がいきなりその襟を摑んだ。左右に広げる。

「い、いや。何するの。やめて！」

抗うが、鍛えられた両腕は容赦がなかった。再び大きく露わになった白い胸に、小夜が泣きだす。

「だから何だって言うんだ！」真吉が叫ぶ。

「お前の胸に傷があるから何なんだ。違うんだ小夜！　そんなことじゃないんだ。それを誰がつけたのかだって、どうでもいいんだ」

襟を元通りに合わせ、額を押し当てる。

「俺はお前が好きなんだ！　だからあとは、お前が俺をどう思ってくれるかだけなんだ。それだけなんだ」

少女の目が大きく見開かれる。流れていた涙が止まる。真吉の嗚咽(おえつ)が漏(も)れる。

「お前の気持ちなんて全然わかっとらんかった。畜生！　いつになったら本当にお前を守ってやれるようになるんだ」

胸に押し当てられている頭を両手で抱く。小夜は、胸元が暖かいもので濡れていくのを感じていた。

九

お、お役人様、お待ちください！　この砂金は琵琶の弾き語りで頂いた礼銭に相違ございません。盗んだものではございません。

それだけでこんなに貰(もら)えるはずがない？　それは確かに私も不思議なのですが、どうかお聞きください。

一昨日、私は山田の町におりました。戦さが近づいているという噂(うわさ)で、法師仲間は誰も残っておりません。私もそろそろ他所へ移ろうとしておったのでございます。お気付きかと思いますが、私は眼(め)が悪いとは言え、明るい所なら、ぼんやり影くらいは見えますので些か、のんびりしておりました。し過ぎておったかもしれません。

その一昨日の朝。やっと見つけた、平家物語を語りに来てほしいと男の方が慌ただしくおいでになりました。確か『スクナ』とかいう村の方でした。そろそろ戦さが心配だと渋ったのですが、礼ははずむということだったので結局、お引き受けしました。明日の満月の夜——つまりは昨晩のことですが——には間違いなく語って貰わなくてはならんということで、わざわざ馬を仕立ててくれました。

それに乗せて頂き、小半日くらいかかったでしょうか、村へ着きました。どこかの屋敷の一室を宛がわれ、結構なお膳も頂き、その晩はゆっくり過ごしました。あくる朝。いよいよ当日ということで、随分と屋敷内が落ち着かない感じでした。私は琵琶の調子を整えるくらいで、他に何もすることがなかったのですが、大勢の方が出入りしたり、宴の支度をしているようで忙しくしておられました。

しかも慌ただしいだけでなく、妙に張り詰めた雰囲気が漂っております。ただの宴ではなさそうだ、いったい何が始まるのだろうと少々、不安な気分にもなりました。ところが日が沈んで、月が上っても宴が始まりません。不思議に思って待っておったのですが、どんどん夜が更けていきます。いつ始まるかと屋敷の方にお尋ねしたのですが、肝心の方が来ないので始められん、もう少し待ってくれの一点ばりです。

とうとう私は部屋で横になって、うとうと眠ってしまいました。どのくらい経った頃でしょうか、誰かが起こしに参りました。

「お待たせしました。よろしくお願いします」と呼ぶ声は、どうやら女童の声です。はて、宴に童も同席するのかと、これまた不思議な気が致しました。でも引いてくれた手は案の定、幼い者の手なのです。

濡れ縁らしき所に出ました。風はありませんでしたが、涼やかな夜気を感じます。もう夜中のようで、虫の音が聞こえる以外は何の物音も致しません。

手を引かれて着いたのは広い座敷のようで、たくさんの明りが灯されておりましたので、うっすらあたりの様子が分かります。私は導かれて座敷の前の方に座りました。

正面に、とても大柄な方がお座りになっておられます。他の方々は向かい合うように、私の後ろに居流れております。宴と思っていたが、これは貴人へのご接待の場かと合点致しました。それならその方がおいでになるまで何も始められません。

とはいえ、ご相伴役の方くらい居てもよいはずなのに、食べたり飲んだりしているのは正面の方だけのようです。かつえておられたのでしょうか、咀嚼(そしゃく)したり呑み込んだりする、忙しない音が聞こえて参ります。

そこで気付いたのですが大層、静かなのです。座敷には大勢の方がおられるようなのに、飲み食いの音以外、話し声はもちろん、しわぶき一つ聞こえません。あまりの静寂ぶりに異様なものさえ感じました。

「お前が清盛の話をよくする者か」

突然、正面の方の声が聞こえてまいりました。声――というか前の方から轟いてくる低く太い音に、些かたじろいでしまいました。

「はい。琵琶法師でございますので、一通り平家物語は語れます。今宵の宴にお声がけ頂き、ありがとう存じます。音を調えますので少しお待ち下さい」

そう言いながら妙な臭いを感じました。

「ここには座敷犬がおりますのでしょうか」

「いや。おらんが、なんでだ」

斜め後ろから声がしました。村まで連れてきてくださった男の方です。

「獣の臭いがしましたものですから」

場が凍りついたように感じました。何かまずいことを言ったのかと、急いで調弦を終わらせ、座り直します。

「では語らせて頂きますが、全てとなると幾晩もかかります。ゆえに普段は、お望みの段を二つ三つ語らせて頂いております」

「清盛の死に様が知りたい」

「ははあ。では源氏が平家討伐の兵を起こし、それを迎え撃つ手筈の最中に病でお亡くなりになったあたりを語らせて頂きます」

私は琵琶を弾きながら『入道死去の段』を語りました。

やまひつき給ひし日よりして、水をだにのどへも入給はず……

やまひにせめられ、せめての事に板に水をいて、それにふしまろび……。

語りつつ撥を、あるいは緩く、あるいは急に操り、弦の音を響かせます。でも前からは何も聞こえて参りません。

こう申しては何ですが、私も長い間、語って参りました。お聞きの方々にはそれなりに悲しみ、哀れの想いを感じて頂けると自負しております。現にそれまで静かだった他の方々からは、息を飲んだり溜息をついたりする音が聞こえて参ります。正面の方は本当に聞いているのだろうかという気さえ致しました。

悶絶躃地して遂にあつち死にぞし給ひける……

かばねはしばしやすらひて、浜の砂にたはぶれつつ、むなしき土とぞなり給ふ。

「……見事であった」

語り終え、座ったまま頭を下げますと、正面からそう聞こえて参りました。おや、と思いました。微かに、ほんの微かにですが悲しんでおられるような響きを感じたのでございます。私の聞き違えかもしれませんが。

「次は何がよろしゅうございますか」

「平家は最後にどうなった」

「はい。それでは壇ノ浦で滅び去っていくところを語らせて頂きます」

さ湯を頂き、一息ついて呼吸を整えたあと、再び琵琶を取りました。平家物語で、どなたもがお聞きになりたがる『先帝身投の段』を語ります。

舟ぞこにたはれふしにけり……。

水手舵取ども、いころされ、きりころされて船をなほすに及ばず、
源氏の兵ども、すでに平家の船にのりうつりければ、
撥を琵琶の胴にぶつけて、船どうしが当たる音、太弦を指で弾き、武者が船底に倒れ伏す様を響かせます。

二位殿はこの有様をご覧じて、日ごろおぼしめしまうけたる事なれば、にぶ色の二つ衣うちかづき……

神璽をわきにはさみ宝剣を腰にさし、主上をいだき奉て……。

そこにおいでの皆様方から、すすり泣く声も聞こえて参ります。ところが正面の方からは、心が揺れ惑う気配は全く感じられません。むしろ異様に意を凝らして聞いている様が伝わって参ります。

波の下にも都のさぶらふぞ、となぐさめ奉て、千尋の底へぞ入り給ふ。

……いまだ十歳のうちにして、底のみくずとならせ給ふ……

波の下に御命を一時に滅ぼし給ふこそ悲しけれ。


終わりまして荒い息をつきました。お分かりかと存じますが、この段は、弾く方もいい加減にやれるものではございません。

ところが——突如、弾けるような笑い声が響いたのです。正面の方からでした。屋敷全体が揺れるかと思うような大きな笑い声です。他の方々からは啞然としている気配が伝ってきます。むろん私も驚きました。この段を聞いて笑った方は初めてでした。

「よい、分かった！　これをやろう」

前の板敷きに、ばらばらと何かが落ちた音がしました。投げ銭だと思いました。慣れておりますので腰を浮かせて拾い、有難く頂戴致しました。

その礼銭がこれらの金の小粒でございます。後ろの方が、耳元で教えて下さいました。確かに重さ、歯触り……。凄い高だと驚きました。

そのあと宴がどうなったかは存じません。私はまた女童に手を引かれて元の部屋に戻り、疲れてすぐに寝てしまいました。身投げの段で笑うなんて……。眠りに落ちながら、それが頭の中を駆け巡っておりました。

今朝早く、男の方に起こされて朝餉を頂きましたが、屋敷の中には昨夜の宴も、あの不思議な方の気配も全くありません。あれは夢だったのかと、狐につままれたような心持ちでした。

それから馬で山田まで送って頂き、さあ大湊より急ぎ船に乗ろうと、この関所まで参ったような次第です。お分かり頂けましたでしょうか。

は？　儂は新参の役人だがここらは全部歩いて調べてある、スクナなぞという村はない、お前は嘘をついている？　何を仰います、私は本当に……。

ちょ、ちょっとお待ち下さい。どうか、どうか今一度、お調べを！

†

日が中天に昇った頃、丘の上の庵で眠っていたお南無様が突然起き上がり、宴に同席した村人に集まるよう命じた。傍らで、うとうとしながら侍っていた小夜が、屋敷へ伝えに駆け下りる。

「内裏にあった神器のうち、剣は壇ノ浦に沈んだのだな」

庵の座敷で待っていたお南無様が、宗玄や真吉も含めて、集まった者たちに確かめた。

庵の作る涼しげな影は、荒ぶる雰囲気をまとう異形の男に似つかわしくない。

昨夜、ひと月余りで戻って来たお南無様は、丈の合った真新しい麻の水干を着ていた。どこかで作らせたのか、あるいは奪ったのか。だがそれ以外は相変わらずの容貌である。

髪は渦を巻き、髭は顔半分を覆って伸びている。赤黒く剛毛だらけの腕や脚も、暗闇で赤く光る猛々(たけだけ)しい瞳もそのままだった。

一方、驚いたことに懐に大量の砂金——金の小粒の入った皮袋を持ち帰って来た。これまたどこかに隠してあったのか、奪ったのか。

お南無様の傍らに小夜が俯き加減で座(ざ)している。お南無様が戻って来てまだ二日目だが、早くも横にいるのが当たり前のようになっている。

「そう聞いとります。源氏の兵が迫って参り、平家が京から逃れる際に持ち出したのでございます。鏡と勾玉(まがたま)は無事、取り戻したらしゅうございますが」

庵に向かって立つ婆様が答える。他の面々は一歩下がって、二人のやり取りを聞いている。

「いずこかに沈んでおるのは分かっておったが、壇ノ浦であったか。では手伝ってもらおう。それを取って来てくれ」

「海に沈んだご神剣を、でござりますか」

村人の幾人かは驚きのあまり、口をあんぐりと開けた。疑問が渦巻き、なかなか次の口火を切れない。

「ご神剣は三種の神器の一つゆえ、壇ノ浦での合戦のあと、幾度となく捜されておりますが行方知れずです。どうやれば見つけられるのですか」

ようやく宗玄が反問する。

「在りかはだいたい分かっておる。そこへ潜って拾ってくればよい」

場がざわめく。皆、半信半疑だ。

「それはどこでございますか。何ゆえ在りかをご存じなのです」

「何ゆえ知っておるかはどうでもよかろう。剣が沈んでいるのは、海の上まで突き出ている大きな岩の傍らだ」お南無様が面倒くさげに説明する。

「その岩の隣にもう一つ大きな岩があるが、こちらは没しておる。どちらも岸から遠くない」

「それだけでは分かりかねます。そのような場所はいくつもございましょう」

お南無様が懐から、あの丸鏡を取り出した。皆の視線が一斉にその手元に集まる。

鏡の径は五、六寸（約十五から十八センチ）ほど。長い年月を経て全体が緑青に覆われ、鏡面も造られた当時の輝きは全くない。裏面中央に、紐（ひも）を通すと思しき小さな穴を持つ突起がある。そのまわりは何かの文様らしき細かい凹凸で埋め尽くされていた。緑青に覆われていてもなお、その精緻（せいち）さが伝わってくる。

「それらしき岩を見つけたら、これで傍らの海面を照らせ。沈んでおればすぐ分かる」

そう言いながら、お南無様は鏡面――文様のない平らな側を掌で擦（こす）り始めた。胡坐（あぐら）をかいた膝の上で、左手で鏡を押さえ、右の掌で擦る。驚いたことにたちまち緑青が剝（は）がれ落ち、輝きが戻ってきた。村人から驚きの声が上がる。

鏡の面は、かつてそうであったはずの銀色を取り戻した。緑青色のままの裏面と相まって、不思議な姿形の鏡となった。お南無様はその鏡をぐっと差し出し、陽光を反射させた。木立の影に丸く白い反射光が映る。

「それではご神鏡——その鏡をお貸し頂けるのでございますか」

「そうだ、持って行け。これを使えば、剣が沈んでいるか否か直ちに分かる」

婆様が震える両手で受け取った。

「誰に行かせましょうや。いやその前に、なぜご神剣が入り用なのですか。何に使われますので？」

「戦さの世を終わらせるためだ。それで充分であろう」

皆が同じ疑問を抱く。まさかその剣で戦うわけではあるまいな。いかにご神剣といえども、それであらゆる戦さを終わらせられるとは思えない。

「行かせるのは、少しは道理の分かった者がよかろう。そこな仏僧、お主に行ってもらおうか」

「それは……その前にお聞かせ頂きたいのですが、これで海面を照らすことで、どうして剣の有無が分かるのですか」

宗玄は混乱しながらも、何をどう問い質すべきか忙しく思いを巡らす。

「行って試せばすぐ分かる。案ずるな」

「拙僧は構いませせぬが……これまで誰もなし得なかったご神剣を取り戻すという大事を、何ゆえご自身でされないのですか」

「まもなく尾張より軍勢が攻めて参る。その機を捉えてやらねばならぬことがある。それを終えてからというのも時の無駄だ」

お南無様は口元を緩め、傍らに座る小夜の頬を左手の甲で撫でた。少女は身を固くしたが、じっと俯いたまま座っている。

小夜に触るな！　一番後ろに立っていた真吉は、苛立つ目で睨みつけた。

「織田勢に対し、やらねばならぬことと申しますと？」

「見極めるのだ、此度の戦さでの働きをな。それ以上うるさく聞くな」

声が不機嫌な響きを帯びた。

「分かりました。これ以上はお尋ね致しませぬ。拙僧が参りましょう。ただ気になるのは、かかる玄妙な鏡を持ち、かつまた、畏れ多くもご神剣を持ち帰る——。果たして戦さの続く中、無事に成し遂げられるか不安はございます」

宗玄は開き直って率直に告げた。村への道中、いくつも見た路傍の死体が思い出される。

「なるほど、それももっともだ。ではもう一人、誰ぞ使える者と行くがよかろう。そこな小僧！」真吉に視線を据える。

「少しは腕に覚えがありそうだ。一緒に付いて行って道中、守ってやれ」

真吉は困惑した。確かに宗玄和尚は心配だ。また神剣を本当に見つけられるか、この目で一部始終を見てみたい。だが……。

小夜と目が合う。僅かに首を縦に振ってきた。行って。お南無様に逆らわないで。

壮介の言葉が蘇る。お南無様と戦おうなんて思うな。それでもなお、彼はためらった。

「小僧、どうした」真吉から小夜への視線を捉える。

「こ奴のことを案ずる要はない。それに」唇が笑う形へと歪んだ。

「お前が剣を持ち帰ってきたら、そこでこの女との約束は終わりにしてやろう」

真吉は目を見張った。そこで終わりにして小夜を解き放つ？　本当か。

「分かった。壇ノ浦へ行ってくる。今の約束を忘れるな」

村人は彼の言い方に縮み上がったが、お南無様は嬉しげに、小夜の頬を撫でながら受け流した。

「これも持って行け。道中おそらく役に立つ」

宗玄の足元へ放り投げたのは皮袋だった。

「砂金が入っておる。好きなように使え」

「お、お待ち下され」喜助が口をはさんできた。常に似ない必死の眼差しだ。

「此度の北畠と織田との戦さは、お止め頂けんのですか。あなた様は戦さのない世を作って下さるはず」

「その通りだ。だが直ちに安寧の世にできるわけではない。間もなく起こる戦さを止められるなどとも申しておらぬ」

「は、はい。私どもは掟に従い、まわりの村の者とできるだけ交わらんようにして参りました。今となってはその所以が分かります。お南無様が鎮まっておられることを、またお蘇りを外の者に知られて邪魔が入らんよう……。ただ、そうは言うても他所と僅かながら付き合いもございます。現に、私の母者は北の村から嫁いで」

「喜助！　よさんか」

横に立つ嘉平が制止するが黙らない。

「そこには従兄弟の家もございます。隣村の者もお助け下さい！」この村は、お力により此度の戦さに巻き込まれずにすんでおります。

「お前は己のまわりが平穏無事ならそれでよいのか。この乱世を終わらせたいとは思わんのか」

お南無様の口調は不気味に穏やかで、声は低く響いた。

「左様なことはございません。しかしご神仏なれば、それくらいのことは」

「たわけ！」異形の男は、がばっと立ち上がった。

「戦さに巻き込まれたくないのならば、己の才覚で何とでもせよ！　儂は戦さの世を終わらせるためここにおる。だがそのためには」

言葉が途切れ、髪が逆立った。身内の何かに押し出されるように瞳が緑に転じる。

喜助が突然、弾かれたように仰向けに飛んだ。両足が宙に浮き、次いで地面に叩きつけられる。

「お南無様！」

傍らに座っていた小夜が裾にすがった。嘉平が慌てて、吹き飛んだ分家の主に駆け寄る。

お南無様が息を吐いた。瞳から緑が消え、座り直す。喜助がのろのろと体を起こした。

頭を打っただけのようだ。

「はるか昔――この村を拓いてやったとき、外から嫁を取ることも禁ずるべきであったかもしれぬ。だがそれでは、やがて身内どうしの交わりとなり、子が生まれなくなって村が無くなる怖れがあった」異形の男は、自らに言い聞かせるように呟いた。

「戦さなき世がいきなり訪れるわけでも、全ての戦さが突然に終わるわけでもない。それでもやらねばならぬことは様々にある。まずは剣を取って参れ！」

†

「『行方観えず』ということか……」

中庭の幔幕の中で、惟敦は骨卜の結果を信じられない思いで見つめた。鹿骨は焼け焦げているが、ひび割れが生じない。三枚とも同じであった。

「鎮座したが、それがどこなのか観えないということですな」一木も呆然としたまま、呟くように応じる。

「骨卜でも分からぬとは、いかなることにございましょう」

「どうやってか隠れている、ということかもしれませぬな」

二人の横に控えていた蔵人が引き取って言う。今度こそ、ということで立ち会ったのである。

「神眼を逃れて隠れるのか。どうやったら左様なことができる」

「分かりませぬ。しかし、それもあり得ることかと」

惟敦は眉をひそめ、考え込んだ。

「ううむ。これではやはり事前に止めることはできぬか。ともあれ調べてみよう。もう一度、これまでの伝えを読み返してみるのと、他で同じようなことがなかったかどうか。だが我らの知らぬ手を用いておるとしても、何かの拍子に破れることもあり得る。一木、骨卜は引き続き二十日ごとに行うことと致そう」

十

八月二十三日早暁(そうぎょう)。間もなく日の出の刻限であるが、天気は下り坂で厚い雲が垂れ込めている。

北畠領のすぐ北にある白子(しろこ)観音寺(かんのんじ)の境内(けいだい)はまだ薄暗い。寺の西には鈴鹿山脈、東に鼓ケ浦(つづみがうら)の海が広がっている。

ここに昨晩、桑名から進んできた信長本陣があった。早々に目覚めた信長は、朝餉の支度が整うまでと、小袖馬袴(こそでうまばかま)に脇差(わきざし)だけの軽装で、小姓を一人従え、奥庭に出た。寺の内外に軍勢が宿営しているが、庭からは塀で遮られていて見えない。彼は昨晩聞いた不断桜(ふだんざくら)を眺めてみようと思ったのだ。その桜の木は不思議なことに年中、花を絶やさないという。

行ってみると、僅かずつだが、枝のここかしこに白く花弁が咲いている木があった。だが一番乗りではなかった。兜を負い、太刀を帯びた鎧武者が見上げている。日に焼けた精悍な偉丈夫である。

「長頼。早いの」

信長の声に武者は慌てたように振り向き、頭を下げた。

「これは殿。警護の兵を見回っておりました」

「ご苦労。確かに珍しい桜だの」

相手は微かに顔を赤らめた。武者の名は菅谷長頼。まだ三十前であるが、若いときから小姓、馬廻衆として信長に仕え、今では警護役筆頭を任されている。幼名を長といい、今でもそう呼ばれることがある。

「如何した。何か申したいことでもあるのか」

しばらく桜を見上げていた信長が、傍らに立ったままの長頼に尋ねた。

「は……いや、別段」

「朝餉まで間がある。何なりと言うてみよ。藤吉郎のことか」

「ご明察恐れ入ります。お歴々より、頻りに問われて閉口致しております。何ゆえ殿は、阿坂城の先陣を、あの猿めにお命じになったのかと。不躾な言いようでございますが、まさにかくの通りですので」

「猿？　儂は禿げねずみに似とると思うておるが」

珍しく軽口を叩く。信長の出馬は三日前であるが、四万もの織田勢はそれより先、三手に分かれ北畠領に攻め入りつつあった。阿坂城は歴戦の堅城で、難しい戦さになると目されていた。

「方々の申されますには、あのような未熟者にお命じになるくらいなら、自分に任せて頂きたかった、猿めはいかなる手を用いたのかと、かような具合で」

「儂の采配に不服というわけか」

「いえ、左様なことでは」

「まあよい。不平を儂の耳に入れたくて、わざわざお主にまで尋ねる——。それこそが、あ奴を選んだ所以だ。藤吉郎を軽んじるわけは分かっておる。織田家譜代の者でもなければ、戦さで名を上げた武辺者でもないからの。じゃがな」眼差しが鋭くなった。

「あ奴は見所がある。清洲城の小人頭であったのが、戦さ場へ出て手柄を立てたいと申して参った。手勢もないのに何を言うと叱ったら、では調略をお任せ頂きたい、降った者らを手勢と致しますと来た。東美濃で任せてみたら、見事に重臣どもを寝返らせ、今では他の将どもに劣らぬ手勢となっておる。織田家にとって、かような新参どもの働きは、向後ますます入り用になる」

長頼が頷く。彼には藤吉郎へのこだわりはない。

「それゆえ、いつまでも軽んぜられることのなきよう、先鋒を任せてやったのだ。ここで見事に城を落とせば、もう戦下手なぞと言われることもあるまいからの。さすれば、あ奴のみならず、他の新参者も大いに働きやすうなる。じゃが」少し首を傾げてから、ゆっくりと続ける。

「そうは申しても最後に頼りにするは、若い時分から共に戦って参ったお主のような者や、譜代の者どもだ。現に世上の見る家中筆頭は譜代の勝家だ。分かったな。覚えたら行ってよいぞ」

「確と承りました」

長頼が苦笑しながら頭を下げた。主の意を、それとなく広めるのも近習の役目である。

警護役筆頭が立ち去ったところで、小姓に朝餉が整ったか見に行かせる。東の厚い雲がうっすらと茜色になり、境内が明るんでいく。それを眺めながら独りごちた。

「多勢になれば楽になるかと思っておったが……逆よのう」

（……然り）

低い声が耳に届いた。はっとしてあたりを見回す。不断桜の上の方に、ちらりと動くものが見えた。女童の白い顔？

素早く脇差に手をかけながら、木のてっぺんに目を凝らす。だがそこに見えたのは、風にそよぐ幾つかの白い花弁だけであった。

多実は、真吉がどうしているか居ても立ってもいられない心持だった。自分が案じても仕方ないことは分かっていたが、小さな仏の木像に、毎日手を合わせている。お南無様——言い伝えの神様が顕現したが、あれは荒魂の神であり、真吉や宗玄をわざわざ守ってくれるとは思えないのだ。嘉平も同じように案じているはずだが面には表さない。一方、婆様は懸念している様子が全くない。

「お南無様がついとる。安心せい。無事に戻ってくる」

婆様がなぜそう言い切れるのか、彼女には全く分からない。そしてもう一人、小夜のことが気掛かり、というよりも危ぶんでいた。どうしたらよいのか。

†

お南無様は、宗玄と真吉が旅立った日から、毎日一回、夕方に神饌として肉の供物を食べている。嘉平は村の主立った者へ順番を割り当て、食材集めから手伝わせるようにした。夕方、皆で神饌を庵まで運び上げる。お南無様は、小夜に給仕させて夕餉とする。そのあと彼女を左腕で軽々と持ち上げ、肩の上に載せる。全く重さを感じていないようで、あたかも紙人形を載せているような顔つきである。

そして——飛び失せる。妙な言い回しだが、単に飛ぶのではない。まず庵の傍らの高い木の上まで一気に跳ぶ。それから消え失せるのだ。跳ぶのではなく消えてしまう。

最初、それを見た多実たちは驚いた。あちこち見回したり、遠くの方へも眼を凝らしてみたが、それらしき姿はどこにも見えない。姿を見えなくすることができるのか。あるいは別の場所へ瞬時に渡ることができるのか。いずれにしても神の技である。

いや、と多実は思う。あるいは鬼の術かもしれない。

多実は飛び失せるのを初めて見たとき、小夜がどうなってしまったのか心配で、その晩は眠れなかった。

だが次の日の昼。消えたときと同じく、突然に庵に戻って来た。何も手につかず、庵のそばにいた多実の目の前に、何の前触れもなく現れたのである。二人は出た時と全く同じ姿だった。

少女が、お南無様の肩から地面へとずり落ちた。

「小夜！」多実は倒れ伏したまま動かない小夜に縋りついた。

「な、何をしたのですか！」

多実は異形の男を見上げて叫んだ。

「慌てるな。ちと遠くまで参っただけだ。昨夜は一睡もしておらぬゆえ、眠っておるのだ」

言われてみれば、小夜の髪は強い風に煽られたように乱れ、着物もあちこち薄汚れているものの、普通に寝息を立てている。

「屋敷へ連れて行け。儂も眠る。日が山にかかったら、食い物を持って参れ」

庵へ入ると、こちらもたちまち寝息を立て始めた。

多実は呆気にとられたが、小夜を背負うと急いで丘を下った。

お南無様も眠るのだ、いびきはかかずに……。道を下りながら、どうでもいいことを思っていた。

多実は婆様と一緒に、小夜の着物を脱がせ身体を拭ってやった。その間も彼女は半分眠っている。その後は箸も取らず、婆様の部屋で眠りこけた。

そして夕方。日が傾いたと起こされた小夜は着替えると、残したままだった食事を摂ってから、頼りなげな足取りで、神饌と共に丘の上へと登って行く。そしてお南無様が食べ終わると、また肩に載せられ飛び失せる。

何日も同じことの繰り返しであった。どこかへ消えてしまう。どこへ行って何をしているのか。だが小夜に聞いても、その間のことは要領を得ない。

彼女の体は、お南無様の左腕で、ほとんど身動きできないくらい抱え込まれる。激しく風を切って飛ぶ。目を開けていられないほどだという。風を切る音がやんで目を開けると、恐ろしいほどの高みから見下ろす、あるいは密かに物陰から覗き見る、そんなお南無様の姿を覚えている。ところが、そこがどこなのか、何のためにそこにいるのか、小夜には全く分からないという。

目に映る景色には、どれも侍や足軽たちがいる。甲冑に身を包み腰に太刀を帯びている武士、槍や鉄砲を担いだ胴丸姿の足軽、馬や荷駄を牽いている中間、小者たちもいる。

夕暮れの引き鉦で戦さ場から引きあげてくる軍勢。夜の陣幕の中で松明の明りを頼りに、明日の攻め手を議する武士ども。朝、陣太鼓の合図で、一斉に槍を構えて前進する足軽。覚えているのは、そんな切れ切れの光景なのだという。

彼らから小夜たちが見えていないことは、はっきりしているらしい。視線が合って思わず身をすくめる瞬間があるのだが、何を言われることもない。指差されることもない。稀に、勘がいいのだろうか、ふと視線を送って来る者がいる。だがやはり見えないのか、首を傾げながら目を逸らす。

黄昏の中、夜の闇の中、早暁の光の中で様々な景色が横切っていく。その間、お南無様に抱えられた小夜は眠ることができない。うとうとしても、頻繁に起きる突然の疾駆、強い風音で目が覚めてしまう。姿が消え失せるのは、どうやら外から二人を見えなくしているということらしい。

お南無様はなぜ自分を連れ回すのか、何をさせるでもなく、何を話すでもなく、これでは足手まといなだけでは。小夜は多実にそう疑問を訴えた。

一方、こんな日々の繰り返しは当然、小夜の体を蝕んでいく。段々と痩せてきて、足元がおぼつかなくなってきている。

小夜は大丈夫なのか。多実は、婆様や夫の嘉平に相談したが、良い知恵は浮かんでこなかった。いったいどうすればいいのか。

そうして半月余りが過ぎたとき、遂に小夜が倒れた。もうすぐ日が落ちる、と揺り起こされたが布団から起き上がれない。いつの間にか汗まみれである。

「どうしたの、大丈夫？」

多実は慌てて額に手を当てた。凄い熱である。盥(たらい)に水を汲(く)んで手拭(てぬぐい)を浸し、絞ったのを頭に載せてやる。

体を拭(ふ)いてやって着替えさせなくては。婆様に見ていてくれるよう頼んで水甕へ走る。大急ぎで水を大盥に汲む。

部屋へ駆け戻ると、小夜は荒い息をしながら起き上がろうとしていた。婆様が懸命に押さえつける。

「静かに寝とらんか」

「いいえ……お南無様が呼んでいます。早く行かないと」

うまく喋れない。弱々しく腕を振っているが、顔は赤く上気し、口は半開きで声が濁っている。

多実が婆様に代わって腕を押さえる。足を押さえようとした婆様がはっとする。

「多実」

両腕を押さえつけた多実が、婆様の方へ振り向く。

「しんどいときに、しんどいものが重なったようじゃわい」

婆様と目を合わせる。言わんとしたことを悟って目を見張る。この騒ぎに、神饌を整えていた嘉平も駆けつけてきた。

「どうした。もう庵へ向かわなくては」

多実が何と説明しようか迷ったとき、部屋が翳った。何かが濡れ縁からの夕日を遮ったのだ。

「何をしておる。早くしろ」

お南無様である。刻限になっても来ないので下りて来たのだ。立っていた庭先から縁板に足をかけ、部屋の戸口を塞ぐように上る。素足のままである。嘉平が思わず横にどく。

「小夜は熱が出ています！　今日はとても行けません」

異形の男は首を傾げ、覗き込んできた。獣の臭いが漂う。

「身動きもできず、眠ることもできず一晩中、連れ回されるのは、幼き者には無理がございます。せめて、ときどきは休ませてやって下さい」

多実が無我夢中で叫んだ。

「熱くらいでは死ぬまい」

巨軀の男は姿勢を低くし、ずいっと座敷に入った。部屋が一気に狭くなる。

「い、いえ。それだけではありません。月の障りが……」

「何？」

初めて戸惑ったような声を上げる。嘉平も驚く。

小夜は全身から汗を流しながら、それでも起き上がろうとしている。汗が目に入るのか、瞼(まぶた)はぎゅっと閉ざされている。

お南無様がいきなり左手を伸ばし、小夜の首を摑んだ。そのまま引きずり上げる。

体を引き起こされた小夜だが、足に力が入らず、首を吊(つ)られたようになる。熱で上気していた顔が更に赤くなる。眉根を寄せ息をしようと口を開くが、首は手で摑まれたままだ。その腕を握ってもがく。

多実が悲鳴を上げ、巨漢の腕にしがみついた。必死に下ろさせようとする。婆様も嘉平も青くなる。

「やめて、やめて下さい！　死んでしまいます」

お南無様は聞こえぬかのように、腕一本で持ちあげた小夜を眺めている。小夜の両足は指先だけが辛うじて床に着いている。爪先(つまさき)立った足先が床をかきむしり、寝間着の裾が割れる。その太股(ふともも)の内側を伝って一筋の血が流れ落ちてきた。

異形の男の舌打ちが聞こえ、小夜は布団の上に放り出された。息を吸いこむ音が悲鳴のように響く。

「どれくらい続く」じろりと多実を睨んだ。

「は、初めてでございますので何とも……ただ少なくとも三、いえ五日は」

「五日……。だがこれでは隠形(おんぎょう)が破れる。やむを得んな」忌々(いまいま)しげに呟く。

「これより暫(しばら)く戻らぬ。五日後に戻って参るので、食い物の支度をしておけ。それと、女」

うっすら開いた娘の目が、お南無様の顔を捉える。

「それまでに治しておけ」

巨軀が庭先へと翻り、音もなく立った。次の瞬間――消え失せる。

小夜が激しく咳き込んだ。

我に返った多実が、その小さな体を抱き起こし、背中を擦ってやる。真吉、何をしているの。早く帰って来て！

陽は完全に沈んで、西の空には赤い残照が残っているだけだった。

十一

堺からの二百石船が、赤間関の船着き場に漕ぎ寄った。荷と旅人を満載して瀬戸内海を走って来たのだ。最後は筵帆を下ろし両舷の櫓で船を操る。水夫たちが拍子を揃えて櫓を動かす。

その船に真吉と宗玄が乗っていた。村を出てから二十日近くが経ち、もう九月に入っている。二人は戦さに巻き込まれぬよう南の山を越え、志摩で堺へ向かう船に乗り込んだのだ。壮介が使ったであろう経路と同じである。堺に着くと、壇ノ浦にある大きな湊、赤間関まで行くこの船に乗り変えた。

途中、海沿いの山々は赤く色づき始めており、広々とした空を渡っていく雁の群れも見えた。だが真吉は、早く剣を見つけなくては、もっと速く走れ、とずっと苛々していた。

赤間関は、壇ノ浦の北岸——長門国にある半円形の湊である。千石以上もありそうな大きな船が入り江の真ん中に碇を下ろし、はしけ舟が群がっている。中小の荷船は石積岸壁のある西の船着き場を、はしけ舟や漁舟は東の浜を使っているが、どちらも大変な賑わいである。

西の船着き場の男が、二百石船から投げられた綱を受け取り、手早く舫い杭に縛り付ける。渡り板が船に掛けられ、真吉と宗玄は、他の旅人たちと共に、板を渡って岸へ下り立った。足元が揺れないことにほっとする。

湊の岸沿いに大きな倉が建ち並び、菰荷を担いだ仲士、出船支度をしている船頭、水夫たちなどが大勢行き来していた。帳面をめくっては指図する倉場の者や仲士頭たちの大声があちこちで上がる。大きな湊なので乗り降りする旅人も多く、ともすれば荷や体をぶつけ合いながら行き交うほどの活況である。真吉は妙なことに気付いた。

「この湊は、なんでこんなに侍や足軽がおるんですか。商人よりずっと多い」

「乗り合わせた者が噂していた戦さのせいだろう。この浦は、前は大友様の領地だった。今は毛利様のものだが、西の筑前では争いが続いておって、この春からは大戦さになっとるとか。しかも毛利様の本陣が湊の近くにあるらしい。だから兵たちが多く行き交っておるのだ」

毛利元就は、この年（永禄十二年）の四月、博多東方の立花山城を押さえたが、それに対して大友宗麟も大軍を送った。その結果、博多近辺で激しい戦さが行われていたのである。

「ここでも戦さが……。剣を探すのに何か支障があるでしょうか」

「戦さ場はずっと西だ。特にはあるまい」

二人は船頭に教えてもらった通り、町の大年寄である佐藤家に宿を定めた。木賃宿では物騒だし飯を作る手間が惜しい。その家は、海に沈んだ安徳天皇を祀っている阿弥陀寺――後の赤間神宮の近くにある広壮な屋敷であった。

汚れを落とし身なりを整えた上で訪いを入れ、金の小粒で五日分の前払いと告げると、いくつかある離れの一つに通された。まだ昼前であったので、二人は一息つくと早速、剣を探し始めた。

宿からすぐ近くの、対岸との幅が一番狭くなる汐路――早鞆の瀬戸に出て、岸沿いに西へと探し始める。

『大きな岩の頭が海面から出ていて、隣にも岩が隠れている』所を探すのだ。岩礁が多いので、見落とさぬよう念を入れながら歩いて行ったが、宗玄は他にも気になることがあるようで、ときどき岸を見渡しては首を捻る。

「ここらは伊勢志摩と違って、潜り漁はしておらんのだな」

先ほど下り立った赤間関を過ぎてから、やっとそれらしき岩を見つけた。岸から四、五間（約七から九メートル）ほど離れて海の中から岩が突き出ている。そばに海面近くまでの大岩もある。

宗玄が、首から下げた紐に縛り付けてある鏡を胸元から引っ張り出す。鏡の突起穴に麻紐を通したのだ。こうすれば、いつも身につけていられる。覆いの袋をはずすと鏡面の銀色が目を射た。薄曇りだが、正面高くに日が見えるので反射光は作れる。

宗玄は両手を使い、胸の前で鏡を構えた。それからゆっくり下向きにする。丸く明るい光が海面に映った。日の光が弱いので、それは朧ろに、波と共に頼りなく揺らいだ。頭を出している大岩のそばまで反射光を動かす。

何が起こる。どうやって剣の有無が分かるのか。

宗玄と真吉は固唾をのんで見守っていた。だが何も起こらない。そのまま待つ。何か間違えているのかと不安がこみ上げてきたとき、それが起こった。

「ここではない」

お南無様の声が響いた。二人はぎょっとして、あたりを見回した。

「この下に剣はない。次を探せ」

その低い声に合わせて、微かに異形の男の気配が感じられた。

「お待ちくだされ！」

宗玄が大声で虚空に呼びかけたが、その気配は素っ気なく消え去った。

「何ですか今のは。お南無様が来たんですか」

　真吉は信じられない思いで宗玄に問い質(ただ)した。

「そうではあるまい。彼方(かなた)に居て、声だけを鏡を通して送ってきたのではないか」

「彼方から声を送る？　どうやって？」

「それは分からんが、遠くに居ながら、今この場に居るように声を聞かせることができるのだ」

「逆に、こっちの声は聞こえとるんでしょうか」

「おそらくな。聞くだけでなく、見えてもおるかもしれん。じゃが、いつも見聞きしとるとは思えん。他のことがやれなくなるからな。この鏡に日を当てたら、それと分かって、こっちを『覗(のぞ)く』ようにしておるのかも」

　宗玄は鏡を袋にしまい、胸元へ押し込んだ。

「気になったことがあるんですが」真吉の声は不安そうだった。

「このくらいだったら潜って取りに行けると思いますが、もっと深くなると、できるかどうか」

　彼が潜ったことのある経験と言えば、山奥にある滝壺(たきつぼ)で遊んだくらいのものなのだ。

「なるほど。やはり簡単なことではないぞ」

十二

九月九日朝。信長は、大河内城の東に構えた本陣の中で苛立っていた。北畠具教、具房父子の頑強な抵抗にあって、目の前の城がなかなか落ちない。

大河内城は、北畠家本拠の多芸御所から東に遠く離れた小山に築かれていて、織田勢を迎え撃つべく万全の備えを施されていた。


去る八月二十六日。藤吉郎は阿坂城をたった一日で攻め落とした。太股に矢傷を負いながらも猛攻の末、開城退去させたのだ。

翌二十七日。信長は他の砦には目もくれず、主城たる大河内城へ迫った。城のそばに本陣を構えると、その日のうちに城のまわりを焼き払った。

二十八日。海沿いの城を攻め落とした諸将も加わって、隙間なく城を包囲し鹿垣を何重にも巡らした。大和国などからの援兵を遮ると共に、城内からの奇襲に備えるためである。

ちなみに菅谷長頼は包囲柵の見回り警護に当たり、藤吉郎は西に配された。

ここまでは順調であったが、北畠父子は完全に包囲されても開城に応じない。織田勢は、まず小勢で仕掛けてみたが、どこも激しい矢弾にさらされる。本丸や二の丸に加え、新たに築いた曲輪や土塁から横矢掛けをしてくる。主な攻め口となる斜面には切岸や空堀を張り巡らせている。備えは予想以上のものであった。

昨夜、稲葉一鉄からの献策で、搦め手からの奇襲を行った。ところが襲撃隊が出たとたん雨が降り出し、鉄砲が役に立たなくなる。一方、城側は予め夜襲を警戒していた。結局、名だたる武将二十数名が討ち死にするという惨憺たる結果に終わった。

甲冑姿の菅谷長頼が本陣にやって来た。馬廻衆や使い番に挨拶し、陣幕を通って中に入る。

城を見通すため西側の立ち木は伐り払われていたが、それ以外はそのままで、三方は木立に囲まれている。昨夜からの雨は既に止んで、早朝の空には雲が流れていた。

「お呼びにより参上しました」

「うむ。来る途中、一益とすれ違わなかったか」

床机に座って卓上の絵地図を眺めていた信長が、視線を上げながら尋ねてきた。南蛮胴の鎧に緋色の陣羽織を着ているが、兜は後ろに控えている小姓が持っている。

「は。何やらお急ぎのようでしたが」

「不機嫌であったろうが。先ほどまで次の策を議しておった」

信長は諸将と軍議を行うことはまずしない。軍評定は信長の命を伝える場である。但し、その戦さで最も肝心な役回りをしている武将の考えは予め聞いていた。今回の北畠攻めでは滝川一益である。

「かほどの兵を出したは、早々に諦めさせ開城させるためであったが、意外とやりおる。一益はこの際、総攻めにて一揉みに落とすべしと申したが、こちらもかなりの痛手を受ける」

長頼は黙って主の言葉に耳を傾ける。

「それにむやみに首を取るような真似を致せば、長く遺恨を残す。後々治めづらくなるし、世人もうるさかろう。それゆえ兵糧攻めに転ずることと致した。北畠は城、砦の全てに兵を配すため、百姓からもかなりの数を駆り集めておる。このまま戦さが続けば窮するはず」

「確かに収穫ができぬとなれば、北畠譜代はともかく、他の地侍どもは早々に音を上げるかもしれませぬな」

「渋々だが一益も肯じた。だが何もせぬまま囲んでおっては長引くゆえ、諸方の稲薙ぎ、焼き討ちにかかる。一益には多芸御所を攻め潰すよう命じたが、馬廻衆をつけるゆえ、お主も出張って合力してくれ。北畠家中で名のある者はほとんど、この城に立て籠っておるから、さして手間は取らんはずだ。住人どもを追い払ったら、夕刻より町を燃やす手筈になっておる」

「夕刻から、でございますか」

「多気の町はだいぶ離れておる。城からもよく見えるようにだ」

ザワ……と本陣の傍らに立つ木立の枝が一つ、風もないのに揺れた。

†

小夜は、屋敷から道を越えた所にある栗林の中を歩いていた。いがの実が大きく膨らみ、もうすぐ採り入れの時期である。

お南無様が行ってしまって四日目。昨夜の雨も止んで青空が戻ってきたので、しばらくぶりに外へ出る気になったのだ。

気儘に歩くのは本当に久方ぶりだ。ずっと介抱してくれた多実かか様のおかげで、体も随分と楽になった。まだお腹の重たさは残っているが、月の障りもそれほどでなかった。でも……明日の夕方にはお南無様が戻ってくる。小夜は強くかぶりを振った。今は考えまい。

栗林を横切ると川辺に出られる。途中に物置小屋があった。通り過ぎようとした彼女の耳に、小屋からの声が届いた。

「でも、あんたは小夜が好きなんやろ」

「あいつを好きなんは真吉や。俺は何も思っとらん」

どきりとする。健吾と千枝だ。思わず知らず足が止まる。

「俺が好きだったんは千枝、お前だけや。けど、真吉を好いとったのは分かっとったから何も言わんかった。そやけど、あいつは小夜が好きなんや。だから、もう真吉のことは諦めろ。もう少し大きゅうなったら、俺の嫁さんになると言うてくれ」

「それは……まだ分からん。何も約束できん」

「何でや！　他にも好きな奴がおるんか」

「しっ、声が大きい。まだ真吉のことが諦められんのよ」

「それは無駄じゃ。あいつは小夜に心底惚れとる」

「さあ、それはどうかな。真吉は和尚様と大事な用で出かけたと聞いとるけど、戻って来てからどうなるか、分からんやない」

　そっと立ち去ろうとした小夜の足が止まった。

「何でや」

「聞いとらんのか、こんところの小夜のこと」

「知らん。親父から、長の家には近付くなと言われとるからな。何でも、偉い行者様が来ておって、大事なご祈禱をしてもらっとるとか。どうも大喰らいの行者様らしいけど」

「小夜はな、その行者様の人身御供になったんよ。つきっきりで世話しとるそうやし、夜は二人きりで出かけて、朝まで帰って来んらしい。何しとるかは言わんでも」

「ま、まさか！」

「真吉がこのことを知ったらどう思うかな。変わらず好きでいられるか分からんじゃない。それに少なくとも、小夜がずっと村におれるとは思えんよね。もう誰もつきあおうとせんやろうから。もともと拾われっ子なんやし、そしたら――誰！」

　走り去る足音が聞こえ、慌てて飛び出した健吾だったが、小夜の後ろ姿を認めることはできなかった。

　日が山の端に隠れようとしている。小夜は、寝間にしている婆様の部屋で布団をかぶっていた。家に戻ってきてからずっとである。心配した多実が具合を尋ねてきたが、お腹が痛いとだけ答えて、じっと横になっていた。あんな噂になってたんだ――。

　真吉があれを真に受けるわけはない。だが仲良しだったはずの者があんな風に思い、あんな言い方をしていることに彼女は衝撃を受けていた。とりわけ、村にいられなくなるという言葉が心に食い込んでいた。

　多実かか様、婆様、嘉平とと様。みんな分かってくれていても、噂はつきまとい続けるだろう。それでも自分はここで暮らせるだろうか。

　何もかも忘れて目覚めたときの、寄る辺ない不安な気持ちがまた押し寄せて来た。でもあの時は、かか様も婆様も、すぐ手を差し伸べてくれた。村の皆もそうしてくれてると信じてた。だけど……。

　涙が溢れた。真吉、今どうしてるの。会いたい。

　突然、屋敷の庭先から大声がした。

「長！　多気の町がやられました。燃えとります」

　小夜は跳ね起きると、裏山へ走った。

丘の上から見詰める小夜の目に、赤い炎の色が映っている。一気に駆け登ってきたせいで息が苦しい。肩を大きく上下させながら喘ぐ。

既に日は沈んで、足元は暗い。背後にお南無様の庵がある。空はさきほどまでの黄昏を僅かに残した濃い藍色であるが、海まで続く丘陵は、いくつかの小さな明りを除いて、既に暗がりの中に沈んでいる。

真吉と見た、夜の闇に明るく浮かび上がっていた町から、轟々という音が聞こえそうな勢いで炎が立ち昇っている。あれからまだ、ひと月も経っていないのに……。

豆粒くらいにしか見えない家々から噴き出している炎は、上空に立ち上る煙を赤く焦し、それはまた、焼け崩れ落ちていく町へと照り返す。

もう二度とこの綺麗な町を見ることはできない――。二人で眺めていたあの夜、私はなぜそう思ったんだろう。

「なぜであろうな」

後ろから低く響く声がした。

息が詰まった。前を見たまま、瞬きもできずに硬直する。

「それはお前が宿命を負っておるからだ」

ゆっくりと、重い足音が近付いてくる。

「思い出せぬか。お前はかつて、まだ起こっていない先のことを知ることができたではないか」

戻ってくるのは明日のはず。

「その通り。だが早くお前に会いたくてな」

僅かに弄(もてあそ)ぶような響きを含んでいる。すぐ後ろまで近付いて来た。獣の臭(にお)いが漂う。吐き気がこみ上げてきた。

「お前の体からは血の匂(にお)いがせぬ。終わったようだな。では行くか」

小夜の口から絶叫が噴き出した。後ろも見ず駆け出す。この先は急な崖(がけ)になっている。落ちて打ちどころが悪ければ死ぬ。だがそんなことは頭になかった。

「止まれ！」

容赦なく命じる声が轟(とどろ)いた。上体が前に倒れそうになりながら急停止する。

「ここへ来い」

いやだ。もう行きたくない。だが両足は言われた通り、後ろ向きになろうとする。

いやだ、いやだ！　勝手に動く足に捩(ね)じられるように体が、頭が後ろを向く。

お南無様が庵の横に立っていた。着ている水干(すいかん)がほの白く浮かび上がり、他は半ば闇に溶け込んでいる。例によって双眸(そうぼう)が赤く光っている。左手で傍らを指差す。

「ここに座れ」

彼女の足はそちらへ一歩踏み出す。

なぜ勝手に動くの。止まって、止まって！　異形の男に向かって歩く小夜の目から、涙が溢れだした。次から次へとこぼれ落ちていく。涙で揺れる視界の片隅に、燃え上がる町がちらりと映った。僅かに思い出した、あの光景が蘇る。

――炎の中を逃げ惑う人々、刀を持った影絵のような武者たち。

体が痙攣を始めた。足の動きが操り人形のようにぎこちない。首が奇妙に傾き、節々を引き絞られているかのように歩く。

異形の男が微かに眉根を寄せた。

その傍らに座ってもなお、痙攣は止まらない。

――炎を噴き出す家々、子供の手を引いて逃げていく女の人。

小夜の目は虚ろになり、上半身が前後左右へと揺れる。今にも倒れそうだ。

「お前は、この村が戦さに巻き込まれぬよう、儂の傍に侍ると約束したのだぞ」

男の声は、もう小夜の耳には届いていない。

「儂が蘇ったとき、お前はたまたまそこに居ただけだと思っておったろうな。だがそうではない。お前がもたらしたものが、儂を目覚めさせたのだ」

――横になったまま私は動けない。刃を握った女の人が屈みこんでくる。

絶え間なく涙が溢れ出ていく目は、何も見えていない。

お南無様が溜息をついた。

「そうか。それでは思い出させてやろう。お前に何があったのか、全てをな」

座っている小夜の前に立つ。瞳が緑に変わった。

「儂は、お前以上にお前のことを知っている。なぜならその裡にあるものが教えてくれたからだ」

　右手を伸ばし、額に指を押し当てる。上半身の揺れが止まった。

「だがこれは、ただそれだけでは済まぬぞ。お前は己の宿命全てを知ることになるのだ」

　小夜の体は今、男の指だけで支えられている。

「今しばらく後の方が、お前にとっては良かったのかもしれぬが……」

　指先から煌めく光が迸り出た。それは小夜の額の表面で輝きながら渦巻き、そして裡へと潜り込んでいった。

十三

　真吉と宗玄は困惑していた。ご神剣が見つからない。

　壇ノ浦はそれほど広くない。朝、宿を出れば昼前には西端に着いてしまう。その先には小瀬戸があり、越えれば彦島である。

　あたりは戦さで殺気立っているので、できるだけ目立たぬよう岩を探し歩いた。突き出ている岩があっても、潮が速いときは隣に岩が隠れているか分かりにくい。命綱を宗玄が持ち、真吉がいちいち潜って確かめる。干満の問題もある。潮の高さ次第で、頭が海面上に出たり出なかったりするかもしれない。海面下にそれらしき岩を見つけると、やはりひとつひとつ確かめてみなくてはならない。

それでも一日目で北岸を探し終わった。二日目は漁師に頼んで、小瀬戸を渡り彦島、それに舟島を一巡りした。

三日目は朝から南へ渡って探したが、そちらも夕方には探し終わった。結局、早鞆の瀬戸から西側では見つからない。

四日目、五日目は東側を探してみた。北岸に南岸もである。それでも見つからない。それらしい岩も、あれから三箇所ほど見つけたのだが、いずれも『ここではない、次を探せ』である。詳しく尋ねようとしても、すぐ気配は消えてしまう。ゆっくり話をしていられないわけがあるのかもしれない。

そして今、五日目の夜。二人は泊まっている離れで呆然と向かい合っていた。

これで一通り探したはずなのに見つからない。あとは瀬戸の真ん中を探すしかない。だが、お南無様は岸から遠くないと……。

座っていた真吉が、さっと片膝を起こした。誰か来た。足の指を立て自在に動ける姿勢を取り、出入り口の板戸に目をやる。油灯皿の明りが僅かに揺らいだ。

「お客様、よろしゅうございますか」

外から声がかかった。男の声だが、いつもの取次役ではない。

宗玄の応える声で入ってきたのは、艶やかな光沢のある、絹と思われる着物をまとった中年の男であった。落ち着いた物腰である。

「主の佐藤六左衛門と申します。ご贔屓ありがとうございます。更にもう五日、ご逗留ということで前金を頂戴しましたそうで。これは釣りでございます」

持ってきた手元の銭を押しやってくる。銭穴に縄を通して束ねてある。

「これはわざわざ。お忙しいかと存じ、挨拶もしておらず失礼致した。お聞き及びと存ずるが、儂らは伊勢から参りました。宗玄と申す。これは甥の真吉。主自ら持参頂くとは、お手数をおかけした」

宗玄が頭を下げる。座り直した真吉も、ぎこちなく頭を下げる。

「当家にお泊まりになるのは、旅や商いで来られるお客様が多く、長逗留のお方は珍しい。しかも金の小粒で前払いされる方はもっと珍しい。失礼ながら、こちらへは何の御用で」

六左衛門が穏やかながら、単刀直入に問うてきた。

宗玄は言葉に詰まった。正直に言っても本気にされるとは思えないが、そもそも町年寄とはいえ、何故これほどに立ち入って尋ねるのか。

「あまりに不躾と思われたでしょうが、この地は今、毛利様の兵や武具を送り出す湊ともなっております。それゆえ、素性のはっきりしない方を長々お泊めすると、こちらにもお咎めが」

宗玄は迷った。どこまで言うか。信じてくれそうなのは……。

「ご神剣を探しに参られましたか」

二人は仰天して主の顔を見返した。なぜ分かった。

「やはり左様ですか。驚かれたかもしれませんが、実はこの宿には、そういう方が毎年一人二人、おいでになるのです。経緯は様々なのですが」六左衛門は苦笑した。

「探しに来られた方々はすぐ分かります。壇ノ浦はさほど広いところではございません。よそから来た方が、海沿いを一心に歩き回って、ときには潜ってまで何やら探しておられたら、たちまち目につきます。お客様方もすぐ噂になっておりましたよ」

二人は目を合わせた。鏡も見られているのか。いや、近くに人が居ないことを確かめてやっていたから心配ないはずだ。

「そういうご用事であれば別段、差し障りはございませんので、お役人様からのお尋ねがあれば、その通りに答えておきます。ところで」主が急に、くだけた雰囲気を漂わせた。

「お探しに来られた方と何人もお会いしておりますが、これまでどなたもご神剣を見つけることができておりません。それで四年ほど前、連れ合いを亡くした寂しさを紛らわそうと、私も思案してみたことがございます。何故どなたも見つけられないでいるのか。聞いて頂けますか」

真吉は座ったまま、離れのまわりの気配を読んでみた。誰もいない。何かの罠というわけではなさそうだ。再び主の言葉に耳を傾ける。

「そもそも、ご神剣が沈んだのは、どのあたりとお考えですか」

「どこといって……平家は、潮が変わって西へ流されることで源氏に敗れたと聞く。とすれば早鞆の瀬戸から西の海ではないのか。阿弥陀寺も西にある」

「潮の流れがどうであったかは、見ていなかったので存じませんが」六左衛門はにこりともせず続けた。

「皆様そうおっしゃいます。それゆえ早鞆のあたりや、西の海を懸命にお探しになる。しかし本当にそのあたりに沈んだのでしょうか。戦さに触れております書物に当たってみました。まずいつ行われたのか。朝から夕方まで行われたというのが多いのですが、実は最も確からしい『吾妻鏡』によれば、午の刻（午前十二時頃）には勝敗は決したようなのです。一方、戦さは朝、東の海から始まり、まず平家が潮に乗り、東へ向かって攻め立てたということは、多くの諸書に一致しております」

二人はたちまち主人の話に引き込まれていった。

「もし午の刻までという短い間に戦さが終わったなら、平家が敗れたのは、まだ潮の流れが変わる前だったかもしれません。それなら、ご神剣が沈んだのは、西ではなく東の海だったはずです。探す所が違います」

潮の向きが変わるのは三刻（約六時間）ごとである。現在では、潮の流れが平家有利の東向きから、源氏有利の西向きに変わったのは、午後三時過ぎと分かっている。

「ちょっと待ってくれ。儂らも、おそらく西の海で沈んだのではないかと思ったが、東も探してみた。それにこれまで何度も大掛かりに探索されておる。戦さのすぐ後はむろん、随分経ってからも、後鳥羽帝が探させたと聞いたこともある。東の海とて幾度も探索されたのではないか」

後鳥羽天皇が探させたのは建暦二年（一二一二）であり、壇ノ浦合戦から実に二十七年後のことである。

「よくご存じで。それではお尋ねしますが、帝がどうやって探させたか聞かれたことはございますか」

「いや知らん。だが、それらしき所で網を打ってみるとか、誰かに潜らせて探したのではないか。潜る方が確かな気もするが」

「その通り。潜って探させております。しかしそのためには潜りに達者な者を多く要します。一番手は海女でしょうが、この浦には海女はおりません」

宗玄はあっと思った。潜り漁がされていないのだから、海女がいるはずはない。

「そこでどうしたかというと、朝廷御料の一つである向津具浦の海女に探させておるのです。向津具浦は、この長門国の北海にある浦ですが、わざわざそこから呼び寄せたのです」

「北の浦から……。だがそこまでするなら、東側も探させたのでは」

「おそらくそうでしょう。しかしもし東の海に沈んだなら、見つけることは難しいのです。いや、決して見つけられないとも言えます」

宗玄も真吉も驚いて、主の次の言葉を待った。

「海女が潜れるのは精々十尋（約十五メートル）。かなりの名手でも十三尋くらいまでです。西の海の深さはおよそ九尋までですので、隅から隅まで潜って探すことができます。ところが東の海には、二十尋以上とも思われる深い所がいくつもあるのです。もしそこに沈んでいたら……見つけることはおろか、探すことすらできません。そこまで潜れないのですから」

六左衛門の言葉が終わった。離れの中は急に静かになり、外から虫の音が忍び込んできた。

宗玄が立ち直るまで時間がかかった。

「ううむ、主どの。思いも寄らぬご教示を頂き、お礼を申す。ところでなぜ、かような大事な話を儂らにしてくれたのだ」

「大事な、というほどではございません。これは私の考えに過ぎません。そもそも今、申し上げました通りなら、源氏が勝ったのは、潮の流れが西向きに変わったからではないことになってしまいます。だから本当かどうかは分かりません」主人は、にこやかに笑って続けた。

「私は、源氏が勝ったのは潮の流れのせいではなく、琵琶語りにもある通り、平家の船の水夫を弓で射倒したからだと思っております。これも当て推量に過ぎません。にもかかわらず長々申し上げたのは、この壇ノ浦でご神剣を探すことに多額の費えをする方もおられるからです。中には全ての銭を使い果たし、この浦に物乞いとなって住み着き、それでもなお、取り憑かれたように探し続ける方もおられました。左様なことにならぬよう、またまご縁のありました方には、お話しするようにしておる次第です」

「なるほど、肝に銘じておこう。だがそこまで聞いては、さほど深くない所だけでも東の海を探してみたい。あと二、三日のことだ。ついては頼みがあるのだが」

「何でございましょうか」

「舟を雇いたい。東の海も岸からは探し終えた。明日からは舟の上から探したい。と申しても難しい潮の流れもあろう。口が堅くて腕のいい漁夫なり船頭なりを教えてもらいたい。礼ははずむ」

「居ることは居ますが、そういう者は皆、戦さの荷役に駆り出されていて、いつ手が空くかも分かりません。はて、どうしたものか」

「あたいが手伝ってあげてもいいよ」

戸ががらりと開いた。

真吉は、しまったと思った。主の話に気を取られて、外の気配を読むのを忘れていた。どこまで聞かれたのか。

入ってきたのは三十前後の女だった。前髪を左右に振り分けて垂らし、残りの髪は頭頂部へ結い上げ、平元結(ひらもとゆい)で結んでから下げている。単なる下げ髪ではなく、遊女の洒落髪(しゃれがみ)である。金摺箔(きんすりはく)の小紋を一面に散らした派手な小袖(こそで)を着て、紅色の細帯を結んでいる。しかし遊女髪をしたその女は、それにふさわしい柳腰(やなぎごし)ではなかった。顔は浅黒く眉(まゆ)は太い。身幅の狭い、体の線を表すはずの豪奢(ごうしゃ)な着物は、逞(たくま)しいとも言えるその肩や腰に全く似合っていなかった。

六左衛門が慌てた。切れ長の目に笑いを浮かべている。

「これ、お客様の所へ来てはならんと言っておいただろう」

「仕方ないじゃない、暇だったんだから。それにさっきの海の深さはみんな、あたしが調べてあげたんだろ」

宗玄は、ほうという顔をし、真吉は女の派手な振る舞いに度肝を抜かれていた。こういう女を間近で見たのは初めてだった。

「お前さんは舟が漕げるのか」

「当たり前だろ。あたしは豊前篠崎(ぶぜんしのざき)の海女だよ。さっき言ってた向津具の海女だって、元をただせば篠崎の出なんだから、こっちの方が本家なんだ」

「遊び女じゃなかったのか。だが海で探し物の手伝いなんかやってて構わんのかね」

「お冴(さえ)って呼んで。あたしは遊女じゃないけど、そうとも言えるかな。そこにいる六左衛門様だけの遊女だね」

お冴は目を更に細めると、町年寄に向かって流し目をくれた。

「いや実はですな」六左衛門が手拭(てぬぐい)を取り出し、額を拭う。

「先ほどの考えに至ったのが二年ほど前なのですが、確かめるには海の深さを調べねばなりません。潜ってくれる者はいないかと思っておりましたところに――」

ちょうどその頃、毛利が筑前に攻め入り、佐藤家も荷役を手伝わされることとなった。

荷下ろし地の一つである篠崎へ番頭を送ったが、六左衛門も様子を見に出かけた。その湊でたまたま出会ったのが、お冴だった。

「亭主が博打で大負けして遊女にされそうになっていたのを、三年奉公の約束で借銭を肩代わりしたのです。潜りの名手だと聞いたもので」

「まあ、こっちの方がましかと思ってね。でもここまで連れて来られて、夜のお相手だけかと思ってたら、あちこち潜らされて驚いちまったよ」

眉を撥ね上げてぽんぽんと言う。

「それで海の深さが色々分かったんですな。それは苦労でした」

宗玄が、どちらへともなく頭を下げながら言った。

「だから、もう篠崎へ帰してくれたっていいじゃないかと言ってるんだけど、まだ一年ある、の一点張りなんだ」

「私は商人です。約定は終いまで守るものです。それに、お前のわがままも随分聞いてやってるじゃないか。そんな格好することだって許してやってるし」

「ふん。だって退屈だからね。こんな気晴らしでもしないとやってらんないよ。で、さっきの話に戻るけど手間賃は安くしとくから、あたしを雇わないか。久しぶりに海の上に出たいんだ。お望みなら潜ってあげてもいいよ。そのぶん足してもらうけど」

宗玄は苦笑して、六左衛門を見た。

†

「此度は『伊勢にて定まらず』か。『観えず』よりはましじゃが」

惟敦は溜息をつきながら、骨卜の結果を示す鹿骨を眺めた。一木も難しい顔で骨片を覗き込んでいる。

「伊勢のどこかをうろついておるところまでは判明しましたので、早速にも参りたいところでございます」

今回も骨卜を見守っていた蔵人が言う。

「伊勢のどこか分かるまで待ってはどうだ。それに、かの地の戦さの具合はどうなのだ」

「仔細は存じませぬが、織田勢は兵糧攻めをしておるらしく、北畠がどこまで我慢できるか根競べということのようで」

「間の悪いことだ。まさか……この戦さ、あ奴が引き起こしたのではなかろうな」

「いえ。かの者が蘇ってくる前から戦さの兆しはございました。お許し頂けるなら、居所がはっきりせずとも、戦さが終わり次第、伊勢の地に入って探索致したく存じます」

「左様か。そこまで申すなら支度しておくがよい」

十四

真吉と宗玄が乗る小舟は、緩やかに上下しながら、波を切っていた。早鞆の瀬戸を少し東へ過ぎた海の上である。晴れ上がった空には雲ひとつなく、秋なのに暑いくらいである。目の前に広がる青い海は僅かに向かい潮である。

「巳の刻（午前十時頃）は過ぎてる。もうじき潮の流れが今日、一番緩やかになる」

艫で櫓を漕いでいるお冴が言った。潮の強さを考えて、遅めに赤間関を出た。彼女は今日、膝上までの短い磯衣を着ている。袖も腕を動かしやすい短い筒袖である。篠崎を出るとき持ってきたという。

髪は、昼間見ると潮に焼けて赤茶がかっており、背へ長く伸ばして麻紐で無造作に結わえている。昨夜の遊び女姿とは正反対の海女姿だが、それはお冴のすらりと伸びた褐色の手足によく似合っていた。

真吉は、お冴のすぐ前に座っている。肌が触れそうなくらい近いのだが、今はそれどころではない。神剣を見つける最後の機会だ。

「うむ。よう晴れて綺麗な眺めだ。舟も少ないな」

舳先から先を眺めていた宗玄が言った。大きな荷船は潮待ちの頃合である。だが戦さは待ってくれない。毛利に雇われた小舟が手漕ぎでひっきりなしに両岸を行き来している。しかしここらまで来ると、そういう舟もいない。

「先に見えとるのが干珠島、満珠島だな」

ずっと前方に、並んで飛び出ている島影が二つあった。大きな岩礁ともいえるくらいの小さな島である。左前方には壇ノ浦東端の串崎が見え、そこから先は周防灘である。

「あの島のあたりはかなり深いのか」

「あそこらへんは、ちょっとだけ潜ったけど、確か島の南と東は相当深かったね。西の方は幾分ましだったかな」

「島のまわりを回ってもらえるかな」

「ええっ、あんなとこまで行くのかい。お足ははずんでもらうよ」

お冴はそう言いながらも櫓を漕ぐ手に力を込めた。船足が上がる。

「あんたらは、ご神剣を見つけてどうしようってんだい」

六左衛門から、お冴の口の堅さは請け合うと言われていた。舟の上で見聞きしたことは一切他言無用にしてある。

「言っても信じてもらえんだろうが、戦さのない世を作るのだ」

案の定、お冴が笑いだした。

「ふうん。それを剣の神様にお願いするってのかい。さすが有難い神様のいる伊勢から来ただけのことはあるよ。だけど、あんたは坊様だよね」

冗談でかわされたと思い、すぐ前に座る真吉を見下ろす。

「あんたはどうなんだい。やっぱりそういうのをお願いするのかい」

「俺は小夜のためだ。その剣があれば、あいつは解き放たれる」

「え？　小夜ってのは、あんたの惚(ほ)れた遊び女かなんかかい」

「俺の許嫁(いいなずけ)だ。大変な相手に面倒な約束をしたもんだから、それを果たすのに苦労しとる。けど、剣を持って帰ったら、その約束は終りにできるんだ」

「許嫁？　あんたら幾つなんだい」

「俺が十六で、あいつは十四だ」

お冴が噴き出した。

「何だいそりゃ。まだめのこじゃないか。どんな仔細があるかと思ったけど、大した話じゃなさそうだね」

「他の人には分からんかもしれん。けど俺にはとても大事な奴で、必ず守ってやるって約束したんだ。だから絶対、剣を見つける」

「前世からの絆(きずな)ってやつか。あたしも若い頃そんな風に思ったこともあるけど、そりゃ勘違いってやつだよ。早く目を覚ましな」

「だがお冴さんも、亭主から借銭の質にされそうになったのに、また戻ろうと思っとるようだ。それなりの縁があるからじゃないのかね」

宗玄が舳先の方から口を挟んできた。

「あいつとは……腐れ縁だよ。切れないまま来ちまってるだけさ」

「切っても切れんのは、俺と小夜も同じだ」

お冴は、更に何か言おうとして口を噤(つぐ)んだ。

「胴(どう)の間(ま)に積んであるそれは何だね」

宗玄が指さす舟の真ん中に、丸く束ねた長い太縄と、一抱えもある石が三つ置いてある。お冴が予め積み込んでいたのだ。

「海女が使う道具だよ。ひょっとしたら入り用かもと思って積んどいたんだ。あんまり使いたくないけどね」

「ほう？　ところで東の海にある島は、あの二つだけのようだな」

お冴が頷くのを見て、宗玄は、やはりそうかと思った。舳先に座りながら他にも島がないか、ずっと見ていたのだ。

岸から遠くない。お南無様はそう言った。だが陸地沿いの岸とは限らない。島の岸ということもあり得る。だから西の彦島、舟島にも渡ったが見つからなかった。まだ探していない岸は、もうあの二つの島だけなのだ。

宗玄は今や、六左衛門から聞いた話を疑いなく信じていた。潮が東向きのうちに合戦が終わったとしたら、平家の船は水夫も失っていたから、そのまま東へ流されたはずだ。そして——。

「お冴さん。潮の流れというのは、海の下の方でもあるのかね」

「何言ってんだい、当たり前だろ。それどころか深い所ほど水は重いんだ。だから私らも底の方が流されやすい。深く潜るときは、それにも気をつけなくちゃいけないんだ」

やはりそうなのだ。沈んで行ったご神剣は潮にも押されて、更に東へ流された。そしてそのまま周防灘の深くへ沈んでしまったか、さもなければ——。

舟が真っ直ぐ進むのを邪魔するように、島が目の前に迫ってきていた。

†

直衣（のうし）姿の勧修寺晴豊が、舎人（とねり）に導かれ、渡殿（わたどの）をやってくるのが見えた。内裏の清涼殿北にある親王御殿で待っていた誠仁は、出迎えるべく高欄廊下へ出た。

「これは親王様。遅くなり申し訳ございません。帰る前に立ち寄るようにとのお申付けを受け取りましたが、用件が長引いてしまい」

「とんでもないことでございます義兄上（あにうえ）。こちらから出向かねばと思うておりましたが、本日は内裏と伺い、勝手なお願いを致しました。まずは中へ」

誠仁が居室へ招き入れ、向かい合って座る。狩衣（かりぎぬ）姿の親王はくつろいだ様子である。先に口を開く。

「晴子（はるこ）は達者にしておりますか。しばらく会いに行けておらぬのですが」

「変わりありませんが、産み月も近づいて参りましたので、専ら（もっぱら）奥で大事にしております」

晴豊も、表向きの用件ではなさそうだと分かって、肩の力を抜いて答える。晴子は晴豊の妹で、誠仁の室となっていた。二年前のことであるが、そのとき親王はまだ十六であった。晴子は誠仁の子を宿し、出産間近のこの時期、実家の勧修寺家に戻っていた。

「どんな子が生まれてくるか、皆も楽しみにしております。親王様のお子ゆえ男であれば、さぞ英邁（えいまい）な王子になるであろうと」

「さて、どうでしょうか。ただそのときは初めての王子となりますゆえ、そこらは大変です。ところで本日の御用は終わられたのですか」

「はい。改築中の後涼殿について、勾当内侍様よりご注文があり……」

「またですか。作事もだいぶ進んだところで度々の手直しの取次ぎ。誠にご苦労様です」

内裏のあちこちから釘を打つ音、鋸をひく音などが響いてくる。信長は内裏の老朽ぶりに驚き、日乗上人と村井貞勝を奉行に任じて、将軍御所に引き続き、禁裏各御殿の新築、修繕を行わせていた。

「とは申せ、めいめい勝手に奉行へ申し入れては余計に滞ります。できるだけ取りまとめてから、民部殿へお願いするように致しませぬと。これも武家伝奏の役目と思うております」

「民部――村井民部少輔ですね。義兄上の目から見て如何ですか」

「煩瑣な申し入れにも耳を傾けてくれる実直な者です。一方で、無理なものは無理と率直に返して参ります。曖昧には致しません。さすが、あの弾正忠の下で長年、近習を務めてきただけのことはございます」

「なるほど織田弾正忠――。思いがけなく私のお願いに結びつきました」

「ほう。本日の用向きは、かの者のことでしたか。で、その趣は」

「内々のお願いなのですが、義兄上は、既にかの者とはよく見知った間柄にございましょう？」

「それはまあ。役目柄、何度か会うておりますし、言葉も交わしておりますが」

晴豊は、何を言い出してくるかと少し警戒した。信長はこれまで知った限りでは、馴れ合いを許す気性ではない。

「弾正忠は今、伊勢で権中納言と戦さをしておりますね」

「いかにも。されど武家同士の争いに親王様が口を挟むことはできませんぞ。ましてや室町殿（将軍）もおられる」

「いや、その議ではありません。かの戦さはいつ終わるのでしょう」

「さて、何とも」

一体何を頼みたいのか。更に警戒する。

「戦さが終わったら弾正忠はどうすると思われますか」

「終わったら？　何のことでしょう」

誠仁親王は微かに笑いを浮かべると、思いがけない頼みを口にした。

十五

碇を下ろされた小舟は、小島のすぐ東の海面で波に揺られている。日は中天までもう少しある。前方に、波間から頭を突き出した岩があり、傍らの海面下にはもう一つの岩の先端が透けて見える。二つの島のまわりを舟で回ってもらったが、お南無様が告げた様子に適うのはそこだけだった。岸近くなのにかなり深いようである。

真吉は祈るような気持ちになっていた。あたりに他の舟はない。宗玄が懐から鏡を取り出し、念を押す。

「お冴さん。今日、舟の上で見聞きしたことはこの場だけのことだぞ」

「約束は覚えてるよ」

そう言いながら、何が起こるのか興味津々で見守っている。

宗玄が鏡に日を反射させた。岩の横の海面に丸く白い光が出現する。お南無様の声を聞いたら、お冴はどう応じるか、何と説明するか。

それは杞憂だった。遠くからの声はなく、代わりに二つの岩の間、ずっと底の方で突然、もう一つ白い光が輝き始めた。

急に出現した白光は、海水を貫くように深い底から真っ直ぐ突き上げて来た。反射光と重なって、真昼の海面を白く煌めかせる。宗玄と真吉は目を見張った。

「ここだ……この下にある」

宗玄が呻くように呟いた。これなら深く沈んでいてもすぐ分かる。

「見つけましたね！」

「何だい、こりゃ。何が起こったんだ」

お冴はわけがわからず唖然としている。

「鏡からの日の光に、ご神剣が応じて輝いとるのだ。この下に沈んでおる。やっと見つけた」

宗玄が己に言い聞かせるように説明する。三種の神器である剣が感応したということは、この鏡はやはり外宮の……。

「じゃあ、底まで潜って取ってくればいいんですね」

真吉は大急ぎで着物を脱ぎ始めた。帯を解くのももどかしげだ。

「ちょっと待ちな。あんたにゃ無理だよ。こりゃ深過ぎる」海面を覗いていたお冴が、飛び込もうとする真吉を押しとどめた。

「あたいが取って来るから待ってな。お足は出るんだろ」

宗玄が深く頷く。

「驚いたね、その鏡は何なんだい。わけが分かんないけど、要するに、底に沈んでるご神剣から光が出てるということなんだね。だったら光を逆に辿って拾ってくりゃいいわけだ。造作もない」

お冴が磯衣を脱いだ。褐色の体が露わになる。宗玄と真吉はお冴の姿に驚き、思わず凝視してしまった。お冴の上半身は裸だ。外からは分からなかった豊かな乳房が突き出している。だが二人が驚いたのはその点ではなかった。上半身裸で潜り漁をすることくらい知っている。村の近くの志摩には海女が多くいるのだ。驚いたのは、お冴が下半身につけているもの——それは腰布ではなく褌だった。女の褌姿というのは二人とも初めて見た。

「ん？　やっぱり珍しいかい」お冴は平然としている。

「海女を見たことのない人は、この格好の上も下も珍しいらしいけど、伊勢の海女しか知らない者はこいつに驚くよね」

引き締まった尻から股間だけを隠している褌を手の平で叩く。形も男物と変わらない。

「あたしの潜ってた玄海灘もだけど、北の海は波も荒いし、潮の流れも速いんだ。それにずっと深く潜る。さっき言ったように底の方も潮の流れは強い。だから腰布は使わない」

そう言いながら、褌紐の上から別の細縄を巻き、小刀を括りつける。

「腰布をつけてたら潜りにくいし、へたしたら体からはぎ取られちまう。だからあたしらは最初からこれさ。いちいち腰布を失くしたらもったいないだろ」

お冴は大口を開けて笑った。髪の麻紐を結びなおす。

「だけど、あんたは裸の胸も珍しいみたいだね」

真吉は慌てて、お冴の胸から視線をはずした。

艶やかではちきれそうな褐色の乳房――傷一つない。だがあいつの胸には痕があった。大きな赤黒い傷跡。小夜の不安と悲しみが、ほんの少し分かったような気がした。

「なんなら、今晩お相手してあげてもいいよ。お代は安くしとくから」

真吉が何を考えていたか知る由もないお冴は流し目を送る。もちろん六左衛門に囲われている身では、そうはいかない。

「若い者をからかうのはそれくらいにして、早く頼む」

「じゃあ行ってくる。そうだねえ、百数えるまでには戻ってくる」

お冴はそう言い残して舟から飛び込んだ。一瞬、髪が海面上に広がったが、すぐ手足を大きく動かし潜って行く。たちまち見えなくなった。

波につれて舟がゆっくり上下する。宗玄は鏡を両手で持って、ずっと海面を照らし続ける。白光が消えないようにしないと、底に着いてから捜さなくてはならない。

待ってろ小夜、もうすぐ剣を持って帰るぞ。そう思って海面を睨んでいた真吉は、小夜の泣き声が聞こえたような気がした。思わずあたりを見回す。他に舟はなく、岸からもずっと離れている。そもそも小夜がこの辺に居るはずはない。だが……。

小夜、何があった！　焼けるような焦燥感が体を貫いた。

突然、小舟から少し離れた海面にお冴が浮かび上がって来た。まだ四十数えるくらいしか経ってないはずだ。舟縁を摑み、自力で舟に上がってきた。

「畜生、思ってたより深い。岸近くだっていうのに十尋以上ある。普段どおりに潜って行って拾える深さじゃあない」

お冴が喘ぎながら言った。髪から滴り落ちる塩水が目に入らぬよう、細めた目で海面を睨みつける。

「え、そしたら取って来れないのか」真吉が焦る。

「しょうがない。危ないけど、もう一つの手だね」胴の間に置いていた太縄と大きな石を指差す。

「石を抱いて飛び込むんだ。そしたら石が底まで連れてってくれる。そこで手を放して獲物を採って上がってくるやり方だ。だけど深くなると、沈んで行く最中も上がるときも、水の重さがはんぱじゃない。体が締め付けられて、息を止めてるだけでも苦しい。我慢できずに吐きだしたら、それでお終いだ。それに底に着いても、深いから少し動くだけでも力が要る。下で動き過ぎたら、上がってくる力がなくなっちまう」腰に太縄を巻きながら説明する。

「だから底で獲物を採り終わって上がるとき、縄を引っ張って舟へ合図するんだ。そしたら舟にいる男が縄ごと引き上げる。その力も借りて戻って来るんだ。両方の息が合ってなかったら、水面に辿り着く前にお陀仏だ」

そこで言葉を切ったお冴は、口の片端を上げるようにして笑った。

「どうしようか。あんたらを信用しても大丈夫かな」

宗玄は迷った。だがどうしても必要だ。

「頼む。合図があったら思いきり縄を引けばよいのだな」

「ようし、あたしも篠崎のお冴だ！　やってやるよ。命は預けたから頼むよ」

縄を腰に強く結ぶ。二人がかりで引っ張っても切れそうにない太さだ。反対の端を真吉が持つ。宗玄も真吉が構えたのを確かめる。合図があったらすぐ鏡をしまって、二人がかりで引っ張るのだ。

お冴は息が落ち着くのを待ってから、石を両手で持ち上げた。顔をしかめる。日に焼けて熱くなっているのだ。裸の胸に押しつけるように抱き上げる。海面上の白い煌めきにもう一度目をやる。

「頼んだよ！」

一声残して足から飛び込んだ。大きな水しぶきが上がり、一瞬で姿が見えなくなった。縄が水面下に引き込まれていく。お冴の体と共に潜って行きつつあるのだ。

ゆっくり数える。五……七……十。底に着くだけでも、だいぶかかるだろう。

十五……二十。突然、縄が止まり、そして振れ動いた。随分早い。何が起こったのか。

大声で宗玄を呼び、二人で縄に取り付いて力いっぱい引っ張る。

思っていたより重い。水に逆らって人の体を引き上げるのは力が要るのだ。それに海の中の縄が長い。こんなに潜っていたのか。懸命に引き続ける。

お冴の頭が海面上に飛び出してきた。大きく開けた口から、ぴゅうっという音が出た。潮啼(しおな)きである。口に入り込んで来た海水を噴き出し、同時に息を吸い込む。限界まで潜ってきた海女が出す必死の音なのだ。

手足に力が入らないお冴を、二人がかりで引きずり上げた。

「だめだ。覚悟してたけど、それ以上だ……。あたしの潜れる深さを越えてる。畜生……もう少しなんだけど。十五尋……いや、もっとあるか」

お冴は、胴の間で仰向(あおむ)けに倒れたまま、ようやくそれだけ言った。目をつぶって蒼白(そうはく)な顔を両手で覆っている。喘ぎながら息をするにつれ、乳房が上下する。

「底まで行きつけなかった……。途中で石を放しちまったよ。でも確かに細長いのが光ってた……。あんたらの探してた剣は、本当にここに沈んでたんだね」

「お冴さんみたいに慣れた海女でも無理となると、お南無様にでもやってもらうしかないかの」

「お南無様？　誰だい、そりゃ。だけど連れて来るにしても、神様でもない限り無理だよ」

その通りだと真吉は思った。お南無様なら簡単に潜って取って来れるだろう。いやそもそも潜る必要もないかもしれない。何か力を使えば……。だがどうやって連れて来る。遅くなるのを覚悟で、村まで戻って頼むか。しかしそれでは小夜は解き放たれない。

真吉は耳をすませた。泣き声は今は聞こえない。でも確かに……。

帯に差していた山刀(やまがたな)を抜き、青空を映す刃をじっと見る。

中途半端な今がかえって危ない、己の技を過信するな。壮介の言葉がはっきり蘇ってきた。しかし……。

山刀をしまって着物を脱ぎ、お冴と同じく褌だけになる。そのまま海に飛び込んだ。潜ってみる。青い海は底に向かって濁り、たちまち暗くなっていく。底は見えない。どこまでも続いているように思える。やっぱり怖いものだな。

「俺がやる。縄と石を使わせてもらう」

舟に上がった真吉が、お冴に向かって言った。

「な、何言ってるんだい。あたしでもだめだったんだよ。無理に決まってるじゃないか」

「石を使えば潜るのは何とかなる。あとは息が続くかだ」

「石で潜るからって、途中で胸が水に押されて苦しくなる。慣れてない奴は、すぐ息を吐き出しちまう。それに血のめぐりが悪くなって、体に力が入らなくなる。頭だって回らなくなって」

「小夜が待ってる。泣いてるんだ。早く剣を持って帰らないと」真吉が遮った。

「俺はあいつを守ってやると約束した。泣いてるのに放っておけん。今度こそ守ってやる」

「小夜が泣いてるって……あんたも聞こえたのかい」

宗玄が首を横に振った。

「そりゃ空耳という奴だよ。頭を冷やしな」

「違う！　俺には分かるんだ。前にもあった。あいつは苦しんでる。きっとやってみせる。手伝ってくれ」

日が少し傾いてきた。もう少ししたら潮が流れ始めるだろう。

「あんた、深い海に潜るってことを嘗めてんじゃ」

お冴の言葉が途切れた。こいつ、あれをやろうっていうのか。

「そこまで覚悟してんなら、やりな。潮の加減からすると、今が一番いいだろう。手を貸してやるよ」

視線をはずして言った。

「い、いや、儂は許すわけには」

「だめだと言っても、一人で飛び込んじまうよ。この際、手伝ってやった方がいいんじゃないか」

宗玄は困惑した。もし真吉の身に何かあったら、どんな顔をして村へ戻ればいい。

「あんたがやれるとは思えないけど、後で恨まれるのは嫌だから手伝ってやるよ。その代わり、死んでも化けて出ないどくれよ」

「ありがとう。化けたりしないよ。お冴さんはいい人なんだな」

真吉が笑った。

「馬鹿言ってんじゃないよ。いいかい、あたしが舟をできるだけ、光の近くまで持って行く。そこで飛び込むんだ。そうすれば下で動き回らずにすむ。あとは戻る分の息を残せるかだ。危ないと思ったら、途中で素直に石を放すんだ。そして縄を引きな」

お冴が櫓を握る。まだ髪や体から塩水が滴り落ちている。

「うん……分かった」

櫓を僅かに動かし、宗玄が再び煌めかせた白光の近くまで舟を寄せる。碇綱の範囲だった。

真吉は石を抱え上げると、舟縁から海を覗いた。どこまで潜れば底に着くのかさえ分からない。深い海に潜るなんて初めてだ。それでいきなりこの深さか。

「どうする。ここらがいいと思うけど、本当にやるかい」

お冴の声が後ろから聞こえた。

「うん。必ず持って帰ってくる。後はよろしく頼む」

真吉は大きく息を吸い込むと、足先から海に飛び込んだ。

一気に水の底深く沈んで行く。生まれて初めての感覚だった。飛び込んだ瞬間から音が消えた。石の熱さもたちまち消えていく。目の前に白い光の束があるが、それ以外の明りが薄らぎ暗くなっていく。重心が上体にあるので、すぐに頭が下になった。僅かに開けている目に、急速に上へ流れていく海水がしみる。

だが恐れはない。小夜が泣いてる。剣を一刻も早く持ち帰るのだ。

真吉には一つだけ成算があった。上まで戻る息を残さなければ、お冴より深く潜れるはずだ。息をどのくらい残したらいいかなんて、どうせ分からない。とにかく剣を握るのだ。絶対に離さない。そこで縄を引く。上がる途中で息が続かなくなっても、剣は和尚の手に入る。お南無様に届けてくれるだろう。それで小夜は解き放たれる。完璧(かんぺき)だ。

宗玄は二十数えたら、合図があろうとなかろうと、縄を引こうと決めていた。お冴がぎりぎりで戻って来られた長さだ。真吉は彼女より小柄だ。軽い分、もっと早く引き上げられる。剣より真吉の命の方が大事だ。

頭から沈んでいく真吉の視線の先が白く光っている。底で輝いている細長い物が見えた。あれが剣だ。光ってない所もある。なぜか斑(まだら)に輝いているのだ。

息はとうに苦しい。全身が締め付けられ、胸に潰されそうな痛みが走る。下から上へと流れる水の勢いで、体が石からもぎ取られそうになる。頭が朦朧として気を失いそうだ。だが石を抱く力は緩めない。

十九……二十！　鏡を胸元へ戻して縄を握ろうとした宗玄は、はっとした。いつの間にか、お冴が彼の手の届かない所で、縄の端を抱え込んでいる。鋭い目で彼を睨んでいる。何をするつもりだ。

慌てて立ち上がろうとしたが、お冴が胴の間に置いてあった最後の大石を蹴飛ばしてきた。舟が揺れ、向う脛に転がってきた石がぶつかる。宗玄は尻餅をつき呻いた。

目が痛くてよく見えない。下からの白光だけが辛うじて捉えられた。だがなぜか、その光が薄れていく。沈んでいく体を丸め捻って、何とか足を下向きに変えた。それだけするのに全力が必要だった。石ごと底の砂に着いた瞬間、足で石と海底を蹴る。伸ばした体が剣の方へ流れる。

だが水が重い。思うほど近づけない。底に触れそうなくらい体を反らし、右手を突き出す。薄れていく白い光に指が触れた。口から泡が噴き出した。更に手を伸ばす。

「二十五！　引くよ、手伝いな」

海女が立ち上がって叫んだ。宗玄も慌てて膝を突き、両手両足で這い寄る。

お冴が縄を引く。重い手応えだが彼女は手慣れていた。舟縁に足をかけ、すばやく手を伸ばして縁際で縄を握り、それから全身を反らして引き上げる。それを驚くほどの早さで繰り返す。

お冴の体から汗が噴き出した。全身を後ろに反らすたび、食いしばった歯の間から呻き声が洩れる。振り乱れた髪が、裸の胸や背に張り付く。宗玄は、次々と引き上げられてくる縄が邪魔にならぬよう、巻き取っていくくらいしか手を出せない。

舟のそばに真吉の頭が飛び出してきた。だが蒼白な顔で目をつぶったまま動かない。縄で引きずり寄せられるままだ。海面下にある右手に茶色いものが握られている。

「しっかりしな！　小夜が待ってるんだろ」

お冴が叫んだ。

十六

小夜が目を開いた。

心配そうに上から覗き込んでいる多実と婆様の顔が見えた。

「ああよかった。気がついたのね」

多実の涙声が聞こえた。小夜は婆様の部屋で寝かされていた。

「夕べ、お南無様の庵のそばで倒れてるのを見つけたのじゃ。大丈夫か。何があった」

「ご心配かけてすみません」

寝間着姿の小夜が布団から身を起こした。

「多気の町が燃えていると聞いて、丘の上まで見に行ったのです。でも急にめまいがして」

「具合が悪いときに強い火を見るのはよくない。ましてや、あんな大火は体に毒じゃよ」

婆様がほっとしたように言った。

「それより教えて頂きたいことがあります」膝をずらして布団の外へ出る。

「私が初めてこの村へ来たとき一緒だった——女の方はどこに埋葬されたのでしょうか」

「お役人様の検分が終わってから無縁墓(むえんばか)に葬ったが」

「連れて行ってもらえませんか」

「それは構わんが、なぜじゃ。何か思い出したのか」

婆様が眉をひそめた。様子が変だ。妙に淡々としている。

「いいえ、見ておきたいだけです。お願いします」

「体は大丈夫なの。少し遠いけど」

多実も不安を感じる。お南無様が今日夕方には戻ってくるはずだが、今が何刻かも尋ねない。いつも気にしていたはずだ。

「もう大丈夫です。痛いところもないし、疲れもありません」

いつもの藍色の野良着に着替えた小夜を連れ、三人で行くことにした。まだ昼前なので、神饌の準備は戻ってからでも充分間に合う。庭で喜助と立ち話をしていた嘉平に一声かけてから出かけた。長も、小夜が目を覚ましたと知って安堵する。

無縁墓は村の北はずれの雑木林の中にあった。旅人が通る村では、ときに行き倒れや災難で、見ず知らずの死人が出る。その亡骸は、先祖のと別に作った墓場に埋葬するのだ。

イヨの墓はその片隅にあった。むろん卒塔婆も何もない。少し盛り上がった土の山があり、その上に石が載せられているだけだ。ただ表に『いよ』と浅く刻まれていた。無縁墓の草取りもしている久蔵が、名が分かっている墓くらいは、とやっているのだ。その傍らに一緒に亡くなった大男の墓もあるが、こちらは名も刻めていない。

小夜がイヨの墓の前に立った。目をつぶり手を合わせて、そのままじっとしている。娘の後ろに立った多実と婆様が顔を見かわす。やはり何か思い出したのだ。夕べ、丘の上で何があったのか。だが思い出したなら、自ら何か言ってもいいはずだ。二人は問い質したものかどうかためらった。

小夜が手を下ろし向き直った。

「あのとき私が着ていたものはどうなりましたか」

「あなたの着物は――いずれ何か思い出すことがあったらと思うて、大切にしまってありますよ」多実がさり気なく答える。

「見せてもらえますか」

やはり淡々と小夜が言った。

三人は屋敷に戻った。多実が納戸の櫃から布包みを取り出してきた。婆様の部屋に三人丸く座り、真ん中に置いた包みをほどく。

薄く桃色に染めた着物が出てきた。童が着るので、裄丈は短く縫い上げされている。よく見れば裾の方に小さな白水玉の模様が染め散らしてある。絞り染めだろう。手をかけた品である。

小夜が着物を手に取った。下にもう一つ品があった。緋色の帯だが着物のそれとは違う。

「これは掛帯です。身分のある女の方が物詣に行かれる際、胸から後ろへ回して掛け、背中で両端を結びます」

訝しげな小夜の視線に応えて、多実が説明する。

「あの女の方の懐にあったんやけど、どういうわけかこれだけは無事で。何となく手放しにくうて、お役人様にも渡さず一緒にしまっといたんです。……小夜！　何か思い出しましたか」

多実がいきなり強い声音で問うた。じっと顔を見つめる。

小夜は手を伸ばして、緋の帯に触れた。幅二寸（約六センチ）長さ四尺（約百二十センチ）ほどのその帯は、短く折りたたまれて薄桃色の着物に寄り添うように、ずっと一緒にしまわれていたのだ。

触れている手が微かに震えた。だがすぐに体を起こし顔を上げる。

「いいえ何も。多実様。私、これを着てもよろしいでしょうか」

三人の間に沈黙が流れた。

それは長く長く続いた。

「え、ええ。あなたの着物ですもの、もちろん構いませんよ。けど、このままではもう短すぎますね。私の方で直してあげましょう。ちょっと待ってて……いつの間にか、随分大きくなってたんやね」

誰にともなく最後の言葉を言った多実の目から、涙が溢れ出した。着物を両手で抱きしめ、足早に部屋を出て行く。残された婆様がうなだれた。

「小夜、お前は」

「私はもうここには住みません。庵へ移ります。申し訳ありませんが、よろしくお願いします」

背筋を伸ばすと両手をつき、深々と頭を下げた。あの日、真吉にそうしたように……。

「今日は庵まで登らねばならんが、具合は」

小夜の様子を確かめに、婆様の部屋へ来た嘉平の言葉が途切れた。

後ろ姿で座る娘の前に化粧箱が置かれている。その向こうに多実がいて、婆様は傍らに座って二人を眺めている。小夜の髪は丁寧に梳かれて背中へ流され、肩のあたりで緋帯を使って括られている。帯の余りが大きな二重の輪を作っていた。髪油も使ったのだろう、あたりに芳香が漂っている。

　お前の化粧道具を持ち込んで何を——そう多実に言おうとした嘉平だが、振り向いた小夜を見て言葉を失った。うっすらと化粧が施されている。白粉と頬紅を塗り、細めに整えられた眉には墨が刷かれていた。そして唇に小さく紅が塗られている。

「私が頼んで、お化粧させてもろたんです。どうかしら」

　多実が妙に明るい口調で言った。薄桃色の着物を身にまとい正座していた小夜が、初めての化粧をした顔で、嘉平を振り仰いだ。つられて髪の緋飾りが揺れる。

　それは彼が今まで見たこともないほど美しい娘だった。

「あ、ああ。ええんやないか。けど、なんで」

　戸惑う嘉平の横を、すっと立った小夜が、黙ったまますり抜けた。

　濡れ縁の先にある沓脱ぎへ向かう。そこに娘の藁草履が置いてある。後ろから嘉平、多実、婆様の順で続く。

　片足を下ろし、草履に足を入れる。

「小夜」

　小さく、振り絞るような多実の声が上がった。娘の動きが止まる。だが再び動き出す。もう一つの足を草履に入れる。

そこでまた止まった。ゆっくりと振り向く。美しい娘の顔に何も表情は浮かんでいない。

だが——。

「とと様、かか様、婆様。ありがとうございました」

小夜は沓脱ぎの上に立ったまま、そう言うと、静かに頭を下げた。

「え、いったい何の」

戸惑う嘉平を押しのけて多実が前に出た。手に小さな貝の紅入れがある。それは彼女が
嫁入りのとき持ってきた大切な品だった。小夜の手に押しつける。

「これを持って行って。とても……とても、よう似合っとるよ」

二人の視線が合った。紅入れを受け取った小夜の目が一瞬、揺らいだように見えた。だ
がそっと多実の手をほどく。

「では行きます。……婆様」

老婆が涙に濡れている顔を上げる。

「真吉さんが帰ってきたら、庵に来るよう言って下さい」

「必ず伝える。お前はそこで待っとるんじゃな」

婆様の目に輝きが戻る。丘の上まで行けば会えるのだ。

「いいえ、もうじきお南無様が来ます。そのますぐ行きますので、私が戻るまで待って
いてくれるよう伝えて下さい」

お南無様がもうじき来る？　だが刻限にはまだ間があるはずだ。なぜそんなことが分か

った。三人が戸惑う隙を狙っていたかのように、小夜が沓脱ぎから下り、足早に丘に向かって歩き出す。

その歩みにためらいはなかった。もう振り向かない。たちまち丘の上へ登る道に入り、後ろ姿が木立の中に消えた。

多実が泣き崩れた。婆様がその背に手をやる。

「いったい……いったい、どうしたと言うんだ」

嘉平がおろおろして二人に尋ねた。

わけを聞いて驚いた嘉平が、小夜を追って丘の上に駆け登る。だが、そこには無人の庵があるだけだった。

そして約束の夕方。村の長は、神饌を丁寧に庵の前に用意した。夜中まで待ったが、お南無様はやって来ない。嘉平は次の日も、その次の日も、夕方には神饌を調えて待った。

だがお南無様は戻らない。そして小夜もまた……。

三人が再び小夜に会うことはなかった。

†

小舟は波を切って赤間関へ向かっていた。お冴が櫓を漕いでいる。向かい潮が始まったので、できるだけ岸沿いの戻り潮に乗せる。

「ありがとう。何もかもお冴さんのおかげだ」

舳先に座る真吉が振り返って言った。両手であの剣を握っている。右手には布が巻かれてあった。握り締めていたので、刃が少し食い込んだのだ。

「そうじゃない。あんたの一念だよ。もしやと思ったけど、戻りを考えないで潜るとはね。篠崎のお冴にもできないよ。よっぽど大事な人なんだな。……羨ましいよ」

最後の一言はささやくような声で、二人には聞こえなかった。

「お冴さん。剣を見つけた以上、すぐ帰りの舟に乗りたいのだが、どうしたらよかろうかの」

「そうだねえ。東向きの潮が始まったから出船があるはずだ。でも宿の荷物を取ってこないとね。それに残り四日分の前払いも返してもらわないと」

「それはいらん。六左衛門様へのお礼代わりだ」

「なら、もうじき早鞆の瀬戸だけど、手前に小さな浜がある。そこで下りれば宿の近くだ。荷物を拾ってから湊へ走りな。前払いしてるから誰も止めないよ。あたしの方は先に行って、乗り込めそうな船を探しといてやる。湊に『左六』の看板が出てる倉がある。そこで会おう」

舟が浜に近付くと二人は浅瀬へ飛び降りた。岸へ駆け上り、それから屋敷へ走る。

お冴は湊まで漕いだ。磯衣のままである。赤間関では見慣れない姿だが、お冴は既に色々な意味で有名である。誰も驚かない。

二人が左六の倉まで走っていくと、前でお冴が待っていた。

「あの早舟（はやぶね）に乗せてくれるよう頼んだ。足の速い方がいいと思ってね。もうじき出発だ。本当は旅人は乗せないけど、六左衛門様とあたしの顔のおかげだよ。少し高くつくけど、お足はあるんだろ」

「ありがたい。もちろん速い方がいい」

宗玄が息を切らせながら礼を言う。真吉が、先に行っとりますと言って走っていく。笈（おい）を背負って、胸には細長い晒（さらし）の包みを抱いている。海の底から取り戻したご神剣である。

「それからこれは握り飯だよ。そこの店で作らせた。腹減ってるだろ。お代は前金から払っとくよ」

竹包みを渡してくる。

「お冴さん。何から何まですまん」

宗玄が懐から皮袋をとり出す。手を入れ、中で大きく粒を握った。

「約束の礼だ」

「いや、これは多すぎるな。借銭三年分、丸ごとぐらいある」

「それでいい。あんたは真吉の命の恩人だ。遠慮なく受け取ってくれ」

「だけど……」

「これで残り一年分を返して篠崎へ帰るもよし、他でやり直すもよし。あんたの良いように使ってくれ。それだけのことをしてくれた」

無理矢理、握らせる。

「最後に余計なことを言わせてくれ。六左衛門さんは、あんたに惚れとるんじゃないかな。あんたはいい人だ。今日一日だけで、よう分かった。あの方は相手の中身を見る人だ。二年も身近にいたなら、あんたの良さは充分、分かったはずだ。だからあと一年でも、あんたを手放したくないんではないかな。もし残りの借銭を返そうとしても受け取らんかったら間違いない。そのときは、あの人と暮らすことも考えてみてはどうだ。いや、余計なことを言った」

宗玄は早口にそこまで言うと、合掌して舟に向かった。

早舟が舷側の櫓を動かし始めた。帆はまだ上げない。だが早舟は長さに比べて幅が狭く速く走れる。唐織など軽くても高値の荷を運ぶ舟だ。櫓だけでも、みるみる速度が上がっていく。湊を出て帆を上げると潮にも乗り、あっという間にその姿が小さくなった。

お冴はそれを見送りながら、ふんと鼻を鳴らした。

六左衛門があたしに惚れてるって？　そんなこと言われなくたって分かってるよ。あたしは今、後ろ指をさされる身だけど、もしずっと一緒に暮らしたいと言えば、それなりに考えてくれる人さ。いい人だよ。夜はちょっといやらしいけどね。……でもねえ。

彼女は舟に置いていた荷を担いだ。屋敷まで歩いて戻る途中、岸が崖になっている所へ出た。足元真っ直ぐ下に海がある。

六左衛門はあたしがいなくても大丈夫だけど、うちの亭主は、あたしがいないとやっていけないのさ。だからやっぱり戻るよ。でもそのときに大枚を持って帰ったら、あいつはかえって駄目になっちまう。だからどっちにしても、こんなに要らなかったんだよ。

お冴は金の小粒を二つ、左掌に握ると、あたりに人目がないのを確かめた。海に向かって右掌を伸ばし、そして開く。残りの小粒が、きらきら輝いて水底に沈んでいった。

だけどひょっとすると、一年のうちにはあたしの気も変わるかも。そのときはここへ潜って、お宝探しをするか。ここなら浅そうだ。

空に向かって大声で笑った。ふと風が変わったのを感じた。天気は下り坂だ。これから海は荒れるかもしれない。

十七

やってきた大風で、ぎしぎし鳴り続ける屋敷の戸が突然、激しく叩かれた。

「誰だ」

閉め切って真っ暗な玄関土間へ、手燭を持った嘉平が出て来た。

「真吉です。開けて下さい」

懐かしい声が風の音に混じって聞こえてきた。大急ぎで戸締りの落とし棒をはずし、戸を横へ引いて開ける。

全身ずぶ濡れの真吉が飛び込んできて、雨粒と激しい風音も入り込んできて、すぐ戸を閉める。

「ただいま戻りました。和尚様は、志摩の湊で嵐が過ぎるのを待っとります」

荒い息をして、晒を巻いた二尺ほどのものを背負っている。それも水をくぐったかのように濡れていた。旅立ってからほぼひと月半、赤間関を発ってからも半月が過ぎていた。

真吉の足元に、みるみる水溜まりができていく。声を聞いて多実と婆様も飛び出してきた。

「真吉、よう無事で……」

多実の声は震えている。急いで明りを灯し、乾いた布を探す。

「剣は手に入れた。小夜はどこです」

薄暗い中、三人の顔が強張った。

「小夜は、もうここにはいません」

何日も泣き腫らした目をした多実が告げた。

「いない？　なんでそんな……だって、この剣を」

頭の中が混乱する。何をどう聞いたらいいのか分からない。

「小夜は、お南無様と一緒にどこかへ去った。じゃが、お前が戻ったら、庵で待っててくれとの言伝てじゃった」

婆様の言葉に振り返る。風が轟々と鳴り、戸板に雨粒が激しく打ち付けられている。まだ昼過ぎなのに、外は夕方よりも暗い。

「この雨風だ。今日は待っとっても来ることはない。上がって体を休めろ。これが過ぎてから行けばいい」

　嘉平が息子の腕を摑み、奥へ引っ張って行こうとした。真吉の濡れた体は、転んだのか何かにぶつかったのか、痣だらけだ。あちこちのすり傷から血も滲んでいる。嵐の中を、南の山を越えて駆け戻ってきたのだ。

「庵で待っててくれと言ったんですね、小夜が」

「そうじゃが、いつ戻って来るかは分からん」

「そんなら庵へ行きます。あいつはすぐ来ます」

　息子が父の手を払った。

「何を言うとる。そんなことあるわけがない。落ち着いて」

　真吉が戸を開ける。再び横殴りの雨粒が飛び込んで来た。吹き込んでくる風を、たたらを踏んでこらえる。

　唸る風音の向こうから、小夜の呼ぶ声が彼の耳に届いた。

「やっぱりもう来てます。戸締りして待っとって下さい」

　激しい嵐の中へ飛び出す。雷鳴が轟いた。

「待って！　真吉、待って」

　多実が叫び、後を追って飛び出した。激しい風が真っ向から吹きつける。

「私も行きます！　小夜がおるなら私も行きます。待って！」

だがその声は、激しい風と雨の音に邪魔され、息子には届かない。風に吹き折られた太い枝が、暗がりの中から飛んできた。

多実に避けることはできない。頭に激突し、泥海と化している地面に倒れた。水溜まりからしぶきが飛ぶ。

「多実！」

嘉平と婆様が駆け寄った。三人ともたちまち雨に濡れていく。稲妻が光り、多実の額から溢れ出してくる血を照らし出す。激しい雨が血を顔から首へと押し流し、胸元が赤く染まっていく。

「いかん。婆様、血止め薬を」

嘉平が多実を抱き起こしながら言った。婆様が家に駆け戻る。

「いいえ、いいえ。大丈夫です。行かせて下さい」

多実が虚ろな目で夫に頼む。ふらつきながら立ち上がろうとする。

「黙れ！　あきらめるんだ。小夜は来とらん」

多実を抱きかかえるようにして戸口の方へ引きずる。嘉平は濡れた顔で丘の上を見やった。真吉……頼む、無事で戻ってこい。

登り坂は、大雨でどこもぬかるんでいた。あちこちで滝ができて、水が勢いよく流れ落ちてくる。うっかり足を踏み入れたらすくわれる。だが真吉は薄暗がりの中を、雷光と勘で見分けて登って行く。

こんな所で手間取っててたまるか。もう少しなんだ。髪から流れ落ちてくる雨水をひっきりなしに拭いながら登る。行くうちに徐々に雨が弱くなってきた。風は相変わらず強いが、心なしか空も少し明るんできた。

いいぞ、嵐の一番激しいところは過ぎた。庵だってもう少しだ。

ついに庵が見える所へ出た。だがそこは丘の上である。横殴りの風雨が、まともに吹きつけてくる。濡れた体から、たちまちぬくもりが奪われていく。

しかし真吉は今、そんなことはどうでもよかった。

庵の中にお南無様が座っている――そして小夜も！　やっぱりいたんだ。嬉しさに体が震えた。

庵は吹き飛ばされもせず、変わらず建っていた。わけはすぐ分かった。板戸も筵もはずされ、風はほとんど遮られることなく吹き抜けていく。

その板座敷で、異形の男が胡坐を組み、真吉を見ていた。見慣れた薄笑いを口に浮かべ、いつも通り瞳を赤く光らせている。蓬髪と長い髭が風になぶられている。

小夜は、お南無様の斜め前、向かって右寄りに座っている。そして――真吉は一目見た瞬間に気付いていた――初めて会ったときに着ていた、あの薄桃色の着物を着ている。なぜか化粧して大人びた顔つきになっている。

だが表情がない。背筋を伸ばして座っているが、その目は真吉を見ることなく、半分だけ開けて斜め下を見ている。いや、本当に見えているのか。

ひときわ強い風が木立を揺らして吹き抜けた。その風も全く感じていないようだ。ただ座っている。何かおかしい。

だめだ、落ち着け！　己に言い聞かせる。一つ一つに心を揺れ動かしてはだめだ。まず、まわりをよく確かめろ。

庵の中、正面にお南無様。右手前に小夜。そして雨は弱くなったが風はまだ強い。左から右へ吹き抜けている。薄暗い中、ときどき雷光が切り裂くようにあたりを照らす。庵まで六間ほど（約十メートル）のぬかるんだ地面。彼は足元を確かめた。

「ほほう」

お南無様が感心したような声を上げた。激しい風音の中でも、はっきりと聞こえて来た。

「どうやら死線をくぐって来たようだな。行く前とはえらい違いだ。技はさておき、心映えがな」

「言われた通り剣は持ってきた。戦さはまだ続いとるが、小夜との約束はこれで終わりだ。解き放て！」

「慌てるな。まず鏡を返してもらおう。こちらへ放れ」

真吉は、お南無様から視線を外すことなく、胸元に手を入れた。宗玄から預かってきた鏡を、掛けていた紐ごと首から抜く。

相手の胸めがけて投げた。鏡は僅かに左に逸れて飛んだ。ひやっとしたが、お南無様が上げた右手に、まるで引きつけられるように納まった。そのまま膝の上に置く。明らかに途中で曲がって飛んだ。それくらいできるだろうな、と真吉は思った。

「剣を見せてもらおう。背負っておるようだな」

やはり視線を外さず、晒包みを地面に置く。ゆっくり包みを開く。お南無様が手元を凝視してくる。

あいつが緊張している。この剣はよほど大事なものなのだ。何に、どう使うのだ。

茶色の錆に覆われた両刃の剣が現れた。二尺（約六十センチ）ほどの長さで、持ち手が一続きでついている。どう見ても古びて錆まみれの鉄剣でしかない。

「こちらへ放れ」

「小夜を解き放つのが先だ。早く術を解け！」

お南無様が嬉しそうに喉を鳴らした。左手を伸ばし、後ろから小夜の首を掴む。

「下らん駆け引きはよせ。このまま握り潰す方がいいか。心配するな。約束は守る」

娘の表情は変わらない。太い指が喉に少し食い込んだ。

「待て！　今、投げる」

真吉は戸惑った。どうやって投げる。かなり脆そうだし、もし小夜に当たったら怪我をさせかねない。

持ち手の部分を持ち、お南無様の右肩、座っている小夜の反対側めがけて思い切り投げつける。

剣が横殴りの雨粒を切って飛ぶ。拍子抜けするほど簡単に、さっきと同じようにお南無様の右手に納まった。これでこちらの約束は果たした。

異形の男は、握り締めた錆だらけの剣をしげしげと眺めている。

「何をしてる。早く小夜を」

真吉の言葉は途中で終わった。刀身がぼうっと光り出す。海底にあったときと違い、黄色い光だ。錆の厚い部分からは光が漏れてこないので、斑に光って見える。だがそれも束(つか)の間(ま)だった。

その黄色い光は一気に強くなり、自ら揺れ動き、表に付いていた茶色の汚れを、あるいは取り込み、あるいは振り落としていく。

光が消えた。お南無様の手には今、一点の曇りもない剣があった。両刃の刀身は煌めくような銀色に輝き、それと一続きの持ち手は黒灰色に鈍く光っている。お南無様が頷く。

「確かに受け取った。この女との約束を終わりにしてやろう。だがその前に言っておくことがある。約束は守る。この女は解き放たれる。だがそのあとどうするかは、この者次第だ」

真吉は戸惑った。いったい何のことだ。

「戻ろうと思うとは限らん、と言っておるのだ」

どきりとした。考えたこともなかった。

「では解いてやろう」

お南無様が左手を伸ばす。後ろから頭越しに小夜の額に指を当てた。瞳が緑に輝く。

「女……お前との約束は終わった」

それだけだった。赤い瞳に戻り、手を引っ込める。

「小夜！　聞こえるか」

真吉は叫んだ。吹きすさぶ風の音を越えて届いたはずだ。微かに頷いたように見えたが動かない。

「帰ろう。みんな待っとる」

やはり動かない。相変わらず半開きの目のまま、斜め下を見ている。稲妻が立て続けに光り、いくつもの雷鳴が轟いた。お南無様が笑いだした。

「どうやら戻る気はないようだ。残念だったな。疾く去ね」

「待て！　何をした。小夜、こっちを見ろ！」

娘が微かに目を上げる。

小夜、お前は今、動けなくされてるんだろ。だが心配するな。俺を見ろ。それだけでいい。それだけで俺にはお前の想いがわかる。

初めて会ったときのことが蘇る。タスケテ……。

そうだ、あれだ。あれでいいんだ。それを確かめたら、今度こそ本当に解き放たせる。

真吉は己を疑った。何と言った。もう一度覗きこむ。小夜の目は、あのときの暗い虚ろな目ではない。ただ言いようもなく、深い悲しみに満ちていた。

サヨナラ……。

足が地面に沈みこんでいく気がした。血の気が引いているのだ。俺の顔は今、真っ青なんだろうな。頭の隅にどうでもいいことが浮かぶ。

なぜだ、なぜなんだ小夜！　冷静さが弾け飛んだ。

強い風が木立を大きく揺らし、雨粒を叩きつけて吹き過ぎて行った。そして小夜の目は再び閉ざされていく。

「もう分かったろう。さっさと」

「うるさい！　黙れ」

お南無様の言葉を遮る。帯の後ろから山刀を抜いた。雷のとき刃物を持つのは危ない。だがそんなことはどうでもいい。

「そんなはずはない。お前を斃す。そうすれば小夜は」

その先は言葉にならなかった。

お南無様のごまかしなんか許さない。

娘の目が見開かれていく。雨が一瞬、降り止んだ。雲の動きが乱れている。そして真吉は娘の目を捉えた。稲妻が光り、誤まりようもなくその目を見た。

サヨナラ……。

異形の男が、彼の言葉に応ずるように、ゆっくり立ち上がった。右手に剣を持ち、首にはいつの間にか鏡を掛けている。巨軀は風をものともしない。髪の毛が、そして顔を覆う髭が渦を巻いて逆立った。両眼は獣の真っ赤な瞳である。両刃がぎらりと光った。

普通の人間なら恐ろしさに息すらできないだろう。だが真吉は山刀を握り直した。左足を踏み出し、一直線にお南無様に迫る。いや、迫ろうとした。

寸前、庵の傍らの木が一帯に響き渡る音を立てて裂けた。落雷だ。

閃光が目をくらまし、破裂音が耳をつんざく。後ろに吹き飛ばそうとする一瞬の烈風に、真吉は必死で踏みとどまった。今だ！　いかにお南無様といえども隙が――。

構え直した彼の目に、恐ろしい光景が映った。

雷で縦に二つに裂け、燃え上がっている立ち木の一方が、庵へと傾いていく。黒焦げの断面から火を噴き出すそれが、屋根に向かって、ゆっくりと倒れていきつつあるのだ。

「小夜！　逃げろ」必死で叫ぶ。

お南無様が、ゆっくりとも見える動きで小夜を抱き上げた。大きく二歩踏み出す。それだけで庵の外に出た。

赤く燃え上がった半分だけの立ち木が、茅葺き屋根に覆いかぶさった。そのまま藁細工でもあるかのように庵を押し潰す。

轟音が響き、枝が折れる音がそこに混じる。幹全体が大きく跳ね戻った拍子に、無数の火の粉が舞いあがった。風がそれを吹き飛ばす。風に煽られた炎は燃え上がり、雨粒が当たったところは白煙に変わる。

地響きが足元へ伝わり、通り過ぎて行ったとき、真吉は打ちのめされた。風雨の向こうに、全く変わらずお南無様が立っている。左の肩に小夜をかつぎあげ、薄笑いを浮かべている。何ら動じた様子はない。半歩後ろの庵は押し潰され、跡形もなくなっているというのに。倒れた巨木が炎と煙を吐き出している。

赤銅色（しゃくどういろ）の顔に不気味に光る目。渦巻き逆立つ蓬髪。剣を持つ右手。そして背後の燃え上がる炎。

座敷に掛けられていた布絵の明王――『神』そのものだ！　斃せるわけがない。だがあの絵と違い、肩に小夜を載せている。それこそが問題なのだ。彼女は初めと同じ半眼である。やはり表情はない。

「どうした小僧。儂を斃すのではなかったのか」

何を言えばいい。小夜、どうすればお前を取り戻せる。

「まだまだだな。お前はさっきから肝心なことに気付いておらん」

思わずまわりに視線を走らせる。気付いてない？　何に？

「お前の大事な小夜をよく見ろ」

急いで視線を戻す。何を言ってる、俺はちゃんと……。

そして愕然（がくぜん）とした。

雨は弱くなったとはいえ、まだ降り続いている。風は相変わらず強い。異形の男の髪も髭も既に重く濡れ、そのせいで捩じられるように風になびいている。むろん着ている水干も上から下まで濡れてしまっている。

だがその肩に載る小夜は——髪も着物も濡れていない。そして髪の毛一筋さえ風に揺れていない。さっきもそうだった。お南無様の髪は吹き抜ける風に乱されていたのに、傍らに座る小夜の髪は全く動いていなかった。ただ静かに座ってるようにしか見えなかった。顔に気を取られていた。

よく見ると、小夜のまわりを丸く囲む、ぼんやりとした白い境界が見えた。そこで雨粒が跳ね返され、飛沫となっているのだ。中には風も雨も入りこめない。

「やっと分かったか、結界だ。儂以外は入れない。もはや雨風すらこの者を侵すことはできん。お前は自分の見ようとするものしか見ていない。この女のことが、お前にはどこまで分かっておるのかな。この者は今、食べることも飲むことも、そして眠ることすら必要ないのだ」

小夜の表情は動かない。異形の男が一歩、前へ踏み出す。

「我らはこの地を去る。もう戻ってくることはないだろう。去ね」

「ま、待ってくれ。小夜を、小夜を連れて行かないでくれ！」

真吉はその場に跪いた。もう意地も誇りもない。そんなものはどうでもいい。山刀を放り出し、両手を合わせる。泥濘と化した地に膝が沈む。

「これだけ言っても分からんのなら」

お南無様の瞳が緑色に光った。そのとき初めて小夜が動いた。首だけ右に回す。髪を括っている緋の輪が見えた。

男の耳元に口を寄せ、短くささやく。何と言ったかは聞き取れなかった。

だがそのとき真吉は信じられないものを見た。跪いたまま凍りつく。

「我らとお前とでは棲むところが違うのだ。言うだけでは分からんのなら、剣を拾ってきたことに免じて面白いものを見せてやろう。但し、これはお前にだけだ。村の誰にであろうと喋ったら、お前の元にその者の首が届くことになる」

お南無様は空を見上げた。雷雲は去りつつある。

「お前はこの鏡と剣が感応するところを見たはずだ。白く光ったであろう。だがそれは大したことではない。この二つは、このようにも使える」

右手の剣を逆手に握り直す。切っ先を、胸に下げた鏡の鏡面に突き立てた。

刃と鏡面が共に銀色に輝く。同時に、お南無様を真ん中にして取り囲む青白い光の帯が生まれた。腰のあたりで中空に浮かび、渦を巻いている。最初、おぼろげな明るさしかなかった渦は、回転が早くなるにつれ、くっきりと輝き出した。

「これはな、今いる地より別の地へ、我らを光と化して運んでくれるのだ。それをたまたま見た者どもは『飛び神明』などと騒ぎおる」

お南無様の、いつもの嬉しそうな声がした。飛び神明とは夜、光り輝きながら飛来する神のことである。

「さらばだ。この女のことは忘れろ。お前が知っていた小夜は、もうおらぬ。この者には果たさねばならぬ宿命があるのだ」

光の渦は、ますます速く回転して太くなり、上下に伸びて二人を完全に包んだ。目もくらむほどの明るさである。

「ついでに、もう一つ言っておこう。儂の本当の名だ」

光の渦の中から、異形の男のくぐもった声が聞こえて来た。

「お前らは儂を『お南無』様と呼んだ。それは間違っておる。正しき我が名は」

光の渦は縦に長く細くなり、次の瞬間、天に向かって噴き上がった。輝く槍が天空の遥か高みへと飛んでいく。

「オオナムチ！」

轟く声が頭上から落ちてきた。残響が風に吹き飛ばされる。

真吉は顔を上げ、空を見た。左から右へと流れていく黒雲を横切って、細く青白い光が彼方へ飛んだ。それは流れ星のように一瞬のことだった。

いつの間にか雨は止み、空は灰色の雲が流れて行くばかりである。吹き過ぎる風の音が聞こえる。だがさっきまでとは比べようもない静かな音だ。

凍りついていた真吉の頭が、僅かずつ動き出す。オオナムチ、オオナム様、オナム様。長い間になまったわけだ。だが本当の名なんてどうでもいい。お南無様はお南無様だ。

あの荒魂神は、俺と小夜では棲むところが違うと言った。それを分からせるため、飛び神明とやらを見せつけたのだろう。だがそんなことをする必要はなかった。その通りだ。所詮（しょせん）、俺たちは棲むところが違っていた。

お南無様の耳元で小夜がささやいたあのとき、俺は決して見るべきでないものを見てしまったのだ。

小夜は——微笑（ほほえ）んだのだ。横顔だったが見間違いようもない。目もと口もと。俺はあいつが微笑んだときの顔をよく知っている。あれは無理やり作らされた微笑みではない。

小夜は、

微笑みながら、

お南無様にささやいたのだ。

お南無様に微笑むなんて——あれは小夜ではない。そうだ、去ったのではない。いなくなったのだ。あいつはもういない。

突然、臓腑（ぞうふ）が握り潰されたような痛みが走った。激痛に体を折る。泥の中に額が落ちた。胸が苦しくなり息ができない。あの深い海の底で味わったより、何十倍もの痛みが押し寄せてきた。全身が痙攣する。

何かが喉から逆流してくる。吐いた。この半日ろくに口にしていないので、戻ってくるものはほとんどない。だが何度も何度も吐く。酸っぱいものが喉を通って絶え間なく出ていく。涙が流れ出る。己の吐瀉物（としゃぶつ）と泥の中へ倒れ、もがく。

小夜、お前はもう本当にいないのか。

突然、絶叫が聞こえた。しばらくしてようやく気付く。それは彼自身の号泣だった。いつの間にか声を出して泣いていたのだ。

丘の上を、風が緩やかに吹き抜ける。庵は跡形もない。雷に倒れた木立の炎は消え、今は白煙がなびくだけだ。

雲はもう村を通り過ぎようとしている。あたりが明るくなっていく。その中を真吉の号泣が、遠く果てしなく続いていた。

第二章　イヨ

一

永禄十二年（一五六九）十月六日。

信長は参宮のため、馬を走らせていた。外宮の南東、宇治にある内宮への街道上である。赤い革袴に羅紗天鵞絨の陣羽織姿であるが、二十騎ばかりの鎧武者が、それを覆い隠すように取り巻いている。選りすぐりの馬廻衆であった。既に古市を過ぎ、内宮も近い。

「殿！」警護役筆頭の菅谷長頼が、後ろから寄せて来た。

「西におります手勢には、古市まで進むよう使い番を送りました。各所から、不穏な動きは無いとの繋ぎが来ております」

北畠の主城、大河内城は一昨日、開城していた。ついに兵糧攻めに屈したのである。滝川一益、津田一安が城受取りを行い、北畠具教、具房父子は城を退去した。信長の次男お茶筅（後の信雄）が家督を継ぐ、というのが和睦の条件であった。

織田勢は撤収を開始した。とはいえ、大軍であるため北にいる軍勢から繰引くことになる。追って上野で陣を設け、恩賞や今後の仕置きを定めるとしたが、それまでしばしの時が必要だった。

そこで神宮参りを行うこととしたのである。昨夕、山田へ到着し、御師宿の一つである堤源介方に宿をとった。

この参宮は当然、危険を伴う。神宮近辺は戦さ場にならなかったとはいえ、まだ戦塵のくすぶっている最中であり、諸方で行った焼き討ち、稲薙ぎが恨みをかっていた。

神宮への西、南、東からの街道に、それぞれ手勢を送り、物見させている。北の大湊には九鬼水軍の船が既に回航している。これで仮に三方から同時に攻められても退き口がある。その上で今朝早く外宮へ参詣し、次いで内宮へ向かっているのだ。

「外宮は六年前に式年遷宮を終えたと聞いておったが、さすがに立派であった。熱田社への寄進も考えねばならんな」

信長自身はまわりを気にしている様子など見せたくない。過度に警戒していると思われることで今後、織田家が軽く見られる怖れもあった。とはいえ、仕物（暗殺）に遭う危惧は常につきまとっており、警戒は怠れない。要所に手勢を先乗りさせていた。

内宮が近づいてきた。参道の両側には、煮売りや土産物など多くの店棚が連なっているが、それらの板戸は全て閉まっている。

「長頼。本日の商いは禁じたのか」

外宮でも閉め切られていたが早朝だった。もう開いていてもよい刻限である。

「左様なことは申し付けておりませぬ。おそらく仕人どもが、事が起こるのを恐れて閉ざしておるのかと存じます」

内宮境内へ入る宇治橋が見えた。そのたもとで先乗りの騎馬武者たちが誰かと揉めている。そのうちの一騎が駆けて来た。

「何事だ」

長頼が、信長の傍らから離れることなく問うた。

「神宮の禰宜が、往古よりの慣わしである、宇治橋からは下馬せよと言い張っております。いかが致しましょう」

「ほう」信長の顔は面白げである。

橋のたもとに烏帽子水干姿の小男が見えた。頑固そうな四角い顎に唇を引き結んでいる。周囲を甲冑姿の先乗り衆が取り囲んでいる。信長が騎馬のまま前へ出た。

「ここよりは神域にござります。下馬を願いまする」

禰宜が頭を下げて来た。だが目はしっかと睨んでいる。

「痴れ者め。この方をどなたと」

すぐ横にいる長頼が言いかけるのを、信長が制止する。

「神域ゆえの慣わしと申すか」

「左様にございます」小男が大きく頷いた。

「では、あれは何だ」

信長が橋の向こうを馬鞭で差し示した。橋の両岸に鳥居があるが、対岸の鳥居を過ぎた参道沿いに家が建ち並んでいた。

「さほどの神域に人家とは解せぬの」

「い、いや。あれは神官や姻戚の者でございまして……日々のお祀りをつつがなく執り行いますために、その」

「そうかのう。何やら宿らしきものも見えるぞ。知っておるわ、神楽殿まで続いておろうが。参宮は初めてだとでも思うたか」

水干姿の男が絶句した。

「その方、神宮の者などではあるまい。詰まらぬ当てつけをしおって。此度の戦さで何かあったゆえの意趣返しか。斬れ」

鎧武者が両側から取り押さえる。男の顔から血の気が引いた。

「と言いたいところだが、参宮の途中で穢れは避けるべきであろう。町の外まで連れて行き、打擲の上、捨て放て」

気絶しかけている男を、二人の武者が、もと来た道を引きずって行った。

この頃、宇治橋のすぐそばまで店棚が建ち並んでおり、更に橋を渡った境内にも人家が続いていた。宇治の上館、中館、下館という町名まであった。

信長は、乗馬のまま渡ろうとする馬廻を止めた。

「皆の者、下りよ。古びて壊れやすくなっておる。それに諸人の寄進によるものに違いはない。渡ったら神楽殿まで、また馬で行く」

先乗り衆を橋のたもとに待機させておき、自らは下馬して、徒で橋を渡る。同じく下馬した鎧武者が前後を固めた。橋は腐朽し、あちこち当て板で修理されている。それすらも間に合わず、穴が開いたままの渡り板もあった。

「内裏もだが、ここもひどい有様だ。神仏への尊崇はどこへ行った」

顔をしかめながら呟く。

前回の遷宮は寛正三年（一四六二）で、既に百年以上が過ぎていた。内宮本殿の朽損は著しく、前例に倣って仮殿を建てたが、その建立からも七十年が過ぎ、やむなく仮殿の仮殿とも言うべき儲殿を建てている有様だった。

この後。信長、秀吉から多額の寄進を受けて遷宮が実現するまで、更に十六年を要する。ちなみに外宮は永禄六年（一五六三）、諸人の寄進を得て式年遷宮を果たしていたが、こちらも百三十年ぶりであった。

先に橋を渡り、胡乱な者がいないことを確かめた馬廻衆が、再び乗馬した主を囲もうとする。

「もうよかろう。この先の道は狭い。前後につけ」

五騎に前駆けさせ、残りは信長の後ろにつく。両側に人家が建ち並び狭くなっている参道を、二列の早足で馬を進める。家々の戸は固く閉め切られ、中から覗き見ている気配はあるものの、人の姿は全くない。軒先につながれた犬が二、三匹見えた。

しかし裏へ抜ける小路の一つを通り過ぎたとき、角に立つ娘の姿が信長の目に映った。長い黒髪を後ろで束ね、小袖緋袴に白絹の千早をまとった巫女である。まだ幼なげだが、白い顔に黒目がちの瞳が印象深い。

さすがは神宮。妙なる容の巫女だ。京にも滅多におるまい。

それだけ思うと、そのまま馬を進めた。女漁りの趣味はない。

いや待て、あの顔どこかで……。白子観音寺、不断桜、女童の白い顔。

思わず振り返ったが、娘の姿は、後ろに続く武者達の馬蹄が巻き起こす土煙の向こうに隠れてしまっていた。


信長は内宮参詣の後、当時の慣例に従って朝熊山にも登り、翌七日帰途につく。八日、伊勢上野で、滝川一益、織田信包らの居城など仕置きを定めてから軍を解いた。

そののち限られた馬廻衆だけを連れて千草峠を越え、十一日に京に着いた。

二

黒羽織に鼠色の馬袴姿の三騎が、東から田舎道をやってきた。腰に太刀を帯びている。

日差しは暖かいとはいえ、初冬の風は冷たく、打掛けも着ている。

小川にかかった橋を渡る。そのたもとに道祖神の石塚があった。突き当たりは雑木林で、右へ折れると北への道がある。左は荒地だ。

先頭の男が一行を止めた。痩せぎすで背が高く、射るような目をしている。道祖神を見た男の目が一段と細くなった。

馬から下りて石塚に歩み寄り、傍らに立っていた棒に手を掛けた。深く埋められていたそれを一気に引き抜く。

あたりの光景が揺らいだ。左の荒地が消え、道が現われた。目くらましが破れたのだ。棒は、お南無様が見知らぬ者を村に入れぬよう、久蔵に立てさせたものだった。男がそれを無造作にへし折る。

「このようだ。棒に呪が刻まれておるゆえ、初めて来た者には左への道が見えなかったはず。それゆえ村があると分からなかったのであろう」

蔵人が、後ろの二人に声をかける。刑部と隼人も馬から下りてきた。

「なるほど。初めてここらあたりへ来た者は当然、石塚に目をやる。すると傍らの棒の刻みが目に入り、それで術にかかるというわけですな。うまい手だ」

刑部が唸った。

「だが、このやり方ではさほど強い呪をかけられるわけではない。道があると分かっている者が刻みを見たとしても、その者を欺くほどの力はない。山田の関役人が申しておった

『スクナ村』は、ここに間違いあるまい」

「琵琶法師も、とんだ目に遭うたものです。戦さでそれどころでなくなって放免されたものの、小粒は返してもらえなんだわけですし」

「カラスが飛んでますな」

空を見上げていた隼人が胡散臭げに言った。確かに頭上を舞っているカラスが二羽、先ほどからうるさく鳴いている。

「見慣れぬ風体の者が来たら、鳴いて知らせるのだ。これは呪ではないな。日頃から鳥まで使っておるとは、曰くありげな村だ」

三人は馬上に戻った。現われた左への道を進む。

先にあった人参畑を右に折れると、村の中へ入る道ではなく、いきなり畑の向こうの百姓家へ向かった。

「村の見張り番はうぬか。長の家へ案内してもらおう」

蔵人は土間に入るや、中から窺っていた百姓に、いきなり畳みかけた。久蔵は、とっさに答えられなかった。見張り役であることを看破されたのは初めてだった。

「見張るに所もふさわしいが、鳥も飼っておろう。外まで臭うぞ」刑部がなだめるように言った。

「我らは怪しい者ではない。神祇官に属しておる。此度の戦さで戦火を被った社がいかほどなのか、また天神地祇にまつわる怪異がなかったか、京より急ぎ調べに参った。長に取り次いでくれ」

神祇官とは、天皇の下で宮中祭祀を司り、かつ各地の神社の政を行う律令時代からの庁である。しかし、それ以外の政を司る太政官ともども、武家政権ができてからは著しく衰微していた。

「ははあ、琵琶法師の一件でございますか」

嘉平は落ち着いた口調で話し始めた。だが心中では、どこまで言っていいものか忙しく考えている。村への来訪者に応対する、いつもの広座敷である。上座に三人を据え、婆様に隅へ控えてもらう。

三人は、神祇官の権少副である裏部惟敦の家人だと告げた。神祇伯、即ち神祇官の長官である白川家の書状を持っており、それには神宮及び摂社末社の神官に対し、これを持参する者の調べに応ずるよう求めていた。

ちなみに神祇伯のすぐ下が大副、少副であり大中臣、斎部、卜部の家だけから任ぜられる。更にその下が権大副、権少副の順となる。

三人はそれぞれ蔵人、刑部、隼人と名乗った。蔵人が四十過ぎ、隼人はまだ二十歳前後だろう。刑部はその間くらいだ。

「朝廷より正式な使いを送る前に、とりわけ怪異についての風聞を集めておくよう命ぜられたのだ。色々調べておったら、山田の関所で妙な話を聞いてな」

刑部が嘉平に説明した。

「はい。戦さが始まる少し前、大層な力をお持ちの行者様が突然、村へおいでになり、戦さから守ってやるゆえ庵と膳を供せよと。そしてまず、奇妙な棒を立てておくよう命ぜられました」

主立った者以外の村人へ話したぐらいのことを言っておけばよかろう。

「そうしたところが不思議なことに、見知らぬ者が村へ来ることがなくなり、おかげ様で戦さの賦役も命ぜられず……」

小夜が祈ってくれたからだ。だが蘇ったのは本当にお南無様だったのか。

「たまたまなのですが、その前に通りすがりの旅人が追剝ぎに殺され、生き残った娘をその行者様が大層気に入り、お世話はその者が……」

お南無様へ侍ることを約束してくれたおかげだ。

「なぜか急に、平家の話を聞きたいと言い出され、山田から琵琶法師を呼び寄せた次第です」

あれで真吉と宗玄が壇ノ浦まで行かなくてはならなくなった。

「膳は夕方、庵へ持って行きました。夜はその娘と出かけ、昼頃に戻って参りましたが、その間、何をしておったかは存じません」

夜毎、小夜はあちこちの戦さ場を連れ回され、倒れたのだ。

「ところが、ある日を境に、二人とも戻って来なくなりました。戦さはまだ続いておったのですが」

何かがあったのだ。小夜は消え、お南無様は戻らなかった。

「残った庵も、先の大風の際に倒れた木の下敷きになり、もうございません」

あの日、丘の上で何があったのか。真吉は語ってくれない。

村へやって来た三人は黙って聞いていた。

「左様であったか……。よう分かった」

刑部と名乗った逞しい男が、真剣な調子で言った。明らかに動揺している。懸命に手のふるえを抑えようとしていた。

奇妙な話だったとは思うが、そこまでのことだろうか。長は訝った。蔵人が口を開く。

「その庵の跡を見ておきたい。屋敷裏の丘の上と申したな。真吉とやらに案内してもらいたい」

嘉平は答えようとして、愕然とした。真吉の名は出していないはず。

「読心術というのを存じておるか。我らもさほど達者ではないが、面と向かってなら、いくらかは読める。とりわけ物語りたくて仕方ない事であれば、なおさら容易だ」

嘉平は呆然と見返した。この者たちは何者だ。戦慄する。

「この村が、あ奴の隠れ場であったのか。もっと早くに分かっておれば手遅れになる前に……」

刑部が絞り出すように言った。

「まだ手遅れとは限りませぬ。ここで何があったか、急ぎ確かめねば」

隼人と名乗った若い男が応じ、三人は太刀を持って立ち上がった。

「お待ちください。真吉は――倅は具合が悪く臥せっております。代わりに私めが」

嘘ではなかった。大風の日以来、真吉は半病人のようになって、ここ半月余り、屋敷に閉じこもったままだった。今でも碌に食べようとしない。

「先ほどからそこに居るのは、その者ではないのか」

蔵人が、隣との仕切りの板戸を見ながら言った。

「その通り。案内しますよ」

戸が突然開いて、若い男が顔を出した。頬がげっそりと落ちくぼみ、顔色も悪い。だが眼だけはぎらついている。

蔵人を除く二人は、ぎょっとした。若者の気配が読めなかったのだ。蔵人は難しい顔をしている。

「真吉、そう言うても具合は」

不安げに父が尋ねた。この三人が、見物にだけ行くとも思えなかった。

「大丈夫です。久しぶりに少し歩いた方がいいと思うし」

真吉は裏口に回り、不安顔の母から手渡された厚手の袖無しを羽織り、山刀を帯の後ろに差し込んだ。これで外からは見えない。

身支度を終えると前庭へ行き、三人の先に立って丘を登り始めた。あれ以来だ。日が眩しく感じる。足元が少し頼りない。

大風が過ぎ去った夕刻。半分気を失ったまま倒れていた真吉を、捜しに来た嘉平が見つけて連れ下ろした。真吉は寝かされたまま丸一日、何も食べず口もきこうとしなかった。

夜になって、笈を背負った宗玄がようやく帰って来た。壇ノ浦の話をひと通り話して聞かせたが、丘の上で何があったかは真吉にしか話せない。皆は、彼がその気になるまでと黙って見守っていた。

三日経って真吉はようやく、庵に着いてから落雷があったところまでを語った。

「……雷が落ちて倒れたんですが、我に返ったときは誰もおりませんでした。剣と鏡を持って、お南無様と小夜は立ち去りました。もう戻らんと言ってました」

最後に起こったことはそれだけ言った。オオナムチやら、飛び神明の話をしても仕方ない。口止めもされている。

皆はもっと何かあったのではないかと感じたようだが、問い詰めはしなかった。知ったところで詮もない。お南無様と小夜は去った。もう戻ってこない。そのことに変わりはないのだ。

数日後、戦さが終わり、宗玄は京へ帰って行った。だが真吉の方は、ずっと屋敷から出ることなく、寝たり起きたりで今日まで過ごしていた。しかし彼はさっき、何か異なものが村に入って来たと感じた。何も考えられず、碌に飲み食いもできず過ごすうち、感覚が異様に鋭敏になっていたのだ。死んでいた心の奥底で何かが首をもたげる。

座敷隣の小部屋に忍び入り、聞き耳を立てた。父の話を聞いている連中の異様な気配が、板戸越しにも伝わってきていた。そう、この三人は常ならぬ者だ。それが来たと言うことは、お南無様に関わりのある者たちに違いない。

ようやく丘の上に着いた。雷で焼け焦げた黒い断面を晒したままの切り株が一つある。だが、あの日のことを思い出させるのはそれだけだった。倒れた木も潰された庵も、村人の手で片付けられていた。残っているのは精々、祠の土台になっていた岩板だけである。

隼人が、すっと真吉の前に出た。振り返りながら腰の太刀に触れる。後ろの二人が互いの間を取った。真吉は囲まれた。

「ここで何があったか、仔細を聞きたい」刑部が口を開いた。

「先ほど長は口に出さなんだが、壇ノ浦のことが読み取れた。ご神剣を海の底から取り戻したとか。実に驚いた」

「だが分からんのが、それがどうなったかだ。大風の日、お前は小夜とかいう娘と引換えるため、ここへ登った。だが倒れているお前を見つけたとき、剣も鏡も持っていなかった。二つとも、お南無様とやらに奪われたということで間違いないか」

隼人が問うてきた。小夜――。癒えていない傷が鋭くうずいた。

「その鏡とご神剣について聞きたい。小夜とやらのことも」

「なんであんたらに、それを話さなならんのだ」

真吉は体の向きを変え、刑部と隼人の二人を目の隅に入れた。目を合わさず心を動かさなければ、読心術も封じられるのではないか。

「我らは己の益のために動いておるのではない。有り体に言うてもらいたい」刑部が説く。

「では、まずそれを説明してくれ。そしたら俺も話す」

隼人が、その言葉に苛立ったように太刀の柄に手を伸ばした。

「やめよ」真吉の背後に立つ蔵人が制止した。

「それは誰にでも話せることではない。畏れ多くも朝廷にまつわる古よりの秘事なのだ。いや半ば神代の話と言うべきかも知れぬ。だが此度の、地の底よりの蘇り……」

蔵人へ向き直りかけた真吉は、不覚にも動揺した。目が泳ぐ。

「やはりそうなのだな。行者様とは偽りで、あ奴はこの地の底から蘇って来たわけだ。であるならば、我らが伝え聞いてきたことも真であったことになる。これまで長く備えて来た使命を果たさねばならぬ」

果たさねばならぬ使命──小夜も宿命を負っていると聞いた。

「そんなことは知らん。あんたらに言うことなんかない。さっさと帰れ！」

隼人が鯉口を切った。真吉が睨む。

太刀を抜く手がなぜか一瞬、止まった。真吉の体が飛翔し、隼人の左脇に入る。

刃先が鞘から離れる寸前、真吉の左手が柄頭を押さえた。それ以上抜くことはできない。

同時に、右手の山刀の刃先が相手の喉に当てられた。隼人は動けなくなった。

「見事だ。その齢で気の技を使えるとは。気配も消せるわけだ」

蔵人が静かに言った。この半月ほどで気を読むだけでなく、使う力も知らず練られていたのだ。

「だがそんなことを言っていてどうなる。神宮の神官は、我らの味方になってくれる。この辺りでその力は侮れまい。あくまで拒めば、次は役人を連れてくることもできるだろう。隼人、刀を戻せ」

隼人が太刀を納め、真吉が離れた。

「これでは埒が明かぬ。互いに一つずつ問答しようでないか。一つ答えたら次は問いだ。どうだ、お前にも役に立つかもしれんぞ」

役に立つ？　今さら何の……。

「小夜とかいう娘のことだ。お前は何か引っ掛かっておるのではないか」

まじまじと蔵人の顔を見返す。

「読心術を使うまでもない。その名が出るたび、面が動く」

真吉の心の奥底で、また何かが動いた。

「あんたらが本当のことを答えてると、どうして分かる？」

「嘘は言わぬと誓約を立てる。……これで嘘言か否か分かるであろう、そこまで気の技が使えるのだから。そちらも立ててくれるな」

蔵人が意外そうに問い返してきた。

「……よし、嘘は言わんと誓約を立てる。そんなら始めよう」

「鏡とご神剣は今、どこにある」

刑部が問答役になった。

「お南無様が持っとるはずやが、今どこにおるかは知らん。次は俺だ。あんたらは何者だ」

「申した通りだ。神祇伯の下にいる裏部家に仕える者だ。――ご神剣はどうやって見つけた」

「壇ノ浦の底深くに沈んどった。お南無様から借りた鏡で日の光を海面に当てたら白く光り出して、そこにあると分かった。――あんたらがやろうとしてる使命とは何だ」

「まさに平家が持ち出したご神剣……。お南無様とやらを斃すのだ。――その鏡は、いかなる由縁の鏡なのだ」

「ひい爺様が昔、外宮が燃えたとき持ち帰ってきたらしい。それをここにあった祠で祀っとった。――なんであいつを斃さなならんのだ」

「外宮のご神鏡……。帝のためだ。あ奴は古より天皇家に仇なしてきた。それを終わりにせねばならん。――小夜とは何者だ」

「二年前、三人連れでこの近くまで旅してきた。そこで盗人に殺された生き残りだ。気を失って目を覚ました時には、何も覚えとらんかった。だからそれ以上は分からん。――天皇家へ仇なす、とは何をするんだ」

「へんかいの呪法だ。これで終わりだ。聞きたいことは全て聞いた」

刑部が宣した。

「へんかい？　ちょっと待て。俺はまだ聞きたいことが」

「お南無様とやらについて、これだけ聞けば充分だ。終わりだ」

「お南無様やない。オオナムチだ」

案に違わず、三人の顔が驚愕に歪んだ。

「なにゆえそれを知っておる」

咳き込むように刑部が問うた。

「そんなら続けよう。まず『へんかい』だけでは答えになっとらんぞ」

「……変え、そして改める。即ち変改。帝に害をなし得るほどの者を選び、意のままに操り、実に行わせるのだ。——なぜオオナムチと知っておる」

「あいつがこの丘から去るとき、これが正しい名だと言った。——どうやって操るんだ」

「……古よりの伝えによれば、三種の神器の鏡と剣を使うとある。どう使うかまでは分からん。——あ奴がこの丘を去るとき、他に何があった」

真吉はためらった。飛び神明のことを喋れば、その相手の首が届くと言っていた。だが待て。

「飛び神明で丘から飛び去った。——なんでオオナムチは天皇家に仇なすんだ」

あのとき『村の誰』かに喋ればと言った。こいつらは村の者やない。お南無様の失敗だ。

「飛び神明だと！　何たることだ、まさに伝えの通り。仇なす理由は分からん。だが神代の話によれば、己の国を無体に譲らされておる。あるいはそのせいかもしれん。――どちらへ飛んだ」

刑部は衝撃を受けていた。ほとんど叫ぶように問う。

「どちらへ？」空を見上げる。確かあちらの方角。

「北だ。さっき古の伝えがあると言った。仇なすときのオオナムチの傍には、娘――女もおったか」

「その通りだ。最後の呪法の場には必ず、怪しの女も居たと伝え残されておる。……今度こそ終わりだ」

刑部が喘ぐように言った。

「待て。今の問いは何のことだ。何を聞きたかった」

蔵人が眉をひそめて尋ねてきた。

「ひょっとすると小夜は、オオナムチがやる何かを、これから手伝うんやないかと思った。そんなら前にも、同じような女がおったはずや」

オオナムチが告げた『宿命』という言葉が再び蘇る。

「お前は……まだ我らに言ってないことがあるな」

眉間の皺を深くして言う。目が酷薄に光った気がした。

「それはあんたらも同じじゃやろ」

真吉は言いながら、喘ぐ刑部の傍らを素早くすり抜け、囲みの外に出た。この瘦せた男には勝てる気がしない。他の二人に比べて桁違いだ。しかし逃げるくらいはできるだろう。

「お前の住まいは分かっておる。これで帰るが、何かあったらまた来よう。家の者らにも伝えておけ」

蔵人は、他の二人を促して丘を下り始めた。真吉は足早に遠ざかっていく三人を見送りながら、最後の言葉の意味に気付いた。今のやり取りを誰かに漏らしたり、今後われらの邪魔をすることがあれば、身内の者も無事ではすまないぞ。そういうことだ。

目まいがして、その場にうずくまった。いきなりの心身の酷使だった。

今のやり取り――色々なことが分かったような気もしたが、謎が増えただけのようにも思えた。


「真吉！」

三人がやってきた翌々日。今度は壮介が訪ねてきた。濡れ縁に座っていたところへ、いきなり声をかけてくる。壮介の背後からの朝日がまぶしい。驚いて立ち上がる。

「あ、ああ……帰ってたんですか」

「昨日の夕方戻った。早速、お前の母が頼みに来たんだ。お前と話をしてやってほしいとな」

壮介の身ごなしは軽かった。足はすっかりいいようだ。

「大体のことは聞いた。壇ノ浦へ行ったこととか、大風の日のこととか。ついでに、一昨日やって来た妙な連中のこともな。だが仔細が分からん。よかったら聞かせてくれ」

刑部との問答については、誰にも何も話してなかった。どこまで話していいか不安だったのだ。だが壮介なら……。丘の上へ誘う。

「まず山刀を返します。ありがとうございました。あのあと」

ようやく全てを話せる相手を得た。壇ノ浦のこと、大風の日のことを堰(せき)を切ったように語った。大岩、宿の主、お冴、海の底、庵、落雷、微笑そして……。

「お南無様に口止めされとって詳しくは言えんけど、小夜を連れて不思議な方法で飛び去った。そんとき、自分は正しくはオオナムチだと名乗った」

それまで何を聞いても黙って頷くだけだった壮介の顔に、驚きが走った。

「オオナムチ——大国主命(おおくにぬしのみこと)の若い時分の名のはずだが本当か」

「俺はどうしたらいいんだろう。小夜はさよならと言った。いや、心で間違いなくそう言ってた。あいつは、もう前の小夜やない。けど、俺にはやっぱり思い切ることはできん。壮介さん……」

問われた壮介が下を向いた。その肩が微(かす)かに震える。泣いてくれてるのかと思った真吉だが、押し殺したような笑い声に気付いた。

驚く真吉の耳に、すぐに大きな笑い声が飛び込んできた。怒る以前に唖然とする彼に、壮介が言った。

「真吉、お前はやっぱりいい奴だなあ」笑いをこらえながら続ける。

「お前、まだ小夜が好きなんだ。なら、それでいいじゃないか、何を悩んどる。小夜がさよならと告げたことか。よく考えろ、嫌いになったと言われたわけじゃないんだろ。それとも、お南無様に微笑んだことか。それは小夜じゃない、もう前のあいつはおらんということか。けど、お前はどうなんだ。お前は何も変わっとらんのか」

愕然とする。確かにそうだ。俺だって前とは違う。だが俺自身であることに変わりはない。

「それだったら——まだ小夜のことが好きで諦められんのだったら、捜しに行けばいいじゃないか。だが、そんなことよりな」壮介の目が険しくなった。

「お前がおらん間、小夜に何があったのか、どんな思いをしてたのか、誰かに尋ねたのか、知ろうとしたのか。俺は、お前の母に聞かされたぞ」

脳天を殴られたような気がした。俺は自分のことだけだった。あいつがどうしてたか確かめようなんて、考えてもみなかった。真っ青になって俯く。

小夜、ごめん。そうだ、お前は泣いてたんだよな。守ってやると約束したのに。お前が何だろうと好きだと言ったのに……。

真吉の目から、大風の日以来、始めて涙が溢れ出した。それは止めどなく、次々と頬を伝い落ちていった。

「そうか。その連中は神祇官の者だと名乗ったのか」

壮介が首を捻る。ようやく落ち着いた真吉が、先日の三人とのやり取りを話したのだ。

丘の上は変わらず静かだった。

「変改——聞いたことのない呪法だ。それにしても凄い問答だったたな、見直した。それにいくらか気も操れるようになったんだ」

手を動かしていない壮介に、体を押されたと感じた。思わず身を捻り、真似して押し返す。

「驚いた。まわりの気配の読み方しか教えとらんかったのに。海の底でいっぺん死にかけたせいか、お南無様に勝負を挑んだせいか、いずれにせよ気の技の才がある。ところで、どうにも落ち着かんのだが……お南無様が、どうやって丘の上から去ったのか、詳しく聞かせて貰えとらん。あいつに何て口止めされたんだ」

「村の誰にであろうと喋ったら、その首がお前に届くことになる」

できるだけ正確に繰り返す。

「なるほど。それはただの脅しだろうな。とはいえ気になるか」

真吉は頷いた。壮介に万一のことがあったら。

「神祇官の連中は、村の者でないから話したわけだ。なら、俺にも口止めにひっかからんやり方で教えてくれ。『喋ったら』なんだろ。紙に書いて教えてくれ」

呆然として壮介を見返す。ここにも抜け道があった。だが……。

「どうした。それで問題ないはずだぞ」

「字が……書けん」

「え？」

「良太は書けるんやが、俺は手習いを嫌がって逃げてた。字が書けん」

　絶句した壮介が、しばらくして大声で笑い出した。さっきと違い、心底おかしそうだった。つられて真吉も笑い出した。どれくらいぶりだろうと思った。

三

　十月十一日に、千草峠越えで上洛した信長は、足利義昭へ伊勢一国平定を報告した。その結果、案に違わず両者の仲は悪化した。義昭は以後、先用があるなどと称して信長と会おうとしない。用件があっても取次を介して終わりにしようとする。己の不興を示したいが、面と向かってそれをするのも不安なのだろう。

　一方、信長が宿としている妙覚寺には、多くの公家、武家、町衆らが次々に訪いを入れていた。義昭に実権がないのが既に知られていて、それゆえ認可状や禁制を得たい者、有利な裁定を求める者、誼を通じたがる者など、謁見を望む数多くの者たちがいた。

　彼らも喫緊の要事は岐阜まで赴くが、大方はそこまでの件ではない。信長の次回上洛まで待とうということで先延ばしにする。それらが山積しているのだ。

結局、己が決めねばならぬことが多いのに信長は困惑していた。確かに京奉行の貞勝の一存で決められない事柄もあるが、本来、帝が裁断すべきものまで持ち込んでくる。朝廷で取り扱うべき事柄は、朝廷で処してもらわねば困る。義昭のみならず、帝への苛立ちも生まれてくる。

たちまち五日が経ったが、その日の夕刻からは、貞勝からの口添えもあって、武家伝奏の勧修寺晴豊による御礼の宴が用意されていた。公家同席の饗応の場は礼法がつきまとい、好まないところであるが、此度は内々、との念押しもあるとのことで応じた。

加えて興味が引かれたのが、宴は下京の町家において、との点である。京での饗応となれば大寺院などが通例で、町家というのは初めてであった。如何なる趣向があるのかと心が動いた。

申の刻（午後四時頃）になり、信長は貞勝と小姓に加え、五騎ばかりの馬廻を従えて妙覚寺を出た。甲冑こそつけていないが皆、戦場往来の太刀を帯びている。小姓のみ引き連れて気軽く出歩けるようになるのは、まだ先のことである。

この頃の京は荒廃著しく、町はかつての一部しか残っていない。それも上京と下京とに分かれており、それぞれ土塁や塀をめぐらし、限られた門からのみ出入りができた。野盗や火盗から町を守るためである。

それゆえ当時の京は、畑地が広がっている中に、忽然と『囲い』で守られた町が二つあるという有様であった。広さは、下京でいえば、東は高倉通りから西は堀川通り、北は三条坊門から南は五条通りあたりまでで、精々十町（一キロメートル強）四方である。

　信長の泊まっている妙覚寺は下京の北に接して建っていた。従って一行は、すぐに指定の町家に着いた。五条坊門通りの西寄りにある家で、下京の南西域に当たる。蹄の音を轟かせながらやってきた一行に、夕暮れの通りを歩いていた住人たちは、何事かと驚きの目を向ける。

　当然ながら、先乗りの警護役が待ち受けていた。家の前にいた菅谷長頼が歩み寄ってきて、馬から下りた主に小声で伝える。

「通りの両側の木戸は全て押さえました。家の内も検めましたが、怪しき者はおりませぬ。中におるのは、この家の者以外は、勧修寺様と若い公家が一人。そのお付きの者らだけです。要所に手の者を待らせております」

　町がこのような有様なので、通りごとに夜間閉め切る木戸まであった。従って四つ角には四つの木戸がある。

「周りも検めましたところ、隣の町屋で、金春座の者らが猿楽能をお見せすべく装束を整えております」

　なるほど、薪能の趣向か。だがこんな所で能舞台はどうするのだ。信長は首を捻った。

　神社境内のような広い場所に設ける舞台が必要である。

　長頼が、町家の玄関から奥へ続く廊下へ上がり、先に立って案内する。信長、小姓、貞勝と続き、その後ろを警護役の武者二人が続く。

何の変哲もない廊下を通り抜けた所で、信長は目を見張った。その先の、裏庭があるはずの場所が、高い板塀で囲まれた広い一画になっていた。横幅は右隣の町家を含む範囲まであり、奥行きも丸々一軒分くらいある。その真ん中に、屋根付きの能舞台が建っていた。左奥の控屋からの橋掛り（はしがかり）もある。舞台後ろの鏡板（かがみいた）こそないが、代わりに衝立（ついたて）が置かれていた。手前に篝火（かがりび）の用意がされており、地面も丸石が敷き詰められた白州（しらす）である。

立っている右はと見れば、隣の建家へ渡り廊下が続いており、そこに舞台方向に開いた板敷きの間がある。外見はただの町家だが、中は観能のための二軒続きになっているのだ。当時の町割は、一区画が四十丈（約百二十メートル）角と大きかった。そのため区画の真ん中は空き地であるのが普通だった。

なるほど面白い。些か（いささか）狭いが内々で楽しめる。信長は感心した。

右の板敷きの座で、烏帽子狩衣（かりぎぬ）姿の晴豊と、もう一人若い公家が頭を下げて来た。既にそこで待っていたのだ。手前に主客と陪客の座も用意されている。明らかに信長と貞勝のための席である。

「板塀の外にも手の者を置いてございます」

横に立った長頼がささやいた。

「長（ちょう）よ。なかなかやるな」

信長はにやりと笑いかけた。先に詳しく言い過ぎて、興趣を損なわぬようにしていたのだ。長頼が少し笑みを見せて頭を下げた。

「弾正忠様、どうぞお座りください」晴豊が招いた。

「この舞台は誰のものなのだ」

主座に腰を下ろし、儀礼的な挨拶をすませるや信長は問うた。横に貞勝が座り、後ろに小姓が控える。

「実は観能のための舞台ではございません。猿楽や謡好きの町衆が合力して建てた稽古場です。稽古の功を互いに披露し合ったり、猿楽座から頼まれれば貸したりもしております」

「それでも、相応の費えが必要であったろう。京の町衆とは大したものだ」

「確かに。祇園会も再開しておりますし、古より商いを続ける者の底力は健在でございます。しかし津島、熱田の町は一段と栄えておると聞き及びまするが」

「ここまで雅な工夫はないな。下々の者が使う、かような場を知っておられたとは、ちと驚いた」

「私も存じませんでしたが、公家にも色々おり、中には町衆と親しい者もおります。その者に骨折りを」

信長は少し気になった。これだけの手配りとなると、単なる饗応だけとも思えない。仮に礼銭なしでこの場を使えたとしても、その公家には借りを作ることになる。金春座の者も呼んでいる。酒食の膳も含め、かなりの物入りだ。晴豊はその見返りに何を考えておるのか。すぐ思い当たることはないが……。

「弾正忠様には昨年来、内裏御殿の造営修理に多々ご配慮頂き、ありがたく存じております。また民部少輔（みんぶのしょう）様には常日頃、その差配に苦労をおかけしております。今宵（こよい）は、ゆるりとおくつろぎくださいませ」晴豊が如才なく懸念を押さえてきた。

「それと、お目通りを願っておる者が居り、内々に同道させて頂いております。何卒（なにとぞ）よしなにお願い申し上げます」

その声に、先ほどから晴豊の後ろに控えていた若い公家が改めて会釈してきた。

なるほど、それが目的であったか。信長は合点した。新たに謁見を求める者は引きも切らないが、多忙を極める中で、それは容易なことではない。だが、晴豊にここまで手の込んだことをやらせるとは何者だ。

「さねひとと申します。弾正忠殿には元服に際してのご配慮、ありがたく存じておりました」

若い公家が言った。さねひと？　どこかで聞いたが誰だったか。

背後の貞勝が、慌てて居住まいを正す音が伝わってきた。

「これは親王様。すぐに気がつかず失礼致しました」

貞勝が平伏した気配がする。親王……誠仁親王か！

晴豊がすっと退いて、信長の隣の座を後ろにいる親王に譲った。親王は前に出てくることなく、まずその場で深く辞儀した。

「早く御礼を申し上げるべきと思うておりましたが、なかなか機会がなく、義兄に頼みました。挨拶、遅れまして申し訳ございませぬ」

　爽やかな声であった。涼やかな目元に折り目正しい態度。英邁な帝になるであろうと聞いていた通りの皇子であった。

「初めてお目にかかる。織田弾正忠である」

　ここの席次、言葉遣いはどうしたものか。殿上ではないが……。さすがの信長も瞬時、ためらった。

「今宵は全くの無礼講と伺っております。されば、武家の慣わしにいう烏帽子親たる方にお会いできたものとして、過ごさせて頂ければありがたく存じます」

　親王が微笑みながら、さり気なく場を和らげる。これは、聞いていた以上の器量の持ち主――。信長は俄然、来た甲斐があったと思った。

　一の膳が出てきた。本来は先に式三献――杯の応酬がなされるところであるが、信長は下戸であるし、内々の席でもある。親王だけが給仕役に酌をさせる。それでも共に皿を突つきながら、二人はたちまち親しく言葉を交わすようになっていった。

「朝廷も、このままではよろしゅうないと思うております。古よりの仕来りに縛られ、事なかれの公卿も多く、その務めを果たせておるとは申し上げにくうございます。いかにすれば、弾正忠殿のように、果断になすべきことをなせるのか、色々伺えればと思うておりました」

「それは……まず朝廷のなすべきことは何だと考えるかでござろうな」

「むろん、祈禱法会、官位取扱い、宗門への裁定など日々やらねばならぬことはあり、それなりに忙しゅうしております。しかしながら、これらは本来なすべきこととは違うように思います。これらの務めの根元にある、目指さなければならぬこととは何なのか」首を傾げた親王が続けた。

「まだ確とは分かりませぬ。しかしながら、今この時は、世の安寧ではないでしょうか。戦さが打ち続き、誰も彼もが不安に怯え、明日をも知れぬ身である世の中。まず、これを何とかせねばなりません。そのために何ができるか、それを考えるべきではないかと」

信長は内心、膝を打った。まさにその通りである。それに引替え……。刹那に義昭の卑しげな顔が浮かんでいた。

「それでは始めさせて頂きまする。今宵は三番と致しております。一番目が三輪、二番目が蘆刈、三番目が紅葉狩にござります」

舞台の上から、裃姿の男が口上を述べてきた。座敷に座る四人が、一斉にそちらを向く。暗くなった庭には既に篝火が燃えている。

三輪の山もと道もなし　三輪の山もと道もなし
檜原の奥を尋ねん……

シテ役が舞い、地謡座の者が謡う。だが信長は目を舞台に向けながら、心は別の所にあった。

天下静謐――。そのためには、己が公儀の後ろ盾となって、その権威を取り戻す。さすれば、各地の武将も勝手な争いをやめ、世の乱れは静まり、筋目ある世が戻ってくる。そう思っておった。だが、あの義昭には取り戻してやるべき権威などないのではないか。言い聞かせてやろうと思うておったが、気に食わぬ相手には会おうともせぬ。あ奴はもう見限るべきではないのか。

それに代わるものがあるではないか。朝廷だ。この親王なら、その果たすべき役割を立派に体現してくれるであろう。さすれば、天下静謐を真のものとできる。義昭については、京に居る間に何か手を打っておくべきかとも思っておったが、こうなれば決裂することになっても構わん。会う気がないというなら、早々に岐阜へ帰ると致そう。そして年明けにでも、あ奴に書状を送りつけて、もっとはっきり……。

誠仁は、猿楽能が始まってから、信長が心ここにあらずで何か考え始めたのを感じていた。かと言って別段、気にはならない。

言葉を交わしたことで、おそらく同じように、様々な想念が浮かび始めているのだろう。弾正忠は本気で、平安な世を取り戻したいと考えている。もっともそれは、朝廷や民のためということではない。世の乱れそのものが気に入らない性分なのだ。それゆえ、かつてのような筋目ある世にしたいと考えているのだ。

それならそれで構わない。天皇、将軍、守護という姿が戻るならそれで充分だ。なんなら天皇、信長、守護でもよい。手を携えてやっていこう。だがそのためには、そもそも朝廷に筋が通っていなくてはならない。持ち込まれた相論に裁定を下したのに、負けた側からの働きかけで、後からそれを覆す綸旨を出すようではどうしようもない。世人の崇敬に値する朝廷の姿を、父に代わって、私が示すべきなのだ。

そこまで思い至って、親王はようやく謡に注意を戻した。一番能『三輪』の最後の地謡がもう始まっていた。

思へば伊勢と三輪の神　思へば伊勢と三輪の神
一体分身のおんこと　いまさら何といはくらや……

伊勢と三輪の神。それは共に天皇家が敬い祀る神である。伊勢の神とは神宮のアマテラス。天照大神のことだ。三輪の神とは三輪山のオオモノヌシ。大国主命のことだという。つまり、天照大神と大国主命とは一体の神であったのが、別れたという。

考えてみれば奇妙な謡だ。改めて舞台に目をやった誠仁は、ぎくりとした。

能舞台の奥にある衝立の傍ら――篝火の明りが届かぬ暗がりに、ぼんやりと何かが見えた。小袖に白絹の千早をまとい、緋袴をつけた女が座っている。

巫女だ。浮かび上がったその顔はほの白く、黒目がちの瞳をしている。玄妙なる佇まい。美しいと思った。だがそれよりも――その巫女の背後に、黒く巨大な何かがうずくまっている。それは赤く双眸を光らせていた。人か獣か。

思わず横に目をやる。信長は舞台の方を向いたまま、相変わらず考え込んでいる。驚いている様子はない。白州に目をやる。そこに警護の武者が控えている。だが変わった素振りはない。視線を戻す。衝立の横には誰もいなかった。

翌十七日。信長は突然、岐阜へと出立した。驚いた帝は勅使を送って、そのわけを問わせたという。

四

年も押し詰まり、京に初雪があった日の深更。裏部惟敦の屋敷の一室で、五人の男が会していた。惟敦が上座で、四人がそれに向かい合って座っている。惟敦の正面に座っているのが蔵人だった。僅かに吹き込む北風で、蠟燭の明りが揺れる。

「遠路苦労であった。残念ながら芳しい話ではなかったが、これで有り様ははっきり致した」

口を開いた惟敦は、僅かな間に髪に白さが目立つようになっていたが、目には矍鑠たるものがあった。

「他も当たってみましたが、宿儺村で聞いた以上のものは得られませんでした。あ奴は、飛び神明をやれるほどに呪の力を取り戻した上、鏡も剣も既にその手中に」

蔵人が神妙に応じた。

「これであの魔は、望む者を操り人形と化す――変改することができるわけだ。後は、いつそれを為すか、その相手は誰かだな。もっとも伝えによれば、鏡と剣を手にしても、変改に至るまでにはそこから一年ほどかかっておる。神器に念を溜(た)めるのに時日を要するため、とある。そこが最後の救いではあるな」

「あ奴が今いる場所が分かれば、こちらから出向き、油断を見すましてということも考えられまするが」

「如何(いかん)せん、また『行方観(み)えず』なのだ。いったん伊勢と分かったのに」

蔵人の言に、その右に座る一木(いちき)が白髪頭を横に振りながら、悔しげに応じる。

「何ゆえ観えぬのであろうな。清盛に際しての伝えと違う」

惟敦が眉をひそめた。

「単なる当て推量でございますが」蔵人の左に座っている刑部が口を開いた。

「同じく違っておりますのが、あ奴が常に身近に引き寄せておるという娘です。今まで左様な者はおらなかったはず。その娘が何か呪の力を」

「かもしれぬが、その者については何も分からなかったのだな」

「遺憾ながら。郷役人にも確かめましたし、役録も読んでみましたが、二年前、たまたま盗人に殺された者の連れであるということ以外、やはり分かりませなんだ」

「真吉とか申す者とは、誓約を立てての問答ゆえ、嘘を言えばすぐ分かったはずです」

刑部の更に左、四人の端に座る隼人が言った。

「その者には余計な話をし過ぎたやもしれぬな。別のやり方は使えなかったか」

「これだけのことを知るには止むを得なかったかと。それにおそらく、聞いたことの半分も本当の意味は分からなかったと存じます」

蔵人が刑部に代わって答えた。

「確かにそうであろうな。じゃが、その者は何故、色々と知っておったのだ」

「読心できた限りでは、先ほどの娘——小夜とやらに、たまたま懸想して、それで巻き込まれていったようです」

「なるほど。若い者ゆえ左様なこともあるか。だが念のため、しばらく見張っておくべきであろうな。顔を見られておらぬ、そなたに行ってもらおうか」

惟敦が一木に向かって言った。

「畏まりました。あのあたりで妙な噂が出てくるようなことがないか、しばらく見張っておきまする。何かあれば直ちに」

「一木殿。そのときは手を出さず、儂へお報せ下され」

蔵人が間髪を入れず応じた。

「それほどの者か。どこでそのような技を」惟敦が問うた。

「本人は分かっておらぬようですが生来、気の力が強いと見ました。それと近在の村の長にも問うてみましたところ、仔細は分かりませなんだが、宿儺村の長の縁者に、幼き頃、修験者に連れていかれた若者がおるはずと」

「その者か。修験の技……なるほど、たまたま面倒な者がおったものじゃな」

たまたま――。此度分かったことには、偶然が多すぎないか。蔵人は疑問を感じた。だがそこで邪魔が入った。

「裏部様。それで我ら三人の方は」

隼人が尋ねたのだ。

「あ奴は北へ飛んだ。十中八九、尾張ではないかと思う。そこらに潜んでおることも考えられる。伊勢と同じく一度、探ってもらいたい」

「畏まりました。では同様に白川――神祇伯様からの書状をお願い致します」

「うむ、頂いて参る。神宮と同じく、熱田社のあたりには崇敬篤い百姓、役人らがおる。神祇伯様の指図とあれば、四の五の言わず手伝うてくれるであろう」

「此度の変改の相手は、織田弾正忠でございましょうか」

刑部が、声を潜めつつ問うた。

「それが一番ありそうだが、力のある大名は他にもおる。決めつけるには早かろう」

「一年ほどの猶予があるにせよ、神器を手に入れられたとなっては、最後の手段しか残っておりません。その算段も詰めねばなりませぬ」

「その通りだ。年明けに分かったことを持ち寄り、改めて話を致そう。儂は白川様とご相談して、叡聞(えいぶん)に達しておくべきことがあれば、内密に奏上(そうじょう)しておく」

†

ときおり木枯らしが吹きつける曇り空の下で、真吉は一人、道祖神の石塚の根元に座り込んで頭を抱えていた。何てことだ……。

彼は壮介が言った通り、すぐにでも小夜の後を追いかけたいと思った。だが、どこへどう捜しに行くかで忽ち(たちま)立往生してしまった。

そこで壮介から言われたのが、まず早く字を書けるようになって、あの大風の日、何が起こったのか残らず書いて欲しいということだった。それを宗玄に送り、再び村に来てもらって、今後どうすべきか相談するのだ。

併せて、神祇官の連中も相手にせねばならない、護手(ごしゅ)と気の技をもっと修行しろとも言われていた。確かにその通りである。だが、とおの技を習うには、まず手足の力を戻さなくてはならない。年内は体を鍛え直しつつ、字の手習いも頑張ることにした。

一方で、小夜の身に何が起こっていたのか詳しく知りたいと思った。婆様や母から話を聞いた。飛び失せる、一晩中連れ回される、熱で倒れる、月の障り、丘で気を失う、目覚め、突然の別れ――。

全てを聞いたが、何か解せない。舟の上で聞いた小夜の泣き声。あれはもっと何かあったような気がする。他の者にも尋ねて回る。父、喜助、久蔵――。そしてついに、健吾から物置小屋でのことを聞いたのだ。

「誰かが儂らの話を聞いて逃げてった。誰か分からんかったが、小夜かもしれん。千枝も悪気があったんやない。ただ……」

ただ何だ。村の皆が心の中で思ってたことを、そのまま口に出しちまったんだ。夜な夜なの人身御供、もう誰もつきあおうとはしない――。

母さんに聞いたら、小夜は栗林から帰ってきて、具合が悪くなったと言って、ずっと部屋で寝ていたという。二人の話を聞いたのは、間違いなく小夜だ。

何てことだ。あいつは背筋を伸ばして笑ってた。だけど昔のことを何も覚えてないんだ。本当はどんなに心細かったか。それでも村に馴染もうと頑張って、そして皆のため、お南無様の言う通りに従ってたんだ。それなのに……。だから泣いたんだ。あの泣き声は、きっとそうだ。

強烈な不安がこみ上げてくる。

あいつは本心から村を出たいと思ったんじゃないのか、戻ってくる気なんて心底ないんじゃないのか。俺自身また小夜に会ったとき、村へ戻ろうなんて言えるか。ここに戻って、あいつは本当に幸せに暮らしていけるのか。

真吉はどうしたらいいのか分からなくなっていた。

再び頭を抱えたところで、北から歩いてくる人影に気付いた。首を伸ばして窺う。すっかり葉を落とした雑木林の横をやってくるのは、一人旅の女だった。一瞬どきりとするが、もちろん小夜ではなかった。

白髪を後ろで束ねた、腰の曲がったその老女は、奇妙な出立ちだった。菅笠をかぶっているが、着ているのは鈴掛に丸い梵天付きの結袈裟である。手に錫杖を持ち笈を背負っている。つまりは山伏の姿である。その衣は、かなり大き目だし薄汚れてもいる。染みだらけの顔の女は、真吉に目をとめると尋ねてきた。

「お若いの。この辺は竈祓いはせんのか」

かまどはらい？　何だそれは。

真吉の怪訝そうな顔を見た女は溜息をついた。

「やっぱりやっとらんのだな。年末にやる竈の厄払いじゃよ。今年は南伊勢まで足を延ばしてきたんだが、そういう慣わしはないんじゃな」

「変わったなりをしとるね」

「連れ合いが山伏でな。儂の住んでる所では、竈祓いは山伏の女房が、年越しの小遣い稼ぎにやることになっとる。それでお古を着とるんだ。秋にあった戦さのあと、伊勢では関所が無うなったと聞いたんで来てみたが、無駄足だったたか。儂の所では普通にやっとるのだがのう。しょうがない、引き返すとしよう。そうだ、ついでに聞きたいんだが」帰りかけた女が言葉を継いだ。

「三月ほど前の大風の日、儂の連れ合いが、飛び神明を見たと言っておっての」

真吉はぎくりとした。

「このあたりから飛んだはずだが、誰か見た者がおらんか聞いてきてくれと言われた。そんな話を聞いたことはないか」

「飛び神明——何のことか分からんけど、大風の日に妙なことがあったなんて話は聞いとらん」

「空高くを光って走る神様のことだ。いや、分からんのならいい。じゃあ帰る。来年は戦さのない年になればええな」

「うん。お婆さんもいい年をな」

女は北へと引き返して行った。真吉も村へ戻って行く。


北へ向かって歩いていた老婆が振り返った。帰って行く真吉の後ろ姿が小さく見える。立ち止まると、道脇の藪に入った。

菅笠と笈を下ろして、背筋を伸ばす。白い鬘をはぎ取ると、月代に小さな白髷が現われた。大きく息を吸い込む。体が少し膨れた。懐から手拭を取り出し、顔を拭く。染みが取れた。笈から白い頭巾を取り出して被る。年寄りの山伏がそこにいた。着ている鈴掛はまだ少し大き目だが、目立つほどではない。

男は一木だった。老いた身となってからは、太刀よりも骨卜を能くしている。そして読心術のみならず、変形も得意としていた。

間違いない、あれが真吉だ。刑部に描かせた似せ絵にそっくりだ。それに心の中は若い女のことでいっぱいだった。小夜とかいう娘だろう。

ここひと月ほど、あちこち歩いてみたが、飛び神明とか変改とかの話を聞くことは一切なかった。余計なことを喋っておらんのは確かだ。さっきも水を向けてみたが受け流していた。

それに大風の日から、三月たってもまだ村にいて、悶々と娘のことを考えておる。確かに気の才を感じたが、何かしでかす怖れはなさそうだ。そろそろ引き払おう。帰って、心配ないと言うことにしよう。

彼は歩幅を大きくして、京へと戻って行った。

五

明けて永禄十三年（一五七〇）正月二十三日。

信長は五箇条の条書を、日乗上人と明智光秀宛に出した。そして義昭は承認の黒印をさせられることになる。

その内容は、将軍の出す御内書に信長の書状を付すること、これまでの義昭の下知を全て無効とすること、天下のことは己に任されたゆえ誰であっても信長の考えで討ち取る、などとするものであった。これによれば義昭は勝手に書状も送れないし、その指示は実質上、信長の承認が必要となる。また軍事指揮権も信長のものということになる。

これらの条目の及ぶ範囲、実効性には疑義もあるが、激越な内容であることは紛れもない。以後、両者は更に対立を深めていくこととなる。

†

雪も消えた山道を辿って、宗玄が宿儺村へやって来た。二年前に村へ戻ってきたのと同じく田起しが始まる前である。村へ入るより先に、久蔵の家に立ち寄り、嘉平、壮介と真吉を呼び出してもらった。婆様と多実は巻き込むべきでないだろう。

「よう気配りしてくれた」密かに東はずれの百姓家へやってきた嘉平が、宗玄に礼を言った。真吉も一緒である。

「婆様と多実もだが、良太にも何も聞かせん方がいい」

弟の良太は、戦さが終わって宗玄が京へ帰ったのと入れ違いに、喜助の家から引き取っていた。だが何も教えていない。今後何か起こっても、三人には無事に暮らしてもらいたかった。

壮介がやってきたところで、久蔵が外で見張り番をする。

「昨年末に貰うた真吉からの文は読んだ。ひらがなだけの金釘流で、いささか読みづらかったがな。短い間によう習った」

宗玄が笑い、真吉は赤面した。その文は、送る前に嘉平と壮介も読んでいた。大風の日に何があったか、飛び神明についても詳しく書いた。

「オオナムチ――大国主命について少し話しておこうか。名は聞いたことがあっても、あまり知らんだろう。神代からの話をまとめた古事記や日本書紀という書物があるのだ。儂の師の明玄上人様が、知り合いの写本を更に写したものを持っておられて、前に少し講釈してもろうたことがある」

イザナキイザナミの国生みと神生み、スサノオの高天原追放、ヤマタノオロチ退治とその剣、スサノオの子孫であるオオナムチによる出雲の国作り、天孫降臨に先立っての国譲り、日向に降臨した天孫の子孫は東征して天皇に……。宗玄がかいつまんで説明した。

「ふうん。いきなり、お前の国をよこせと使いがやって来るいうのは、随分ひどい話やな。そんなことをされたオオナムチが天皇家を恨むんも無理ない。高い社に祀ることを国譲りの代わりにしたということやけど、それは守られとるんですか」

真吉が素直な問いを発する。

「出雲国にある杵築社というのが、その社だと言われておる。ただ昔は約束通り、雲にも届くほどの高さであったらしいが、今はさほどでもない」

「約束を破ったので、それ以来、天皇家に仇なしておるということでしょうか。理屈は合うが」壮介が首を傾げる。

「なぜ直に祟らないのでしょう。変改とやらの呪法を使えるほどの力があれば、帝を祟り殺すことだってできそうな気がする。なぜ、他の者を操るなどという手間をかけるのか」

「それに、お南無様についての言い伝えも、己で言うてたことも嘘やったことになる。戦さの無い世にするというのは、全くのでまかせやったんかな」

「お主は、その三人が言うたことが嘘とは思えんかったのだな」

宗玄が、逆に真吉へ問い質(ただ)した。

「そうです。俺の気の修行はまだまだやから、絶対とは言い切れんけど、本当のことを答えとると感じた」

「あの連中は神祇官の者だと言うたが、それこそ間違いないのか」

嘉平が弟に質す。

「文を貰うてから少し調べてみた。神祇官というのは、もはや有名無実だ。一番偉い神祇伯というのは代々、公家の白川家が任ぜられとるが、形だけの役目だ。武家が政をするようになってからは、諸国の神社に何の力もない。とは申しても、古からの役目全てを擲(なげう)っておるのかというと、それは分からん。権少副である裏部というのは確かに居った。昔から腕の立つ家人を抱えとるらしい。己や神祇伯の屋敷を乱暴狼藉(ろうぜき)から守るため、ということだったようだが、今では金銀を運ぶ警護も引き受けるようになって、かなりの礼銭を得とるとか。雇い衛士(えじ)のようなものだ」

戦乱が続き、賊や盗人が跋扈(ばっこ)している。公家や商人は己の命や財は自らで守るしかなかった。

「だが裏部にも元来、違う役目があったのかもしれん。神祇官の権大副であった吉田家は今、祟りを封じる『神祇管領長上』とやらを僭称しておる。神の怒りや祟りを封じてもらいたい者たちが無くなることはない。その役目を担う者は、良かれ悪しかれ必要なのだ。同じように、神祇官が果たしてきた大事、かつ密かな役目を引き継いできたことはあり得る」

「もともとの役目は別にあった、だがその力はこの乱世において別の形で役に立っている——。とおの技のようなもんですね」

壮介が苦笑した。

「密かな役目とは、天皇家へ仇なすお南無様——オオナムチを斃すこと。そして変改とかいう呪法をやらせんようにする、ということか」真吉は、問答で聞いたことの意味が、ようやく分かってきた。

「これまでも何度か変改されたことがあって、あいつらはそれを書き残したものを持っとるようだった。『伝え』とか言うてた」

「オオナムチが、それを企てるのは何百年かに一度くらいなのかな。その間はどこかに鎮まって——密かに眠っている。それがどこかまでは分かってなかったが、此度の件で、宿儺村と知ったわけだ」

真吉に応じた壮介の言葉に、嘉平の顔が歪む。

「確かに、お南無様は何百年も眠っとられると伝わってきた。もしかすると、前の変改の相手は平清盛だったのかもしれん。そう考えれば色々辻褄は合う。しかし、だとすると儂らは平穏な世を作って頂けると思うて、代々お南無様を祀ってきたが、ずっと騙されてきたことになる」

「兄者、待て。それはあいつらの言う通りならだ。まだそうとは限らんぞ。何かごまかしがあるやもしれん。真吉、儂と一緒に京へ上ってみる気はないか。実は、さっき申した明玄上人様へ何もかもお話しして、色々お尋ねしたのだ。驚いておられて、考えてみると約束して下さった。直にお話ししたら、もっと思いがけないことが分かるのではないかな。もしかすると小夜のことも」

それは望むところだと真吉は思った。そう答えようとしたが――。

「ならん。それはならんぞ真吉」嘉平が強い口調で言った。

「聞けば聞くほど、お南無様は祟り神に違いない。それに従って去った以上、小夜も元々は異界の者としか思えん。そんな者にいつまでも執心してどうする。ここまで分かれば充分だ。これで終いにしよう」

皆、沈黙した。その通りである。前の小夜は、そこらの娘と違いはなかった。だがそれは何もかも忘れていたからだ。しかし、婆様や多実の話からすれば、どうやら全てを思い出したのだ。そして直ちに皆に別れを告げ、オオナムチと共に去った。そんな小夜を追えばどうなるか。もっと恐ろしいことに巻き込まれるのではないか。

「お前が今でも、小夜のことを忘れられんのは分かっとる。儂も婆様も、そして多実もそうだ。けど、そのことと追いかけることは別やぞ。所詮、二年の間のことだ。もう心の中だけにしとけ」

　嘉平の言うことはもっともであった。

　あれから二年と少しか——真吉は思った。三人連れで北からやってきた。あのとき俺は十四で、あいつは十二ほどだった。そして今、年が明けて俺は十七で、あいつは十五だ。たった二年やそこらだなんて信じられない。ずっと前からあいつを知ってたような気がする。ずっと昔から一緒に暮らしてたような気がする。

「それに言いづらいが、今となっては村の者は皆、小夜を冥府の者、穢れの者やったと思っとる。万一、小夜が戻ってきたところで、果たして幸せに暮らしていけるもんかどうか。儂らは庇ってやれる。だがそれでも」

　突然、真吉の心は決まった。

「分かった。もう小夜を連れ戻そうなんて思わん。けど、それはそれとして、お南無様が——オオナムチがやろうとしとることを、もう少し知っておきたい。代々祀ってきたんやろ。一度だけ、その上人様と話をさせてくれ。京というもんも見てみたい」

「おおそうか。一度くらい京へ連れて行ってやりたいと思うとった。儂が寺へ戻るとき、共に上ればよい。兄者、願いを聞いてやってくれ」

　宗玄も口添えしたが、嘉平はためらった。真吉があっさり納得したのも気になった。何か企んでいるのではないか。また何か危ないことをしでかすのでは……。

「私もついて行きますよ。京は怖いところだと聞きますから、私が守ってやります」

壮介が微塵も怖がっていない顔で言った。

真吉は宗玄、壮介と共に、京へ旅立つこととなった。出発の日、朝早くに起きると、寝ぼけ眼の弟を屋敷の裏へ連れ出した。良太は二つ年下なので十五になっており、間もなく若衆組へ入る。

「俺は宗玄様と京へ上る。どうしても知りたいことができたんや。だから一人で若衆組でやってもらわなならん。一緒にいてやりたかったんやが、すまん」

「そんなことは気にせんでええ。兄者が戻ってくるまで、うまくやっとるわ」

良太には別に引っ掛かっていることがあった。

「それはええんやが俺一人、何も知らされとらんのは面白うない。許嫁の小夜はどうなったんや。行者様とかと、何かあったんか。兄者も行者様と何かあったんと違うか」

答えようとすると長くかかり、しかも弟を危ない目に遭わせかねない内容だった。

「小夜のことは忘れてくれ。俺が言えるのはそれだけや。それと……父さんや母さん、婆様のことをよろしゅう頼む」

「え？　兄者はもう帰ってこんのか」

「そういうわけやないけど、京は危ないとこやと聞くし、道中、何が起こるか分からんからな。何かあったら、お前に気張ってもらわんならん」

「何を縁起でもない。けど、戻って来るまで任しとけ」

　真吉は家の前で皆と出発の別れをした。宗玄、壮介も一緒である。嘉平と婆様は案じ顔だ。良太はまだ腑に落ちない表情をしている。そして多実は——目を見張り、何か言おうとしては懸命にこらえていた。

「じゃあ母さん、行ってくる」

「真吉……気をつけてね。危ないことはせんといてね」

　それだけ言うのがやっとだった。溢れそうな涙を抑えている。

　分かっているのか何もかも。いや、そんなはずはない。ただ感じてるんだ。真吉自身も、こみ上げてくるものを抑えるのに必死だった。

　彼は父に言われたとき、心を決めたのだ。小夜をこの村へ連れ戻そうなんて思わない。そうだ小夜、村に戻らなくていい。俺は小夜を捜して、俺が村を出る。お前が暮らしたい所を決めろ。俺はお前が望む所へ行く。そう言うんだ。だから——これが皆との最後の別れなのだ。もう会うことはないだろう。

　三人は、頭を下げてから歩き出した。

　真吉は不思議な気がした。自分が生まれてからずっと住んでいた村、祖母や父母、弟と暮らした村、仲間と遊んだ村、そして小夜に巡り会ったこの村——。もう二度と見ることはないのだ。何もかもが懐かしく思い出された。

村はずれの石塚に健吾がいた。わざわざ見送りに来たのか。

「京へ行くんやってな。気いつけて行けよ」

健吾が寄って来て、真吉は足を止めた。宗玄、壮介との間があく。

「お前、本当は小夜を探しに行くんと違うか」小声でずばり問うてきた。

「けど、見つける当てなんてあるんか。それに、もし見つけて連れ帰ってきても、この村でうまくやっていけるんかな。それより……千枝は今でも、お前のことが」

そこまで言って雑木林の方へ視線をやった。真吉は、木の陰に彼女がいることに、とうに気付いていた。

健吾、お前こそ本当にいい奴だ。そう思わずにいられなかった。

「俺のことは大丈夫や。お前こそ千枝と幸せになってくれ」

それだけ言うと、足早にその場を離れた。宗玄たちに追いつこうとしながら、彼はもう涙をこらえられなかった。

†

「やはり分からなんだか」

惟敦が溜息をついた。家の座敷に、彼を含め五人が揃（そろ）っている。春めいてきた陽光が縁側越しに射しこんでくるが、場の空気は重い。

「残念ながら。飛び神明を見たという者もおりましたが、それが真なのか、どの地へ降り立ったかまでは確証が得られませなんだ」

　蔵人が頭を下げながら言った。

「考えてみれば、尾張も大風が吹いておった最中ゆえ、大抵の者は家の中に籠(こも)っておったはず。もともと見た者は少なかろう。確としたことを知るには、もっと仔細に調べる必要があろうな」

「と仰せられましても、それでは砂浜で針を捜すようなもの。高札で礼銭でも掲げまするか」

　刑部が首を捻りながら言った。

「いや、それでは銭目当てに、勝手に話を作る輩(やから)が出て参って往生するだけだ。何か別の手掛かりがないと手詰まりだのう。骨卜(こつぼく)はどうか」

「相変わらず『行方観えず』のままでございます」一木が答えた。

「以前より疑念がございましたが、やはりあの娘が何らかの呪を」

「かもしれぬ。じゃとすると、その者が付き従っておる限り、今後も観えぬことになる。これでは、尾張に飛んだのだとしても、今どこにおるか分からん。その後また飛んだかもしれぬ」惟敦が考え込みながら続ける。

「あの魔が持っておる鏡は本来、神宮にあるべきもの。そして剣は本来、内裏にあるべきものだ。伝えによれば、変改の後、使われた鏡と剣は、いつの間にか本来の在(あ)り処(か)に戻されておる。此度も、それぞれの地へ戻そうとするはず。今となっては、そこが最後の狙(ねら)い目か。変改の後、というのが困った話だが」

「そこは、あ奴を斃しさえすれば対処のしようもないではございません。となると、待ち受ける場としては、宮中へ戻すところでしょうか。それとも伊勢？」

　蔵人が細い目を光らせて言った。

「難しいところだ。同時には返せぬから、機会は二度あるとも言えるが、途中で飛び神明を使われたら追いつけん。待ち伏せは一度きりだ」

「二手に分かれることも考えられますが」隼人が提案する。

「あの魔を斃すにはそうもいかん。あの策にはそれなりの頭数がいる」

「帝への奏上はいかがなりましたか」一木が尋ねた。

「まだだ。考えてみたが、これでは、いたずらに宸襟を惑わせるだけになる。やはり何らかの証しがいる」

「証し——。生き証人ですか。例えばあの真吉とか」

　そう首を捻った一木に、蔵人が確かめる。

「一木殿の見たところでは、あの者は村に居て、おかしなことは何もしておらんということでしたな」

「左様。昨年末は確かにそんな具合であった。あれを生き証人としても、壇ノ浦からご神剣を拾ってきた話まで出て参るでしょうから、むしろ頭のおかしな者と思われてしまいそうですが」

「その通りだ。証しには人もだが、何か物がいる」

「次は如何(いかが)致しましょう」刑部が問うた。

「残念ながら手詰まりだ。あ奴の居場所を占う骨卜を続けることと、引き続き、尾張での風聞に気をつけておくぐらいか……。

いや待て！　もし弾正忠が変改の相手だとすれば、その吉凶を骨卜すれば、何か出て参るのではないか。さすれば、一つの証しになる。これまでの経緯と併せ、帝へ奏上できるな。一木、今後は弾正忠を卜してくれ。あ奴の方は儂が卜する。秋までには待ち伏せる地を定め、必ずあ奴を斃す。その奇な娘も一緒にな」

六

これが京か――。真吉は目を見張った。下京は、いつも通りの大変な賑(にぎ)わいだった。物売り、荷運び、騎馬武者、徒侍(かちざむらい)、小者、女子供、神官、僧侶、稚児(ちご)、芸人、浮浪者、南蛮人まで、多くの者が行き交っている。軒を連ねる店先では商人が大声で呼び込み、客と売り買い、値切りを姦(かしま)しく行なっている。

大店(おおだな)では酒、油、綿といったあたりが目立つが、他(ほか)にも刀槍(とうそう)、鎧(よろい)などの武具、鞍(くら)、反物、両替から、小間物、煮売り焼き売り、女を置く家など、ひしめくように建ち並んでいる。手仕事の店もあり、そこでやっている染色、指物作りなどが、外から見えるよう表戸をはずしてある。それらの店先では、客との相談や材料、商品の引き渡しをしている。

だが建家の多くは、板屋根に重石を置いた簡素な造りである。何回も放火、戦火で焼かれている。金をかけても、いつまた灰塵に帰すか分からない。商売の品を置くのも、多くは見世棚を使うか、通りに向かって開けた蔀の上というのが多い。反物や着物などかさばる品の店は、中の板敷きが品物を置く場所であり、客が座る場所でもある。

田舎から来た真吉にとっては、ともかく人が多すぎて気分が悪くなってくる。ぶつからないよう歩くのも一苦労なところへ、あれこれ物売りが声をかけてくる。強引に袖を引く者までいる。前を行く宗玄とはぐれないよう必死である。だが壮介の方は、同じく京は初めてのはずなのに、平然と溶け込んでいた。

「宗玄様」通りすがりの店先から声がかかった。

「此度は戦さにも巻き込まれんと、すぐ帰って来られたんですね」

油屋の女主人だった。それなりの齢のようだが、京の女らしく、きちんと化粧して、着ている小袖にも鮮やかな縫刺しが入っている。

「おお泉州屋殿。そうなのだ。伊勢の戦さは終わったゆえ、もう足止めを食うことはない。これからは足繁く、御仏の教えを話しに寄らせてもらう。寺にもまた来てくれ」

「それは何より。けど、あちらはまだ寒うございますからね。行くのは、もう少し暖こうなってからにさしてもらいます」

「仏の功徳を得るのに、寒い暑いなぞ言っててはいかんのう。待っておるぞ」

宗玄はにこやかに笑いながら合掌した。他からも同じような声がかかる。真吉は宗玄の別の面を見た思いで驚いた。

「檀那を随分お持ちなんですね」

壮介も意外そうに尋ねる。

「いやあ、儂は下京の小店が多いのだ。公家や上京の大商人といったところとは、さっぱりだ。その分、数多くの信者と縁をつながねばならん」宗玄はまんざらでもない顔で言った。

「しかし近頃、また法華宗徒が増えてきて、あっちの店の主人には鞍替えされてしもうた」

この頃は檀家という家単位での信仰ではない。あくまで僧と信者との直の係わりだった。それだけ真剣であり、信仰が必要な時代でもあった。

通りを歩いて行くと辻に出るが、そこには観音開きの木戸がある。それが開いてないと次の通りに入れない。加えて堀溝を切っている所もあった。その場合には小橋を渡って、更に木戸を通らなくてはならない。高い塀で囲んだ中で木戸を設け、堀を切り、それでようやく安心して暮らせるのか。生まれてからずっと、戦さのなかった村に住んでいた真吉には、驚くしかない光景だった。

三人は、ようやく下京の北口に辿り着いた。高さ二間（約三メートル半）ほどもある大木戸を抜ける。ここまで歩いてきた室町通りが、更に北へ延びている。その彼方に、同じように高い塀と土塁に囲まれた町が見えた。上京である。

その途中、室町通りの右側に将軍御所がある。普請を終えて間もない御所は、城とも言える構えで、高い築地塀に囲まれ、大きな堀もある。塀越しに檜皮葺きの高い屋根がいくつも見え、物見櫓まであった。見物人らしき者たちが、通りから眺めている。だが御所以外で目立つ建物は、将軍護衛の武家屋敷くらいで、周囲には畑が広がっている。

「あの上京を抜け、それから八瀬を過ぎれば目指す大原だ」

「確かに下京からも遠そうですね」

真吉は、町の騒々しさにうんざりしながら言った。

「だが大原まで行けば、戦さにも遭っておらんので、昔からの寺や庵がたくさんある。京から逃げ出した僧や公家も多く住んでおる」

上京の南東に当たる所に、築地塀に囲まれた内裏が見えた。信長による普請はまだ続いていて、新たに堀も作られつつある。

裏部の屋敷も上京にあると聞いたが、そこにあの三人がいるのだ。真吉は不思議な気がした。ばったり会いそうな気がして、思わず俯き加減になる。

ようやく大原の里に着いたときは、もう夕暮であった。若狭街道沿いの小盆地で、春なのだが、日が落ちるとまだ底冷えがする。

「京から随分と北ですね。なんでこんな離れた地に寺や庵が多いんですか」壮介が尋ねた。

「京の北というより、比叡山延暦寺の西麓と考えるべきだろうな。寺におった修行僧たちが俗から逃れ、学び思索する地として便宜だったのだ」

宗玄は、街道から西へはずれた所にある寺へ入った。

「今、戻った」

庫裏の戸口から大声で呼びかけると、奥から小坊主が出て来た。

「お帰りなされませ。文を頂いてましたので、もう着かれる頃かとお待ちしておりました。夕餉の支度を致しますので、坊でお待ちください」

「上人様にご挨拶せねばならん」

「本日は疲れているだろうから、明日で構わないとのことでした」

宗玄が自分の住む僧坊——小さな離れへと歩きながら説明する。

「ここは明玄上人様の寺でな。大層、学のあるお方だ。延暦寺におられたが、俗に流れ過ぎるとして、ここに庵を構えられた。その際、儂も一緒に移ったのだ。上人様の徳を慕われていた檀那衆が、それを聞いて、廃寺を修繕寄進して下さった」

「では、大変な高僧ということですね」壮介が感心した。

「まあそうだ。ただ、いささか変わっておるというか……。学問に走り過ぎて、浮世離れしておられるところもある。明日朝にでも、早速ご挨拶しよう」

「ほうほう。お前さんたちが、宗玄から聞いていたお二人かね」

翌朝、上人の居室へ挨拶に出向いた三人に向かって、明玄が身を乗り出してきた。誰から寄進されたのか、四角い畳座の上に片膝立で座り、傍の文机にもたれていた。

「待っとったぞ。まことに面白い！」

真吉は唖然として、その部屋を見回した。書物だらけである。部屋中に本のカビ臭い匂いが漂っていた。

板敷きのその部屋自体、もともと広いわけではないが、文机にも床にも本が無造作に積まれ、開き放しの書物がそこら中に散らばっている。それに加え、北向きの窓以外、壁は全て本が占めていた。

壁に沿って、見上げるほど高い箱が並べて置かれ、それぞれが上から下まで真四角に区切られている。その枠の中に、ほとんど隙間なく本が押し込まれていた。

上人の見た目も独特だった。頭髪は一本もないが、眉も髭も真白に長く伸びており、それが目や口元を覆っている。少し嗄れた、だが威勢の良い声が白い髭の中から届いてくる。着ている物も高僧という雰囲気はなく、着古した墨衣を無造作にまとっている。

宿儺村で交わしてきた話を、宗玄がかいつまんで伝える。

「ふうむ、なるほど。天皇家へ仇なさんとするオオナムチと、それを阻止せんとする神祇官の者どもか。信じられんような話だのう。加えて、お前さん方の村へやってきた小夜とかいう娘も絡んどるのだな」真吉の方を向く。

「そして若いの。お前さんはその娘に惚れておると。そのために何百年と行方知れずだったご神剣を、海の底から取り戻しさえした」

思わず宗玄を睨んだ。そんなことまで喋っているのか。

「包み隠さずお話しせねば、ご助言が的外れになろうが」

首をすくめた叔父が、言い訳がましく応じる。

「それで、お前さん方は何を知りとうて、ここまで参ったのかな」

「真吉は、また小夜に会うにはどうしたらよいかということですが、私はお南無様とは何者で、何をやろうとしとるのか知りたいのです」

壮介がそう言うと、上人は、ほおというように顔を向けた。

「お南無様とはオオナムチであって、天皇家に祟らんとしておるのではないのか」

「オオナムチが帝に仇なさんとしているというのは、本当なのでしょうか。戦さの無い世を作るのだと言い続けてもおりました。実のところ何を目指しているのでしょう。それにオオナムチとは所詮、名でしかありません。そして私らが知ってるのは、大昔に書かれた話だけです。お南無様の本性を、本当に知ったと言えるんでしょうか」

「面白い！　そんな風に考えられる者がおるとはのう。宗玄、少しは見習うたらどうだ」

宗玄は、突然飛んできた叱責に慌てる。上人が真吉を見やる。

「神祇官の者どもが言うたことに嘘は無いと思えたのだな」

「そう感じました。絶対にそうかは分からんですけど」

「であれば、祟ろうとしているのが本当で、平穏な世を取り戻すのは嘘となるが」

少し考えた上人が文机の上の毛筆を取り、改めて真吉に問う。

「これはどういう形に見える」

「どうって……筆なんだから細長いです」

「筆は細長い形をしておる。そうだ、それは一つの事実だ」

筆を逆手に持ち変え、真吉に向かって突きつける。端面が目に映る。

「どういう形に見える」

「丸いです」

「そうだ。細長くない。ではこれは筆ではないのか」

「それは見る向きが違うだけで」

「その通り。真実は筆だということだ。一方から見える形にとらわれてはならん。この件は、まさにそれではないかと思う。おそらく儂らは個々の形にとらわれておって、真実が見えておらんのだ」

「個々の形?」三人とも首を捻った。

「筆と同じことだ。もし、お南無様が申したことと、神祇官の者どもが申したことが、どちらも本当のことだとしたらどうかな」

「なるほど——。オオナムチがやろうとしていることは、帝に仇なすことであり、しかし戦さの無い世を作ることでもあると」

壮介が呟いた。

「そうだ。とは言え、それは如何なるものなのか。そこで琵琶法師の一件だ。平清盛とお南無様には、かつて何かがあったように思える。あの者が蘇って参った時、既に清盛を知っておって、真っ先にその名を口にしたからの。だが清盛の最後がどうであったか、平家一門がどうなったかは知らなんだ。つまり清盛と何かがあり、その後、平家の行く末を見届けることなく、眠りについたのではないか。その何かとは変改であったのかもしれん」

「清盛を操ったということですか」

宗玄が驚いて問い返した。

「そうとも考えられるということだ。仮にそうだとすれば、それは何を招来することになった。清盛がやったこととは何だ宗玄」

「そう仰せられましても……驕る平家は久しからず、くらいしか」

「ふむ。それはつまり、武士から成り上がり、公卿にまで立身出世を遂げたことで増上慢に陥り、遂には身を滅ぼしたということだ。じゃがそれより、政において、清盛は何をなしたであろうかな」

上人は、床に開き放しだった書物をいくつか手に取った。

「清盛が生まれた頃、大昔からの律令による政はうまくいかなくなり、しかし公家どもは我が利を削ることを嫌がり、行いを改めようとせなんだ。天災が起こっても何も手を打たず、諸国では盗人や賊がのさばっておった。世は行き詰っておったのだ。

そこで前例に囚われぬ策を次々と打ったのが清盛であった。結果として、その振る舞いは武家による政の世を招いた。即ち天皇家に仇なしたのだ。だがそれは守護地頭という、それまでと異なる新たな秩序をもたらすことになった。多くの民は今、かつて守護たちがもたらしてくれた平穏な世――戦さの無い世に立ち戻ることを望んでおるはずだ」

皆、驚いた。上人の言うことを隅々まで解し得たのは、宗玄だけだったろう。だが残る二人も、思いもよらなかった考えであることは分かった。

どちらも本当。オオナムチが目指しているのは戦さのない世。だがそれは、結果として帝に仇なすことになる。平清盛がそうだったように。

だとすれば――真吉は思った。婆様の言ってた通りだった。あの荒魂神は紛れもなく『お南無様』だったことになる。そしてお南無様は、一方的に非道の存在ではなくなる。いやむしろ、天皇家を守ることだけを考え、変改を妨げようとしている神祇官の方こそ、民に仇なす者たちとも言える。どっちが本当なのだ。混乱する。

「いったい……お南無様とは何者なのだ」

壮介が呟いた。オオナムチという名を持つ。だが今の話の通りなら、宗玄から聞いた出雲の支配者たる神の姿からは、全くかけ離れている。

「儂にも分からん。古事記と日本書紀、いわゆる記紀には同じことが書かれておるわけではない。食い違いや片方にしか書かれておらんことも多い。特に神代のことはそうだ。双方に書かれておることさえ、そのまま本当なわけがない」

上人は、文机の上に堆く積んである書物に手を置いた。

「全てが嘘ではないだろう。そこには真実が含まれておるはずだ。ただどれが真実なのか、よう分からん。そもそも変改とは何かすら分からん」

「それは――誰かを意のままに操る、ということなんでは？」

今さら何を言っているのだ。真吉は不思議に思った。

「また一面しか見ておらんぞ。それは神祇官の者どもが申したことだ。それは嘘ではなかろうが、真実とは限らん。儂は、むしろ違うのではないかと思っておる。記紀にも書かれておらず、聞きなれないその言葉自体を、よう考えてみるべきだ」

上人は筆を取って、紙に大きく『変改』と書いた。

「まさに変え改めるだ。どこから『操る』という意味が出てくる。神祇官の者どもも長い間に、この言葉の意味を正しく伝え損ねておるのではないかな。あるいは思い込みがあったか。帝に仇なすことをするなど、清盛が――あるいは他の者もおるだろうが――魔に操られたとしか思えなかったのであろう」

「では本当は、どういう意味なのですか」

宗玄がおそるおそる尋ねた。

「そんなことは分からん。だが単純に考えれば答えは一つだ。その呪法は文字通り、その呪う相手を『変える』のだ。どう変えるかというと、もし清盛が真実、変えられたのだとすれば、その者の持って生まれた理の力を、情を滅するほどにまで押し広げるということではないかと思う」

「理の力を押し広げる？　情を滅するほどまで？　それは一体どういう――」

「清盛は若い時分から強引だったわけではない。保元の戦さで表舞台に躍り出て、平治の戦さに勝ってもなお、帝を敬い、後白河院の指図に逆らうようなことはせなんだ。ところがある頃から突然、方便として院を用い始め、武のみならず権謀術数をも駆使し、政敵を倒し閨閥を作り上げ、遂には位人臣を極めた。そのとき躊躇、慮りは一切捨て去られ、冷徹なまでに己のなすべきことをなした。

　これをいちいち操ってやらせるのは難しかろう。変えた、と考える方が分かりやすい。理のみで動き、情には流されぬ。生得に理の力が強く、しかも武威ある者にそれを貫かせれば、人を超える働きもさせられよう。さすれば、遂には壊れかけた世を終わらせ、新たな世を作り出すこともできるはずだ。

　だがそれは世の慣わし、諸人の痛みへの慮りなぞ放擲せねばならぬことにもなる。敵は増え、裏切りにも遭う。しかし慈悲、憐憫など情にまつわる一切がないなら、それも乗り越えられよう。むろん容赦もなくなり、非道な振る舞いもすることになろう。多くの犠牲が生まれる。清盛もそうであった。後白河院を幽閉し関白を配流し、多くの公卿を追放し南都を焼き、福原遷都まで企てた。人が人を超えるとはそういうことなのだ」

「では……その者は、悉く意のままにできる、新たな帝にもなれるということでしょうか」

　壮介が強張った顔で尋ねた。

「なろうと思えばなれるかもしれん。だがそんなことは目指さんだろう。形になぞ興味はないはずだ。但し、生を全うすることはできまい。待っておるのは破滅だ」

「破滅？　なぜです」

「人は人だ。それを超えてやり続ければ、己がもたなくなる。清盛は、あり得ぬほどの熱に苦しみ死んだ。常人には決してできぬことを成し遂げ、多くの者を犠牲にして世を変え、しかし非業の中で死ぬ。そういうことをやらせる呪法なのだ」

「それでは……やはり魔ですな」

宗玄が小さな声で言った。

「そうだ。だが一人を犠牲にして、平穏な世を作り上げられるとすれば、お前ならどうする。それでも魔と言って何もやらんか」

外から鶯（うぐいす）の鳴き声が聞こえてきた。窓からは若葉の山々が見え、柔らかな青空に雲が一つ浮かんでいる。

小さな盆地に満ちているのは春だ。だが部屋の中にあるのは、数百年に渡り秘められてきた呪と、そこから突きつけられた氷のような問いだった。

「分からない――。目指すのは戦さの無い世。己が支配者となることを求めるでもない。オオナムチは、なぜそんなことをする。本当は何者なのだ」

壮介がさっきと同じ疑問を口にした。

「その由来は余りに古すぎる。その者自身に聞くしかないかもしれん」

「わけが何であれ、変改をやろうとしているのは確かと思います。その相手は、天皇家に仇なすことができるほど力のある者――織田でしょうか」

「他にも武名高い大名はおる。何とも言えんな」

「いや、織田やと思う。夜な夜な小夜は、戦さ場を連れ回されとった。そのときの話からすると、お南無様は密かに、織田の陣地や戦さを見とった。変改の相手にふさわしいか見極めてたんやないのか」

「儂もそう思う。だがお南無様は、どうやって織田を知ったのだ。鎮まっている間に『観た』のかもしれぬが、そこまで仔細に武名ある者を知ることができたのか。逆にそうなら、改めて確かめる要もないはずだが」

　宗玄が、真吉の言に同意しつつも首を傾げる。

「それなら儂からも一つ尋ねさせてもらおう。宿儺村とは何だ」

　三人は上人の問いに、意表を突かれて顔を見合わせた。どういう意味だ。それに今の話と何の係わりがあるのだ。

「考えたこともないようだな。だが儂には相当、不思議な村に見えるぞ。まわりの村とは色々違っておろうが」

　確かに他の村とは付き合おうとしない。嫁取り以外、よそ者は受け入れない。出入りの見張り番を置いている。だがそれらは、外から余計な詮索をされず眠り続けられるよう、お南無様が初めに定めた掟ということではないのか。

「お南無様が大昔、お前さんたちの村を拓いてやったと口走ったと聞いた。何百年と鎮まるためにな。だがそれも一面の事実に過ぎんかもしれん。例えば宿儺村は、なぜあの地にあるのだ」

　上人の目が、白い眉毛の奥から光ったように思えた。

「ただそこにあるだけか。よう考えてみよ。聞いたであろう、何故、大原の地に寺や庵が多くあるのか。その地がなぜそうなのかは、必ずわけがあるのだ。わざわざお南無様があの地を選んだのだ。何かわけがあるのではないか」

「……もしや鏡」宗玄が呟くように答えた。

「そうだ。あの村は神宮に近い地に拓かれた。ご神体である鏡を見守ることができる地なのだ。現に外宮が燃え落ちた時、鏡は無事、村に引き取られた」

「でもそれは、たまたま」真吉が首を傾げる。

「たまたま——面白い！　儂もまだ考えをまとめられんでおるのだが、お前さんたちの話には、それが多すぎる。たまたま外宮の鏡を守った。たまたま小夜という娘が村に来た。たまたまお南無様が蘇った。奇妙だ。これだけ偶然が続くなら、裏に何かあると考えるべきではないのか」

　真吉は、漠然と感じていたことを、また形にされた気がした。

　そうだ小夜、お前はたまたま村にやって来て、たまたま俺に会った。でも、だから何かあるはずだと言われても……。

「まあよい。それはまた別のことだ。さて、宿儺村が鏡を見守る地であったとするなら、他にも同じような村があってもよいのではないか」

上人が次々と繰り出す問いに、三人とも圧倒されていた。

「分からんか。飛び——おっと、『神飛び』という言い方にでもしておくか。神飛びに必要な物は何だ。変改に必要な物は何だ。鏡と剣だ。実は謂れが伝わっておる。かつて宮中から伊勢に移されたご神鏡とご神剣は、古より元と写しがあるとされておるのだ。どれが元か写しかはさておいて今、どうなっておるかな」

「一つずつオオナムチが持っております。もう一つのご神鏡は、内裏の賢所。そしてご神剣は、草薙剣として熱田社にあります」

宗玄が答えた。

平安初期、神祇官に属した斎部広成が著した『古語拾遺』によれば、天皇の命により、倭姫命が神鏡と神剣を伊勢に遷した際、代わりにそれらの写しを宮中に残したとある。そして記紀によれば、ヤマトタケルは東方討伐に向かう際、伊勢の倭姫命から神剣を借り受ける。その剣は草薙剣と呼ばれるようになり、最後に尾張の熱田社に祀られる。

「オオナムチが鏡と剣を一つずつ持つ。そして残る鏡は京、剣は熱田にある。京は伊勢から北西の方角。さて神飛びにより、伊勢からどこへ飛んだのであろうかな」

「北へ飛んだ——尾張？　熱田社？」

真吉がつられたように答えた。

「そうだ。なぜ北か。宿儺村が神宮のご神鏡を見守るための村なら、それと同じように、熱田社のご神剣を見守る村があってもよいはずだ。当然それは社の近くであろう。即ち南尾張。まさに織田の本拠地だ。そこにお前さんたちの村と同じように——呼び方は違うであろうが——お南無様を祀っておる村がある。オオナムチは蘇ってから、その村へも行ったのだと思う。己を祀ってきた者たちに蘇ったことを知らせ、そのとき織田についても聞いたのだろう」

「その村へ行った？　でもいつ？」

上人は、呆れたように天井を見上げた。

「蘇って、ひと月余りの間にだ。お南無様がその間に、吉野熊野へ行ったのは本当だと思う。だが、ずっとそこにおったかは分からんぞ。お前さんたちの話では、戻って来たお南無様は巨軀に見合った水干をまとい、大量の砂金を入れた袋を持っておった。どこからそれを手に入れた。あるいはどこに隠し置いていたのだ」

三人は自らのうかつさに驚いた。疑問は感じたが、深く考えずに放っていた。だがどちらも簡単に手に入るものではない。

「お前は、小夜という娘にもう一度会いたいということであったな」再び真吉を見やる。

「ここまでが間違ってなければ、オオナムチはあちこちうろついてもおるだろうが、宿儺村の代わりに今、その村を根城にしておるはずだ。その娘は眠らなくてもよいかもしれんが、お南無様は眠るのであったな。それなら祀ってくれ、安心して眠れる地を使わん手はない」

真吉は呆然とした。たちまち小夜の居場所が分かった。何て凄い人なんだ。

「待て待て、慌てるな」

今にも部屋から飛び出して行きそうな真吉に、上人が声をかける。

「単なる憶測だ。それに熱田社の近くと言っても広いぞ。ましてや、よそ者には気をつけて隠しておるはずだ。己の村のことを思い出せ」

その通りである。ここまでが正しいとしてもなお、見つけ出すのは容易ではない。

「捜すには、もっと手掛かりがいる……」

上人は何か言いかけて口を噤んだ。間があって宗玄が問うた。

「私ども三人は、これからどうすべきなのでしょうか」

「お前さんたちは同じことをやりたいわけではないゆえ、一つの答えがあるわけではない。だが先ほど問いを投げた。その上で、一方に肩入れできるか」

「……難しゅうございます。お南無様が、まこと戦さのない世を作り出せるとしても、無慈悲に多くの者の命が奪われるのだとしたら、それに荷担するのは果たして……。他方、そのような世を作り出せるのなら、帝のためであってもそれを妨げるのは……」

宗玄が悩み悩み言った。

「そうであろうな。儂にも答えはない。宗玄たち二人は、本当のことが知りたいのであったな。ならば、気付かれぬよう最後まで見届けるのも一手だ。若いの。お前さんには、変改の呪法が成された後、娘に会えばよかろうと言いたいところだが」

「そうはいかんかもしれません。裏部の連中は小夜も」

「左様。お南無様ともども、抹殺することを狙うであろうな」

「ま、待て真吉。お前はまた危ないことをしようと言うのか」

宗玄が慌てた。

「そんなこと思ってません。小夜を守るだけです」

それが危ないのだ。まだ諦めていなかったのか。叔父は困惑した。

「いずれにしても、お南無様の動きを知りたいところは同じだ。だがそれは難しい。そこで神祇官の者どもを見張るという手もある。上京に屋敷があるそうだが、あの者たちは、お前さんたちよりずっと多くのことを知っておるはずだ。変改がなされる前に、お南無様に辿り着くかもしれん」

「なるほど。では、それは私に任せてください。慣れてます」

壮介が笑った。

話が一段落したところで、宗玄に言われ、壮介と真吉は先に僧坊へ帰った。

「明玄様。宿儺村について、まだ何か仰りたいことがあるようでしたが」

「そうだが、これ以上申せば、もう一つの宿儺村を捜すのがたやすくなる。さすれば、あの若者は一人でも熱田へ行ってしまうだろう。それは今度こそ、あの者の命を奪うことになりかねん」

「たやすく捜せる？」

「左様。宿儺村とは何かをもっとよく考えれば、もう一つの村は容易に見つけられる」

「私は宿儺村の出ですが……分かりません。先ほど仰ったことすら、考えも及びませんでした。更に何かあるのですか」

「ある。もっとも記紀からの憶測に過ぎんが。あの村では何が採れる」

「作物のことですか」

「作物でも山川の物でもよい」

「は、はあ。米、麦、粟、豆といった穀物。鮒、鯉などの川魚。キノコ、甘葛、桔梗など山菜。栗、柿、人参、大根といった果菜……」

「やはりそうか！　思うた通りだ。そして出雲の国造りに際しては……おそらく間違いない。宿儺村とは実は」

宗玄は困惑の態で、その先の言葉を待った。

「よい。これからのことには係わりない。じゃが、それでも娘のことは解せんな……。お前は小夜とかいう娘に初めて会うたとき、気になるものを感じたと申しておったな」

「うまく言葉にできぬのですが、何やら昔から知っておるような」

「お前は長の家の血筋。あの若者も同じだが、お前より濃い血を持っておるのかもしれん。同じように何かを感じ、だがお前よりも強かった。それゆえ……。では、やはり眷属なのか」上人が首を傾げた。

「いや、何でもない。忘れてくれ」

七

四月二十日。信長は、合力の大名を加えた三万の軍勢を率いて、敦賀へ向け出陣した。越前の朝倉義景が再三の上洛要請に応えないことに苛立ち、軍を起こしたのである。しかし義景が上洛しなかったのは、足利義昭の密命を受け、信長の意向に敢えて逆らったのだとも言われている。

†

屋敷の奥にある納戸で、裏部惟敦は一人、床に据えられた黒い箱を見つめていた。それは米櫃くらいの大きさで、全面が黒鉄で覆われている。厳重に錠の掛けられた箱の中に、古からの伝え――『祇秘抄』が収められている。気が遠くなるほどの長い間、密かに守られてきたのだ。彼の心に様々な思いが浮かぶ。

神祇官が、朝廷の最も重要な庁であった古から、そして衰微した後もなお、連綿と裏部家に引き継がれてきた密かな役目。そしてその暗闘の記――祇秘抄。最初の記述は千年を越える昔のものである。当然ながら途中で書き写されてもいる。直近の記述は四百年前。

平清盛が変改されたときのものである。その変改を契機として、政の権は朝廷から失われていった。此度は弾正忠を変改して何をするつもりだ。だが何を企んでいようと思い通りにはさせん。この伝えには、あの魔を斃す策も書き残されているのだ。

彼はふと耳をそばだてた。妙な気配を感じたのだ。

こちらへ駆けてくる慌ただしい足音が聞こえた。飛び込んで来たのは一木だった。

「裏部様！　骨卜によれば、弾正忠の此度の出陣は凶と出ました」

「やはりそうか。では白川様ともども、急ぎ帝へ奏上しに参る。まずは伯にお話しせねばならぬ。一木、その方も一緒に来てくれ。いかなる凶兆か詳しく説かねばならん。その鹿骨を持って参れ」

「畏まりました。すぐ支度を」

「帝は、これを聞けばいても立ってもおられず、例によって祈禱に走られるかもしれぬが、これはあ奴が蘇ったがゆえの凶兆。好転はすまい」

裏部は外へ出ると戸を閉め、錠を掛けて納戸を後にした。

だいぶ経ってから、隣の部屋の床下で、壮介が止めていた息を静かに吐いた。

危なかった。もう少しで気付かれるところだった。あの部屋にはどうやら『伝え』とやらがあるようだが、塗籠めされているので忍びこむのは難しい。この屋敷には、他にも気を使える連中が出入りしている。邪魔立てしようというわけではなし、屋敷の中に潜り込むのは、もう止めにしよう。

†

同月二十三日。『元亀』への改元がなされた。

二十五日。正親町天皇は、賢所で急遽、千度祓いの神事を行った。祓い清めの祈禱であるが、心願の筋とだけあり、仔細は伝わっていない。

この日、信長は攻め入った敦賀で手筒山城を攻め落とした。

二十八日。勅命により、石清水八幡宮において、五常楽急百遍の神事が行われた。信長の戦勝祈願であろうとの噂が伝わっているが、天皇が一大名の戦勝祈願を命ずるなど、前代未聞のことだった。なぜ突然、そのような挙に出たかは不明である。

そしてこの日。金ヶ崎城も落とした信長に、北近江の浅井長政謀反との報が伝わった。

同日夕刻。手筒山城の館広間に置いた信長の本陣から、甲冑姿の諸将が一斉に出てきた。広間の外で控えていた萱谷長頼の前を、急ぎ足で己が陣へ戻っていく。徳川家康、細川藤孝、松永久秀らの大名に、柴田勝家、丹羽長秀、森可成など家中の武将もいる。

昼前から次々と急を知らせてくる物見の報により、長政の謀反が明らかとなったのである。織田勢は、敦賀から越前へ攻め入ろうと北東に構えている。これに対し、浅井勢は南東側から攻め寄せつつあり、越前朝倉勢との挟撃の危機にあった。急ぎ退き支度をして、今しがた決まった段取りに従い、順次、密かに繰引くのだ。

殿軍を申し出た池田勝正、明智光秀それに木下藤吉郎が、広間に残って、絵地図を前に、退き戦さの手筈を打合せ始めている。最後に信長が、三人と言葉を交わしてから、少し遅れて出てきた。

「これより朽木谷まで駆ける。長頼、支度は！」

甲冑姿で待機していた警護役筆頭に問う。

「お指図通り、いつもの二十騎から、若狭街道を知りたる者を主として半数を選びました。残りは替え馬とし、兵糧、鉄砲、松明を積んでございます。念のため三日分を」

「それでよい。直ちに出発だ」

信長は真っ先に駆け退くこととしたのだ。総大将が生き残りさえすれば捲土重来は可能だが、逆ならそこで終わる。桶狭間の戦さがその典型である。

主に従って立ち去ろうとした長頼だが、広間からの藤吉郎の視線に気付いた。強張った笑みで会釈してくる。撤退する軍勢の後衛となる殿軍は、すぐそこにいる朝倉勢の猛追撃に晒されるだろう。全滅の危険もある。

一方、信長一行も、向背定かでない地侍、百姓が待ち受ける山中を駆け抜ける危うい道中が待っている。形勢不利に陥った武将が狩られることなど、日常茶飯事なのである。

長頼も辛うじて笑みを浮かべ、目礼を返した。お互いこれが見納めになるかもしれない。

八

「裏部家当主の惟敦が、伴(とも)を一人連れて白川家へ行った。連れていった男も気が使えるから、お南無様に関してのことやないかと思う。次の日に、白川家の当主らしき公家と惟敦が、一緒に内裏に入った」

五日ぶりに大原へ帰って来た壮介が、真吉、宗玄に説明する。四月も末近い寺の庭である。僧坊でひそひそ話をするより、新緑の庭を愛(め)でている風を装うほうが目立たない。

「何を話したかは、分からんかったですか」

真吉が焦りを押し殺して問い質(ただ)す。大原へ来てふた月近く、ようやく聞くそれらしい動きだった。

「惟敦は年寄りだが、かなり使える。屋敷に忍び込んでみたが、もう少しで悟られるところだった。離れて、動きを見張るだけにした方がいい」

「ようやく動いたが詳しくは分からんか。どうしたもんかな」

宗玄が溜息(ためいき)をついた。

「真吉に聞いた家人(けにん)三人は結構、出入りが多い。試しに跡をつけてみたが、商いの場の警護に行ったり、金子(きんす)を運ぶ荷駄に付き添ったりしとる。ばらばらのときもあるし、全員の動きは見張り切れん。惟敦に張り付くのが一番確かと思うが、それだけでも一人では難しい。こっちに戻っとる間に何か動きがあったら、それまでだ」

　壮介は、裏部家を四、五日続けて見張っては一日、大原へ戻っていた。野宿には慣れているので、毎日往復するより楽らしい。見聞きした内容を二人に話し、真吉の技の修行にも付き合っていた。

「俺も交代で見張りましょうか。確かに一人では大変そうです」

　真吉が、あたりを確かめながら尋ねた。

「ありがたいが、お前は顔を知られとる。それに己の気を、もっと抑えられなくてはいかん。今のままだと、すぐ感づかれる。とりわけ、あの蔵人とやらは凄い。だが、三月も修行すれば大丈夫だろう。今日からは、そっちもやるか」

　真吉は年明けから、とおの技の修行を再開していた。村では寒い中を山奥の修行場まで通っていた。大原の郷にはそういう場はないが、人家は少なく、まわりの山は修行にうってつけだった。護手の技を習いつつ、気を読む修練も再開していた。だが気を抑える修練は、それとは違ってくる。

「気を読む際でも、己の心がざわついている時はうまくいかんはずだ。だから、気を抑えることも一応はできとる。その感じを押し進めるんだ。何かに心を向けない。何事かが起こっても、そっちへ気を向けるのではなくて、受け身に徹する。その修練には夜の林がいい。獣道のそばで気配を消してみろ。道を通る獣にも気取られないようにしながら、動きを読むんだ」

　真吉としては小夜のことが気掛かりで仕方がない。だが焦ってみてもどうにもならない。裏部に目立った動きがない以上、お南無様と一緒にどこかに潜んで変改の機会を窺っているのだと、己に言い聞かせる。

「気を抑えることは読心術への策にもなる。あいつらが、なんでわざわざ、そんな術を習得しとると思う？」

　壮介の問いに首を捻る。

「相手の太刀筋を読むためやと思う。達人どうしの戦いになったら、技だけで相手を上回ることは難しくなる。そんときは、白刃の下でも普段通りに動けるか、相手の動きを読めるかで勝ち負けが決まる。だからあいつらは、読心術を取り込んだ刀法を編み出しとるんやないかな。お南無様との闘いにも備えてのことかもしれんが、恐るべき技だ」

「そんなら気を抑えても……」

「だが、連中はどうやら、ちょっとした表情や気配から、相手の心を読み取っとるようだ。本物ではない。だから気を充分抑えることができれば、読心術も防げる。気の読みと抑えが両方できるようになったら相当、自在に気が操れるということだ。そしたら今度は、相手の気を押さえつけて、動きを封じることもできる。例の『気を打つ』技やが、お前は既に、それが少しできている」

　壮介はそこで苦笑いした。

「とは言え、気の勝負を、お南無様とやるのは辛いな。お互い一度、圧倒されとるから分かるやろ。あいつの気は異常に大きく、強い。俺の気を乗せたところで何も感じんやろう。むろん、護手の技を使っても勝てそうにない。神祇官の連中は、どうやって斃す気なんだろう。太刀筋を読めるくらいでは……」

確かにそうだ。だが彼らには何か策があるようだった。いったいどういう方法を使うのだろう。もしかしたら伝えとやらに、それも書かれているのだろうか。そこに小夜が巻き込まれたら――連中を止められるか。

今や真吉の一番の狙いは、お南無様を斃すことではなかった。まず小夜を、神祇官の連中から守れるようになるのが先決である。そこで思い出したことがあった。

「俺は、遠くにいる小夜の声が聞こえたことがある。空耳やない。あれは、どういうことやったんでしょう」

「そういう技もあるとは聞いた。気にも波があって、人それぞれ波は違うということらしい。目指す相手の波だけ捉えられたら、思うとることを声として聞けるんやろな。けど、現にできる行者様に会うたことはない。

お前が本当に聞こえるんなら、生まれながらに、小夜と気の波が似とるんかもしれん。と言うても、遠くとなると、もっと難しいはずだ。途中で他の波に埋もれてしまうんやないか。それでも聞こえたとなると、叫びの様なものだけやないか？」

真吉は、はっとした。心の叫び。まさにその通りだ。またあいつが叫んだら、きっとまた聞こえる。では俺の叫びも聞こえるのだろうか。小夜——俺はもう一度、お前に会いたい。

　真吉は、その夜から早速、林の中で気を抑えながら、まわりの獣の動きを読む修練を始めた。

　始めて間もなくの晩。北から近づいてくる蹄の轟きに気付いた。馬群だ。その音は、たちまち大きくなり迫ってくる。

　五騎……八騎……十一騎。だがそれらの足並みは乱れ、疲れ果てている馬を、なお容赦なく駆り立てているようだった。

　誰だ。つぶっていた目を開くと、大原の郷を貫く街道の方へ足を向けた。林の陰から、真っ暗な道をそっと覗く。

　暗闇の彼方から明りが見えて来た。その馬群は前に二つ、後ろに一つ松明をかざしながら走っていた。松明の火が風になびいている。

　真吉の眼前を、黒い馬群が一団となって走り過ぎて行く。前後の五騎ずつが、一騎の武将を真ん中にはさんでいる。

　夜目が利く真吉にも、その武将の顔を見定めることはできなかった。だが通り過ぎた瞬間、その人物が身にまとう陣羽織の背中にある紋が辛うじて見えた。五窠輪唐花紋――いわゆる織田木瓜紋である。その一団は京の方へ駆け去っていった。

†

四月三十日深夜、信長は京へ駆け戻った。

その後、池田勝正が率いる殿軍も、光秀、藤吉郎と共に京まで退くことに成功する。織田勢の損失は辛うじて最小限に食い止められた。

しかし岐阜への道は、浅井の離反により閉ざされようとしていた。近江路に沿って森可成、佐久間信盛、柴田勝家、中川重政などを各城に配置したが、長政も軍勢を送り、一揆をも煽動した。

結局、信長は五月九日に京を出立。千草峠を越えて、北伊勢経由で岐阜に戻った。この道中は、暗殺に雇われた杉谷善住坊に鉄砲で狙撃される、という危ういものであった。傷一つ負わなかったのは、神助と噂されたほどである。

九

「まもなく六月になる。ここへ移って参って八ヶ月。諸々整えておったが、ようやく変改の手筈に見極めがついた。これよりは神器へ念を満たすことに専する。そのため儂も三昧に入るゆえ、もう神饌の準備は不要だ。長よ、この堂は封印せよ。三月ばかり誰も近づけてはならぬ」

円座で胡座を組んでいるお南無様が、目の前で平伏している老爺に向かって言った。

小さいお堂の中である。夜中だが、明りは床に置いた油灯皿一つだけで堂内は薄暗い。異形の男の目が赤く光って見えた。その横、老爺から向かって左に巫女が座っており、その前に置かれた白木の台に、鉄剣と古鏡が載せられている。

「畏まりました。注連縄を張っておきまする。それで皆、近付くことはございません。イヨ様は、その間どうなされますか」

年寄りの長は、若い巫女へ顔を向けて問うた。

イヨ様――。オオナムチ様が突然、ご神器と共に連れて来た。変改をするのに要する者だという。美しいが幼なげな上に、そのような言い伝えは聞いていなかったので、初めは戸惑った。だが全く飲み食いせず、眠りもせず、半眼のまま端然と座る様は、確かに人ではないとすぐ納得できた。

「私の結界が入り用ゆえ、共に堂内におります。気遣いは無用です」

静かな声が暗い堂内に響いた。体を囲う丸い結界を微かに煌めかせながら、オオナムチの方へ首を回した。

「変改までの筋は見えましたが、その先は漠として観ずることができません。変改の際、これまでと違ったことが起こるのやもしれません」

「そのときは何とかするまでだ。案ずるな」

長はそれを聞きながら不思議に思う。たまに交わされる二人の間の言葉からは、途方もなく長い因縁を感じさせる。しかしそうは見えない。

　オオナムチ様は、数百年どころか既に千年以上に渡り、眠り鎮まり、目覚めては変改を行ってきたと言い伝えに聞く。その恐ろしげな外貌は、同時にそれだけの歳月を感じさせて余りある。だがイヨ様は、童からようやく娘になったくらいにしか見えない。いかに神なる者であるにせよ、二人の外見は余りに違いすぎる。

「一つお伺いしてもよろしゅうございますか」

「何だ」オオナムチが老爺へ視線を戻した。

「変改の後はお戻り頂けるのでしょうか。こちらに鎮座頂けるということで、よろしゅうございますか」

「次はここで眠りにつく。もう一つの地の者どもは、外の血が混じりすぎた。もはや使えぬ」

　少し忌々しげな口調である。傍らのイヨが、ふと右——向かって左、西の方角を向いた。背中に垂らした緋の髪飾りが見える。

「畏まりました。では、そのつもりでお待ち申しております。鎮まられましたら、これまで同様、お祀り致します。それでイヨ様はどうなされるので？　やはりここでお鎮まりに？」

　巫女が、微かな戸惑いを示しながら向き直る。別のことを考えていたのか。

「私は、もとの地に帰ります。そこで受け継ぐべきことがあります」

再び静かな声が響いた。

「始めるぞ。長よ、堂から立ち退け」

老爺は、後ずさりしながら背後の観音扉を開け、外へ出た。そこは漆黒の木立の中であった。夜露に湿った地面に下り立ち、堂内を窺う。

微かに見えているイヨの結界が、みるみる膨らんでいく。置かれている神器、隣に座っているオオナムチも、その中に取り込まれていく。

堂内全部を満たすほど結界が大きくなったところで突然、明りが消えた。誰も触れていない観音扉が大きな音を立てて閉まった。足元に微かな震えが伝わってくる。肌がちりちりと痛み、毛が逆立つ。

長は、注連縄を取りに戻るべく急いで踵を返した。

鳥居が目に入ってくる。ここは神社なのだ。さきほどのお堂も、小さいながら、この神社の本殿である。だから水干も巫女服も、すぐに調製できた。

そこで長は、一つ尋ね忘れていたことに気付いた。はるか昔、荒魂神様から預かったと伝わる皮袋がまだ残っているが、あれはこれまで通り、神宝としてお祀りしていけばいいのだろうか。

返り見た本殿は、暗い境内の中でしんと静まり返っている。だが長には、目に見えない何かが、その中で激しくうごめいているように感じられた。軽く身震いして、夜中の参道を駆け去る。

†

深更、真吉は寝床から跳ね起きた。荒い息をつく。僧坊内は真っ暗である。隣に宗玄が寝ているが、壮介は京へ出かけていて不在だ。

小夜――今のは夢だったのか。

巫女姿の小夜が、暗い堂内にいて、お南無様の隣に座っていた。その前に鏡と剣が置かれ、平伏している老人がいた。何か話していたが聞こえない。

小夜がこっちを向いた。正面からはっきりと見た。着ている物以外は、お南無様と立ち去ったときのままで、間違いなく小夜だった。

声も聞こえず、考えていることも分からなかった。それでも胸が高鳴る。あいつは無事で、そしてまだつながっているんだ。心の叫び――壮介から聞いた言葉が蘇る。

大丈夫だ。きっとまた会える。このあと真吉は久々に熟睡した。

十

六月十九日。信長は、浅井討伐のため、小谷（おだに）城へ向けて出陣した。双方それぞれ、徳川家康、朝倉景健（かげたけ）の率いる援軍が加わり、合計三万以上の兵が近江の地で対峙（たいじ）することとなる。

二十八日。姉川で戦さが勃発。この闘いに勝利した信長であるが、損害も多く、山上の小谷城に立て籠った浅井を一挙に滅ぼすことはできない。近くの横山城に藤吉郎を入れるなど、付城をめぐらして、南近江進出を封じるのがやっとであった。

†

真吉たちの大原での滞在は、漠然と思っていた以上に長引いていた。若草色だった山々は、弾けるような深い緑に覆われ、梅雨の明けた街道から陽炎が立ち昇る。既に盛夏であるが裏部たちの動きがないのだ。

彼らの動きを見張ろうにも、真吉は顔を見られているし、壮介一人では無理があるということで、結局、宗玄からの案で人を雇うこととなった。

忍び込んでも感づかれる恐れがあり、ましてや話を聞けるほどまでは近寄れないのだから、屋敷の出入りと裏部惟敦の動きだけ確かめればよい。と言っても、誰でもというわけにはいかない。

京でそのような探索を生業にしている者を、宗玄の檀那から口ききしてもらった。さすが権謀術数の横行する地だけあって、そのような者たちも、ちゃんといるのだ。

引き合わせてもらった与平次という男を雇い、壮介が四、五日おきに様子を見がてら、京まで出向き、それまでの動きを聞き取る。むろん目立つ動きがあったら、急ぎの使いを大原まで送ってもらう手筈にした。

一方、村から真吉宛に、早く帰ってこいという文が何度も届いていた。父母が心配しているのだ。その度に汚い字で、京には色々行くところがあって見聞するのに忙しいと返事を送った。嘘を書くのは胸が痛んだが、さもないと大原まで連れ戻しに来かねない。

「壮介さんの家からは文が来んのですか」

「来るわけないだろ。一度は死んだと思われて、戻って来てからも若衆組にも入らんと、勝手に山で修行したり、ときには熊野まで出かけとる。もう諦めとる。このまま戻らんでも、婿養子という手もあるし何も問題ないだろうな」

壮介が笑いながら答えた。屈託のない顔である。

当然ながら、真吉は京見物をしていたわけではない。ときどき壮介について京まで上っていたが、それは人混みに慣れるのと、土地鑑を摑むためである。どういう場で蔵人たちと闘う羽目になるか分からない。相手の地の利は、できるだけ消しておきたい。

それ以外はひたすら、とおの技の修行を続けていた。西の山は静かで人目もない。より難しい護手と気の技を壮介から教わる。蔵人の怜悧とも言える気を思い出す。あれと闘って、相打ちにできるくらいまでは——。

壮介の方は、気を使える相手が太刀を使ってきた場合の工夫をしてみる。組手の修練の合間に、手作りの木刀で真吉に仕掛けさせる。時に交代して木刀を振ってみる。

「技も気も五分五分だとすると、得物の長さが問題になる。あの蔵人と言う奴とは素手のままでは無理か。遠目からでも、あいつはできる」さすがの壮介も弱気になる。

「速さを損なわん形で得物を取り入れる工夫をしてみる。うまくいったら、お前にも教えてやる」

ここまでの段取りがついて、ようやく日々の習慣ができてきた。

夕方から二人一緒に西の山に入り、とおの技を教え習う。宿儺村でやっていたのと同じだが、夕餉は山に入る前に摂っておく。

壮介が帰った後、真吉だけ更に山深くまで入り、月明りを頼りに独り稽古をする。山を越えた先に古い寺があり、そちらからは強い霊気を感じる。技の鍛錬に役立つ実感があった。鞍馬寺というらしい。

真吉は明け方近くになってから僧坊に戻って眠る。そのまま昼まで寝ている。起きたら手習い――字を書く練習であるが、こちらは熱心とは言えない。

壮介は朝、真吉と入れ違いに起きて、軽く鍛錬を行う。京へ様子を見に行く日は、そのまま出かけて夕方に戻ってくる。京へ行かない日は、上人の居室へ行って書物を借り、そのまま入り浸る。上人が出かけても独りで読み耽る。壮介は記紀を学び始めたのである。

「お前さんは変わっとるのう。記紀を自ら習おうとする者が、儂以外におるとは思わなんだ」

ある日、文机に向かっていた上人が声をかけてきた。

「それは褒め言葉なんでしょうか。私が知りたいのは、お南無様、つまりオオナムチとは何者かです。学問が好きなわけではありません」

片隅で本を読んでいた壮介が、苦笑いしながら答えた。真夏の盆地だが、窓も戸も開け放した北の居室は、結構涼しい。

「それにどちらも、元のままでは到底読めません。上人様の書かれた、この注釈本に沿って読むのがやっとです」

「うむ。この本は我ながら良い出来だと思っとる。もともとは己のために、分かったことをまとめたものだがな」

上人が嬉しそうに応じた。

「読んでいて少し分かりました。オオナムチは出雲の国を拓いたと聞きましたが、一人でやったのではなく、スクナヒコナノミコト——少彦名命という神様も手伝って国造りをしたのですね。他にも薬の作り方を広めるとか」

日本書紀には『大己貴命と少彦名命と、力を合わせ心を一つにして天の下をつくる。また顕しき蒼生及び畜産のため、その病を治むる方を定む』とある。顕しき蒼生とは、この世に生きている人のことである。

「その通りだ」

顔にちらりと警戒の色が走った。

「ところが、その少彦名命が途中で去ってしまって困っていたら、海から光りながらやって来た神様がいた。その神様が、自分はお前自身の幸魂奇魂であり、自分を大和の三輪山へ祀れば国造りがうまくいく、と言ったので祀ってやったとあります。これは何のことですか」

「……分からん。記紀に書かれていたことを、そのまま転記したに過ぎん」

「ここに書かれている上人ご自身の注釈によると、日の本の神々は、穏やかで人に益をもたらす和魂と、猛々しく人に害を与える荒魂を持つ、天照大神さえこの二つを持っている、幸魂奇魂とは和魂のことかとあります。つまり大国主命は出雲の神でありながら、己の和魂を大和の三輪山に祀らせた、とお考えになったのですね」

「ううむ、そうであったかな……。神代の話は難しゅうて、よう覚えておらん」

「本当に難しいですね。読んでいて他にも気付いたことがあります。宗玄様にお尋ねになったそうですね。宿儺村とは何か、何が採れるかと」

上人は慌ただしく立ち上がり、居室の外を確かめた。

「大丈夫です。真吉はまだ寝ています」

「いやはや、あいつは些か口が軽いのう」溜息をつきながら座に戻る。

「宗玄としては、あの若い者に尋ねるのはまずいと思うて、お前さんの考えを聞いてみたというわけか。儂に確かめるまでもなく、もう分かったであろう」

「スクナヒコナノミコトは薬を広めた神でもある。つまり知りたかったことは、薬草が採れるかということですね。確かに採れます。甘葛、桔梗、人参。山には他にも色々あります。大昔、初めて村に来た先祖、つまり本家筋となった誰かが植えたのでしょう。もっとも人参は、もっと後になって新たに植えたのだと思います。本家は、先々代までは生薬を作っていたそうですから、人参畑も薬を作るためだったのではないでしょうか」

「儂がもしやと思うたのは、村の名だ。スクナムラ。少彦名の村――スクナヒコナノムラがなまったのだろう。オオナムチと聞いて、少彦名とすぐ閃(ひらめ)いた。そして宿儺村はオオナムチを祀っておる。つまり手助けしておるということだから、おそらく間違いなかろうと。経緯は分からんが、宿儺村は少彦名の子孫の村ではないかと思ったのだ」

「だから少彦名を思い起こさせる村名であってよいはずだし、薬にも関(かか)わりがあってよいはずだというわけですね。つまり宿儺村とは、お南無様が少彦名の子孫のために拓いてやった村だ、ということになります」

「子孫のためだけだったかは分からんぞ。これは互いに益のあることだったのではないかな。子孫のために村を拓いてやる、だからその子孫には、己が鎮まり眠っている間は祀らせ、蘇ってからは手助けさせろ。そういうことだったのかもしれん」

「これは、熱田社あたりにあるはずの、もう一つの宿儺村も同じはずだから……」

「そうだ。村の名に気をつけて、薬か薬草を作ってるところを探せば、たやすく見つけられるはずだ」

「少彦名の村である、ということはつまり、宗玄様や私も含め、宿儺村の者は皆、お南無様を手助けする定めを負っているということですか」

壮介が少し皮肉っぽく言った。

「そういうことになる。だがそれも長い間に薄れてきておる。他の村からの血が入って来たせいもあろう。お前さんの村では、もう薬を作らなくなった。オオナムチと正しく伝わっておらん。祀っている神が如何なることをしてくれるかも曖昧（あいまい）だ。外宮のご神鏡を守ったという『婆様の父御（ててご）』の代までが限度だったのではないかな。もう一つの村がどうなのかは分からんが」

「それでも、お南無様が蘇った後、婆様の言もあって手助けしてきました。ですが、小夜についてはどうなのでしょう。特に真吉は本気で……」

「うむ。その娘に対しては、少彦名の定めゆえに助けたのかが分からん。今、考えられるのは二つ。あの若い者が真実、惚れてのことなのか、あるいは――その娘はオオナムチの眷属なのやもしれん」

「つまりオオナムチの血族であり、それゆえ真吉は、知らず知らず、定めゆえに助けさせられたと？　好きと思わされたと？」

「身も蓋（ふた）もない言い方だとそうなる。もっとも愛着それ自体が錯覚という考えもあるから、大した違いではないかもしれんが」

「真吉にそんなことは」

「言うわけがなかろう。あれは良い若者だ。お前さんこそ宗玄にも言うでないぞ」

十一

七月。三好三人衆が、阿波国から大坂へ進出して野田、福島に砦を構えた。信長により追い払われた河内、山城国奪還に動いたのだ。

八月二十日。信長は精鋭の三千騎を率いて岐阜を出陣。二十三日にいったん下京、本能寺に入った。

†

「お前は吾が媛か」

お南無様が言った。暗い堂内である。

「はい。でも小夜もおります。少しずつ取り込んだのですが、幼すぎて一体になれませぬ」

前に座る幼なげな巫女が答えた。だがその目には、燐光の如き不気味な青白い光が宿っている。

「まだおるか。ようやく鏡と剣に念は満ちた。お前が媛だけなら、機に合わせて変改の呪法を行えばよいが、そうでないなら、やはり誠仁親王に加勢させる要がある。その手立てを考えねばならぬな」

「この者の母であれば大丈夫だったのですが」

「イヨが死んだ以上、血を受け継ぐのは小夜だけだ。止むを得ぬ。それで小夜はやれそうか。少なくとも思念の向きは同じでなくてはならぬ」

「不安がっていますが、宿命を知り、覚悟しております。母の想いを受け継ぎ、変改を果たさねばならないと」

その声が僅かに濁ったのを、相手は聞き逃さなかった。

「どうした。他に何か？」

「月の障りが参りました。隠形の術が破れるかと。それと、もし神祇官の者どもが骨卜をしておれば、観ぜられるかもしれませぬ」

「何と！　媛が蘇ったのに障りが生じるとは……ううむ、小夜もおるせいか。では儂は、しばらくこの地を離れるしかあるまい。まあよい。ここ三月ばかり目を離しておったゆえ、諸方の動きを確かめておこう。それより、ひと月後に弾正忠を手助けする要があるということだったな。その際はどうなりそうだ？」

「突然に障りが参ったのは、小夜がおるせいもありましょうが、神器に念を満たすため三昧に入っておったからでしょう。此度の障りが終われば、もう懸念はないかと」

「承知した。ともあれ鏡と剣は置いていくゆえ、もし入り用になったら飛び神明を使え」

「はい。ではとりあえず三日ほど仮寂いたします。結界は張っておきますので、何かあれば直ちに元に戻れます」

「よし。それでは来月、江口で会おう」

†

「織田様は、夜が明けたところで、軍勢を率いて東寺口から西国街道に出て、三好討伐に大坂へ向かわれました」

真吉の目の前の中年男が、淡々と答えた。宗玄が雇っている探索の者、与平次である。物売り姿のその男は、中肉中背の目立たぬ風体をしていた。表情も茫洋として捉えどころがない。

今いるのは、その男との繋ぎ場所――下京、油小路沿いにある小さな酒屋である。与平次が、実際どこに住んでいるかは知らない。

夏の熱気が残る表の通りは白く乾き、それでも人々は忙しく歩いていく。このところ真吉は壮介に代わり、ときどき繋ぎの役目を引き受けて京へ出ていた。裏部家に変わった動きはないと聞いた真吉は、二日前に入京したという信長が今どうしているか、ついでに尋ねてみたのである。

「将軍奉行衆に公家衆らも加わって、三万もの軍勢やそうで。そやから長い行列になってると思いますけど、織田様のおられる先頭は、もう街道から南へ抜けて、淀川を渡っている頃合やありませんか」

お南無様が『変改』しようとしている大名を一目見てみたかったが、入れ違いか――。

真吉はそこまで思ったところで、どうしてもその顔を確かめたくなった。四月前の夜、大原で見た騎馬の一団。あれは信長だったのではないか。後になって、まさにあの晩、信長一行が京へ逃げ戻ったと聞いていた。

「今日中に大坂へ着くのは無理そうだ。泊まりはどこなんやろ」

「京大坂の真ん中あたりで、あれだけの軍勢を泊められる町となると……枚方御坊（ひらかたごぼう）あたりでしょうか」

与平次が訝（いぶか）しげに答えた。探るよう頼まれている裏部家と何の係（かか）わりがあるのか、不思議に思ったのだ。

「すまんけど宗玄様に伝えて欲しい。俺はこれからその町へ行く、明日か明後日には戻ると」

ここ数ヶ月、裏部家に目立った動きはなく、小夜の気配もあれ以後、感じることができない。真吉はただ待つことに我慢できなくなっていたのだ。

†

「殿。まもなく日が暮れまする。順興寺（じゅんこうじ）の書院を借り上げましたゆえ、今宵（こよい）はそちらへお入り下され。町の中は既に押さえてございます」

警護役筆頭の菅谷長頼が、騎馬でやってきた主（あるじ）に告げた。淀川沿いにある枚方御坊まで先行し、その入り口で待っていたのだ。

信長は今、三千騎を直率して、大坂へ向かう第一陣の中にいた。とはいえ早駆けしているわけではない。途中一泊し、その間に荷舟を先行させ、兵糧矢弾を天王寺砦へ荷揚げさせる段取りである。

信長は馬を止め、あたりを見回した。

そこは淀川の左岸であり、前方には土塁と堀に囲まれた一向宗の寺内町――枚方御坊がある。商人、川舟乗り、職人など千人ほども住んでいる。右手に淀川の堤があり、岸には三矢浜という川湊がある。反対側の左手は、町につながる小高い山となっていた。

「堤から山までの間はさほど広くない。狭い町中に多勢がひしめくことになるのは気になるな。何かあったとき動きが取れぬ。今宵の手配りは？」

「町の前後に千騎ずつ、何箇所かに分けて野営させます。町中は五百騎ほどで固め、残りは交代で見回り警護させることにしております」

「ここは一向宗徒どもの町だ。長島では小競り合いが続いておるし、本願寺は五千貫文の矢銭に応じたとはいえ、不平を漏れ聞いておる。要するに面従腹背の輩だ。左様な連中の真っ只中というのも落ち着かぬな。それに明日は早くに発って、早々に天王寺に陣を構えたい。町を過ぎた辺りでどこかないか」

「この先となりますと……荒れた社くらいしか見当たりませんでしたが。それに寺に陣を構えるということで、町年寄にも整えさせておりますし」

「町中に本陣があると思わせておくのは、むしろ好都合だ。夕餉は町で摂っても構わんが、寝るのは町の外にするぞ。支度致せ」

真吉は呆然としていた。

彼が身を潜めていた古い社のまわりに、いきなり軍勢の一団がやってきたのだ。それも騎馬武者だけで数百人いる。従ってきた足軽、中間小者まで含めたら軽く千人は超えるだろう。

彼らは手馴れた様子で、運んできた木盾や丸太、縄を使って簡単な柵と陣屋を作り、野営の支度にかかった。あちこちで地面を掘って石囲いし、即席の竈から炊事の煙が上がる。早速、近在の商人が白米、青物、味噌などを売りつけにやってくる。腰兵糧もあるが糒なのでうまくない。調達できるならそれに越したことはない。商人と値決めをする兵、見回りにつく足軽、川から水を汲んでくる中間、馬を集めて飼葉やりをする小者などが行き交う。

真吉が隠れていたのは、檜皮葺き三間流造りという由緒ありげな社殿だった。だが戦乱に遭ったのか、屋根も壁も朽ち果てて荒れ放題になっている。鎮守の森も消え失せていて、あたりには荒蕪地が広がっている。その社殿へいきなり兵がやってきて、床下から屋根裏まで調べ始めた。怪しい者がいないか確かめているのだ。

見つかったら疑われて面倒なことになる。真吉は大急ぎで屋根の上に逃れた。社殿の天井は朽ちて、後ろ半分がぽっかり口を開けていたので、難しいことではなかった。幸い黄昏時で、下からでは屋根の細部まで見て取れない。これまた朽ち欠けている檜皮の隙間に潜り込んで、身を隠した。

調べ終わった兵は殿内の蜘蛛の巣や埃を払い、木盾を床の上に敷き並べ、更に破れた壁板を塞ぐように盾を立て回した。その上で幔幕を張り巡らす。そこに描かれていた紋は

――五窠輪唐花紋であった。

夜になり、まわりを埋め尽くす陣屋に入った将兵たちは、飯を食ってひとしきり声高に談笑した後、すぐ寝入った。明日も朝早くから行軍なのだろう。だが柵際では篝火がたかれ、槍を構えた兵士が見張りに立っている。柵の外にある堤の上にも、松明を持った兵が並んでいる。敵地でもないのに厳重な警戒である。

真吉は相変わらず屋根の上で困惑していた。

信長の顔を見たいといっても、街道を埋め尽くした軍勢を追い越して進むのは難しい。そこで兵糧矢弾を積んで淀川を下っていく荷舟に潜り込んだのである。大軍勢であるから、集められた人足も川舟も数多く、次から次へと川を下っていく。目を盗んで、舟に積まれた荷の隙間に滑り込んだ。

日が傾き軍勢を追い越したと思われた頃、大きな川湊に近付き、舟足が落ちた。そっと水の中に体を入れた所が三矢浜だった。湊には番所があるので、更に少し川下へ流れてから岸へ上がった。

顔を確かめるだけだから、明朝出陣してくる際、見つかりにくく見晴らしの良い所で待ち受けていればよい。

そこで目をつけたのが、この古い社殿だったのだ。朽ちて誰もいない上に屋根の高さも充分ある。堤と街道との間にあって、視界を遮るものもない。

それが、こんな軍勢に囲まれて一晩過ごすことになるとは、夢にも思わなかった。更にあの幕の紋である。今はあれが織田木瓜紋だと知っている。明日、ここに信長が立ち寄るのだろうか。それなら顔を見ることもできるだろうが、朝の光の中では、屋根の上に隠れていても見つかる怖れがある。夜のうちに逃げ出した方がよさそうだが、野営地を囲む柵と堤の上、二重に見張りがいる。完全に寝静まるまで待つべきだ。真吉はそっと、溜息をついた。

とはいえ一つだけ良いことがあった。見張りの兵は外を向いていて、社には注意を払っていない。屋根から忍び下りると、慎重に気を抑えながら、静まり返った陣屋の間にある煮炊き場を巡り、鍋から残飯を食って回った。とおの技はこの乱世には役に立つ——前に壮介から聞いた言葉を実感した。

深更。下弦過ぎの細い月が、ときおり雲間から覗く。寺内町の遠い明りと、見張りの篝火、松明を除き、あたりは暗く静まり返っている。大きな川音は変わらず続いているが、冷涼の気が一段深い。

町の方角から、三十騎ほどの武者が、夜道を静かにやってきた。馬草鞋を履かせており、蹄の音もしない。そちらの柵際にずっと詰めていた武将が心得た様子で、見張りの兵を指揮して彼らを通した。

その騎馬の一団は陣屋の間を通り抜け、真吉が隠れている社殿に近付いていった。

†

京より遠く離れた漆黒の堂内で、一人端座していた若い巫女が、ぱっと目を開いた。黒目がちの瞳に燐光の青さはない。

「真吉……」

その声はか細く、そして切迫の響きを帯びていた。前に置かれている白木の台に目をやる。その上には、緑青色の丸鏡と銀色の両刃を持つ鉄剣が載せられている。

†

真吉は、屋根の上で気を抑えながら、中を覗いていた。蠟燭が一本、灯し放しにされているので、一通り様子は見て取れる。

先ほど床に敷かれた薄縁の上で、胴服小袴姿の武将が、陣羽織をかぶって寝ている。太刀を体に引き寄せているが、三ツ物などの具足は、少し離れて侍している小姓の傍らに置かれている。万一の夜襲に備え、直ちに身につけられるよう備えているのだ。

社殿の中はその二人だけだが、外は、付き従って来た三十人ばかりの武者で固められ、篝火も新たに二つ焚かれている。

なぜこんな古い社へ寝に来たのか分からないが、ただの武将とは思えない。それに織田木瓜紋の幔幕――。信長だ。そう確信した真吉だったが、屋根の上からでは顔がはっきり見えない。

一段と面倒なことになったが、ここまできたら覚悟を決めて顔を確かめ、隙を見て脱け出そうと思った。それにはまず小姓を静かにさせる必要があるが、まだ前髪姿の小柄な若者である。何とかなるだろう。

更に一刻（約二時間）ほど待つ間に雲がかかって月が隠れ、闇が深くなった。遠くの暗雲中で、ほの白い光がときたま閃き、上空から低く轟く音が伝わってくる。遠雷だが雨の気配はない。

小姓が居眠りを始めたところで、真吉は気を抑えたまま、屋根裏の梁へ下りた。大きく破れている天井板を通り抜け、太い柱を伝って、音もなく床に降り立つ。

小姓の背後へ忍び寄り、素早く首を腕で絞め上げた。一瞬、体を硬直させてもがいたが、すぐ動かなくなった。絞め落とされたのだ。そばの柱にもたれかけさせる。これで明日朝に起きたときも、何があったのか分からないだろう。

横になっている武将の様子を窺う。寝息が乱れていないことを確かめてから、そっと歩み寄る。青白い光が幔幕越しに閃き、雷鳴がさっきより大きく響いた。雲が近付いているのだ。

その白光のおかげで、辛うじて顔貌が見て取れた。細面に切れ長の目、僅かにかぎ鼻で眉間に皺が刻まれている。

これが信長か——。怜悧さは感じたが、お南無様のような鬼神の如き顔というわけではなかった。少し拍子抜けして、次に、どの方角へ脱け出そうかと背を向け、幔幕の方へ一歩踏み出した。

その瞬間、背後に異変を感じた。

さっと振り返った真吉の眼前に、太刀の刃先があった。蠟燭のゆらめく炎が、太刀を突き出している鋭い眼差しの武将を浮かび上がらせる。

「何者だ。どうやってここまで入って来た」

低い声で尋ねてくる。

何て早いんだ——。真吉はその場の状況を忘れて、感心してしまった。瞬時に跳ね起きた信長は、驚くべき早さで太刀を抜き、切っ先を向けたのだ。幾多の生死の狭間を切り抜けてきた男の凄みがあった。

「待ってくれ。怪しい者やない。屋根の上で寝てたら、後からあんたらが来たんや。悪さをする気は毛頭ない」

「お前が先に居った？」

探るような視線を向ける。切れ長の目が細められ、嘘は許さないという光を帯びて凝視してきた。

本当のことだ。真吉もじっと見返した。青白い閃光が殿内の二人を浮かび上がらせる。

「ふむ。確かに外から忍び入るのは難しかろう。儂に手を出すでもなかった。害意はないようだ」ほっとしかけた真吉に向かって言葉を継ぐ。

「では何ゆえ、かような荒れ社になぞ居った。目ぼしいものとてあるまい」

答えを用意していなかった真吉は、思わずうろたえた。戦さから逃れてきた浮浪者とか何とでもごまかしようはあったはずだが、とっさに頭が回らなかった。相手が微かに笑ったのが分かった。

「馬脚を露わしたようだな。透波か？　無益な殺生は好まぬが、このまま行かせるわけにはいかんな」

真吉は迷った。気を打てば寸時、太刀の動きは止められそうだ。逃げるか。だが逃げるといっても、外は警護の武士がびっしりだ。逆に、懐に入って気を失わせ、機を窺って脱け出すか。だが――。

そう簡単ではない、と感じた。お南無様を巨岩だとすると、この相手は鋼だ。俺の護手の技では通用しないかもしれない。

彼は知らず気圧されていた。

信長の背後で、絞め落とされて柱にもたれかかっていた小姓が、暗がりの中で身じろぎし、のろのろと立ち上がった。

もう目を覚ましたのか。内心舌打ちして、そちらへ視線を送る。

「不覚だぞ！　胡乱な者がおった。外の者を呼べ」

小姓が歩み寄ってくる気配を感じた主が、真吉に目を据えたまま、少し甲高い声で命じた。

仕方ない、とにかく逃げよう。真吉は腹を据えた。見張りの輪を破れるか分からないが、やってみるしかない。

主の背後に立った小姓が脇差を抜く。

「何をしておる！　いいから早く――」

苛立たしげな声が途切れた。後ろから、脇差の刃が右の首筋に当てられたのだ。漆黒の空からの轟きが殿内を満たす。

「お主、いったい？」

驚愕の表情で振り返ろうとする。

「殿、どうかそのままで。刀をお納めください」

小姓が静かにささやいた。陰になっていて表情は分からない。

「何を――たわけが！」

刃先から強引に飛びのこうとした信長だが、その寸前、小姓の左手が首の後ろを薙いだ。主の目が虚ろになり、膝が砕けて、その場に崩れ落ちる。床に倒れる寸前、脇差を捨てた小姓が両脇に手を入れ、受け止めた。

真吉は唖然として、二人の姿を凝視した。小姓はまだ元服前、精々十三、四くらいで彼より背が低い。それが己より頭一つ高い主の体を、楽々と支えている。蠟燭の明りが浮かび上がらせている顔は端正で、だが無表情である。

瞼を閉じてしまった主を、先ほどまで寝ていた薄縁まで引きずっていき、そっと横たえた。

「殿、夢です――。殿は夢をご覧になったのです」

耳元に口を寄せ、幼子に説くように言う。

それから、丁寧に陣羽織をかぶせた。太刀を納め、主の脇に置く。そこまでやってからようやく、真吉の方に向き直りながら立ち上がった。背筋を伸ばした姿勢で、じっと見つめてくる。

真吉の耳に、急に川音が飛び込んできた。油断なく見返しながら忙しく考える。こいつは何なんだ。ただの小姓じゃなかったのか。

相手が、幔幕と軒の間から覗く闇夜へ目をやった。

「雲が近付いています。まもなく雨になるでしょう」視線を戻して静かに続ける。

「ほんの短い間ですが、あなたなら堤の上まで駆け抜けられる。川へ飛び込んで逃れなさい。そして二度と近付いてはなりません」

「あんた何者だ。何で俺にそんなこと」

突然ざあっと、雨粒が叩きつけてきた。その音に風の唸り声がかぶさる。

「今です。早く！」

真吉はその言葉に押し出されるように、大きく煽られている幔幕を潜って、外へ飛び出した。

彼を見送った小姓は、さっきまで己がもたれていた柱に歩み寄り、腰を下ろした。体から力が抜け、目を閉じて下を向く。そのまま動かなくなった。

風が殿内を走りぬけ、天井の破れ穴から雨が降り注ぐ音が聞こえる。それ以外は、先ほどまでと全く同じ光景に戻った。だが蠟燭が吹き消えた暗い片隅で、白と緋の色がちらりと動いた。

外は真っ暗闇だった。突然の驟雨に半分消えかけている篝火が、慌ただしく叫び交わす人影を辛うじて浮かび上がらせる。風が渦を巻き、しぶきが跳ね散る。目を開けているのも難しい。

真吉は、地面ぎりぎりまで姿勢を低くして走った。

陣屋の間に駆け込む。目を覚ましたらしい将兵の声があちこちから上がっているが、突然の激しい雨に、外に出ようとする者はいない。たちまちぬかるみ始めた足元に気をつけながら、堤と思しき方向へ走る。

ずっと先にある黒い壁のようなものの上に、点々と並んでいる橙色が揺れ動いている。

松明の炎である。

間違いない。あの壁が堤だ。あそこにも見張りがいる。

篝火が消えそうになっている柵の間を駆け抜けたが、背後から、見張り番と思われる兵の叫び声が上がった。叩きつける雨音で、ほとんどかき消される。

それでも堤の上の、真正面にある松明の動きが止まり、下方に向けられた。今の声を聞かれたのだ。

ずぶ濡れの真吉だが、ためらうことなく堤を駆け上る。だが雨で滑りやすくなっている草むらのせいで、思ったほど早く登れない。

橙色の明りが、それを持つ兵の姿を朧に浮かび上がらせた。左手で松明を持ち、右脇に槍を抱え込んでいる。雨に打たれながら、堤の下の方――真吉の方を睨みつけている。

兵は何か叫びながら、素早く松明を穂先へ放り、両手で槍を構えた。

こいつ、やるな。真吉はその槍足軽に迫った。

相手が槍を突き出してきた。同時に気を打つ。

遠いか――。一瞬不安を感じた真吉だったが、目の前に迫ってきた穂先が止まった。刃の下をかいくぐり、すれ違いざま、手刀を相手の首筋に叩き込む。男は槍を握ったまま、横へもんどり打って倒れた。

だが、柔らかい足元のせいで踏ん張れず、一撃では気を失わせるところまでいかない。足軽が倒れたまま、大声で仲間を呼ぶ。

堤上に躍り上がり、向こう端まで走ったところで、すぐ下に、黒々としてうねっているものが見えた。暗闇の中の川面(かわも)である。後ろでさっきの足軽が喚(わめ)き続けている。

突然、嘘のように雨と風が止んだ。もう猶予はない。

地を蹴(け)った。

奔流(ほんりゅう)へ向かって大きく飛び上がりながら、上体を捻(ひね)って背後に目をやる。槍とかが飛んで来ないか――。

だが彼の目に飛び込んできたのは、思いもよらない光景だった。

風雨が止み、川以外の音は消えた。堤下に広がる陣屋は、暗がりの中に濡れ沈んでいる。その向こうに、辛うじて残った篝火と松明に照らし出されている社殿が見えた。むろん、それらの明りは軒までも届いていない。

だがその屋根の上に、あたかも虚空に浮いているかのような丸い微かな煌(きらめ)きがあった。

結界だ！　そしてその中に立っているのは、白い千早(ちはや)と緋袴(ひばかま)をまとった巫女――。

「小夜！」宙を飛びながら真吉は叫んだ。

次の瞬間、彼の体は川面に叩きつけられていた。流れに揉(も)まれながら、そのまま沈む。懸命に手足を動かして浮かび上がる。

やっと水面に顔を出した真吉だったが、見えるのは黒々とした水の流れと、両側の土手だけだった。先ほどの雨で勢いを増した流れは、彼を否応(いやおう)なく遠くへ押し流していった。

社の上で、巫女がほっと息をついた。胸には緑青色の鏡が、左手には両刃の太刀がある。だがその姿は、あたりの将兵には見えていない。飛び神明もまた、雲雷に紛れて、誰にも気付かれることはなかった。

真吉……よかった、無事逃げられて。でももうやめて。私を追わないで。彼方の堤の上に点々と見える橙色の明りが滲んだ。

そこで突然、表情が変わった。目に青白い光が宿る。唇の両端が吊り上り、言葉が搾り出されてきた。

「驚いたぞ。いかに仮寂に入っておったとはいえ、妾を乗っ取るとは。そのようなことができるとは思いも寄らなんだ。だがもう少しで、だいなしになるところであった。分かっておるのか」

再び表情が変わった。目の燐光が消え、全身が硬直した。眉根が寄り、口が苦悶に喘ぐように開いた。呻き声が漏れ出る。

「お前の想いに免じて、此度だけは許してやろう。だが二度はない。次はあの者を殺す。よく覚えておけ」

また先ほどの顔容に戻る。青白い目、そして持ち上がった口角。

長い息を吐き終えたとき、背後から低く太い声がした。

「吾が媛よ、どうした。障りは終わったようだが、わざわざ飛び神明でここまで参るとは」

ゆっくり振り返る。訝しげに双眸を赤く光らせたお南無様が、その巨軀を半ば闇に溶け込ませていた。

「弾正忠の様子を早く確かめたく思いまして。下におりますが、ご覧になられましたか」

「うむ、眠っておった。何やら夢を見ておるようだが、別条はない」

「夢――。そう、あの者は夢を見る。安寧の世を現にもたらしたいと。しかしそのためには、情も想いも捨てさせねばならぬ。弾正忠にも小夜にも――」

お南無様が眉根を寄せた。

「どうした。何かあったのか」

「いえ、何でもありませぬ。ではここからは共に参りましょう」

真吉は、川をずっと下ったところの岸から這い上がり、そこに生えていた高い木に登って眠った。

翌朝、生い茂った枝葉の間から、通り過ぎて行く軍勢を見守ったが、目を皿のようにしてみても、そこに巫女の姿を認めることはできなかった。

夜半になって大原に帰り着き、自儘に出かけたことを宗玄と壮介に詫びた真吉だったが、信長の顔を確かめられたとだけ言って、前夜遭遇した不思議を語ることはなかった。彼もまた、夢を見たとしか思えなくなっていたからである。

二十六日。信長は天王寺に本陣を構える一方、三好三人衆らのいる野田、福島砦を取り囲むように軍勢を配置した。河川に囲まれた相手の砦を無理押しすることはせず、対岸の楼の岸と川口に砦を築かせた。そして激しい鉄砲の応酬が始まる。

†

十二

「骨卜の結果は如何であった」

惟敦が一木に尋ねた。久々に二人だけで、屋敷主殿の上にある楼台にいた。中秋の月も過ぎた暗い夜である。空には星が瞬いているが、あたりは奇妙なほど静まり返っている。

「信長の運気は、いよいよ変調が激しくなっております。この後、更に良からぬ事が出来するはずでございます」

「その終局が変改のはずだが、それがいつか、未だはっきりせぬか」

「骨卜のたびに悪化しております度合いから申せば、おそらく精々三月くらいかと」

「やはり年内には、ということだな。待ち伏せすべき地は、宮中か伊勢か。なお決め難いが、いかほど猶予があるかは、確として参った」惟敦が夜空を見上げる。

「怪しい気が西で沸き立っておる。それが生じる根は転々としておるが、気は必ず京へ漂い寄ってくる。間違いなく変改が迫ってきておる。ここまでの経緯を祇秘抄に書き加えてもよかろう。一木、引き受けて貰えるかな」

「以前から命じられております『万一の場合』の役回りとしてですな。むろんお引き受け致しますが、それが杞憂になることを願っております」

一木が白髪の頭を下げながら答えた。

「それは儂も同じだが、備えはしておかねばならん。此度こそはと思うが、これまでずっと返り討ちにされておる。目を背けてはならん。仮に成就ならずとも、次につながるようにしておくのも大事な役目だ。経緯を書き加えたら、箱ごと奥丹波の隠し荘へ移しておいてくれ。この秘事を守り伝え、我らの役目を引き継ぐ者へ渡さねばならぬ。

それともう一つ肝心なのは、何が起こったか終いまで見届け、そこで見知ったことを書き残すことだ。それにより、我らは少しずつ勝ちに近づいておる。あ奴の動きを知ることができる骨卜の方法を受け継げたのも、伝えのおかげだ。あと一歩なのだ」

「ではその見届け役も。幸い、足はそこまで衰えておりませぬ」

「そうだの……。そなたの天晴れなところは、体の鍛錬もさることながら、年取ってなお骨卜を極めんと努めて参ったことだ。今では儂よりも達者かもしれん。この家に仕えて何年になった」

「御父君に見出されてから、早四十年になりまする。今生の際に、あの魔を見ることになろうとは。既に諦めておりました」

「若いときのそなたをよう覚えておる。今の蔵人以上の業前であった」

「さて、如何でございましょう。蔵人殿の技には及ばなかったかと」

「業前とは技だけではない。あの者は、太刀技も気の技も優れておるが、自負の念が強すぎる。慢心とは違うが、そこがまだ未熟なのだ。あの頃のそなたが居れば、随分と心強かったのだが」

「年老いてしまったのが無念でございます。……されば惟敦様を含め四人で」

「左様。儂も久々に鍛錬に励んでおる。若い頃の血が戻ってきておるわ」

「そう言えば、鞍馬の山中に夜半、天狗が出るとかいう話を聞きましたが、もしや惟敦様のことで？」

「いや違うな。儂は蔵人らと共に、東山の方へ行っておる。だが興を催す話じゃの。一度、手合わせに行ってみるか」

「おやめ下され。京雀のいいかげんな噂でございますよ」

†

九月十三日。野田、福島の戦さは信長優位に進んでいたが、本願寺の教主顕如は、密かに諸国門徒へ檄文を送り、『仏敵信長』との戦さを命じていた。そしてこの日、本願寺は自ら挙兵して、織田勢の諸砦へ鉄砲を撃ち込んだ。

二十三日。信長は、一向衆が参戦してから一進一退となっていた野田、福島の陣を引き払い、右に淀川を見ながら、急ぎ京へ戻りつつあった。

本願寺挙兵に呼応して、浅井朝倉勢三万が琵琶湖西域へ攻め込み、宇佐山城、別名志賀城の森可成を討ち取った。そして昨日、その先鋒が醍醐、山科まで迫っているとの報を受けたからである。絶対に京を取られるわけにはいかない。和田惟政、柴田勝家を殿軍とし、江口川を渡る道を取ることとした。

淀川はこの辺りでは、左の方角にある神崎川と並んで流れ下っている。淀川からの分流が安威川と合流して神崎川となっているのだが、その分流が、先にある江口川である。流れが激しく、渡るには舟を使う。雨で川止めとなることも多く、神崎、室津と並んで遊女千人と称されていた。

例によって二十騎ばかりの鎧武者が主を取り巻き、一団となって駆けている。三好攻めの軍勢は四万にもなっていたが、信長は今、自ら先頭を駆けていた。精鋭のみ続いてくればよい。ことは急を要するのだ。荷駄はもちろん、中間小者も後に残して駆ける。

江口の渡しが近付いてきた。先乗りさせていた騎馬武者たちが、渡し場あたりに群がって右往左往している。既に川を渡って、対岸まで確保しているはずであった。

「何事だ」

馬群の先頭に出た菅谷長頼が、後続を押しとどめながら大音声で尋ねる。

「一揆でございます。渡し場の舟を隠してしまいました。渡れませぬ」

渡し場から駆けて来た武者が、馬上から慌ただしく答えた。

見れば、江口川の向こう岸と、右手を流れる淀川の対岸の堤上で、槍、刀などを持った一揆勢が気勢を上げている。

「直ぐに本隊が追いついて参る。さっさと舟を探せ。あるいはどこか、徒で渡れる所はないのか」

「それが、渡し場の者どもは巻き添えを恐れ、みな逃げ去りまして……」

「下らぬ問答をしておる暇はない！」

主の一喝が下った。馬群から飛び出し、川辺に馬を走らせる。馬廻衆が慌てて追う。

信長は馬に乗ったまま、自ら浅瀬を探し始めた。川の水は茶色に濁っており底は見通せない。だが川の深浅は、波立ち具合でおおよそ推量できる。深い淵では流れは緩やかになり、波立たない。浅いが早い瀬では白波が立っており、浮き石もある。共に馬での渡河には適さない。探すべきは中間くらいの平瀬である。もっともここらで浅瀬はあり得ない。深瀬か平瀬かを見極めるのだ。

それらしき場所を見つけると馬を川へ乗り入れ、深さを確かめる。馬で川を渡る場合、深さは馬腹に達するまでが限度である。それを越えれば流される。

「と、殿、お待ち下さい。危のうございます。瀬踏みは我らの方で」

後ろに続く長頼が制止してきたが黙殺する。江口を渡るのが京への最短経路である。早く渡らねば手遅れになりかねない。

信長は江口川に沿って駆けながら、何度も川へ乗り入って深さを確かめる。この流れの速さでは、馬の膝ほどが限度だろう。

だが渡れそうな所はなかなか見つからない。さすがに淀川、宇治川に次ぐと言われていた河川である。いずこも流れが速く深い。

更に下流へと探して行く。信長の顔にも焦りの色が浮かんできた。

そのとき対岸に、ちらと赤いものが見えた。向こう岸を見やった信長の目に女の姿が飛び込んで来た。

緋袴に白の千早を着た巫女が一人佇んでいる。遠く小さな姿で顔容もはっきりしない。

だが一年前の伊勢での出来事が蘇った。白子観音寺の不断桜、内宮参道の路角――。

対岸の巫女は、右手を下に向け、足元を指差していた。ここを渡れ。そう言っているように見えた。だが目の前の流れは太く、しかも波だっていない。ここは深瀬ではないのか。

一瞬躊躇した信長だが、試しに川へ乗り入ってみた。慎重に馬を操り、少しずつ川の真ん中へと歩を進める。後ろから長頼を先頭に馬廻衆が続いて来る。川の深さは、馬の脚のふくらはぎから、たちまち膝上まで達した。

やはり淵だ。戻りかけた信長だったが、次の一歩で膝下の深さとなった。直ぐにふくらはぎの高さまで戻る。そこは水中に没している中洲であった。川底が砂地ゆえ波立っていなかったのだ。

油断することなく手綱を操り、一歩一歩、進めて行く。浅い平瀬が続いている。そのまま川の真ん中を越え、対岸へ近付く。

佇んだままの巫女にちらと視線を送る。顔が分かる程度まで近付いていた。まだ幼なげだが黒目がちの瞳、妙なる気色。やはりあのときの……。

向こう岸に近付いた時、また川が深さを増した。再び馬の膝まで濡れる。濁り流れる川面を注視しながら馬を進める。

ついに馬の蹄が対岸の土を踏んだ。一番深い所でも膝上までであった。ほっと息を吐いて顔を上げた。誰もいない。

馬に乗ったまま川堤を駆け上がり、あたりを見回した。田畑が広がっているが、やはり人の姿はない。一揆勢もここまでは来ていないようだ。

あの者、幻であったのか。いや確かに瀬を示して……さもなければ未だ渡れていない。

「殿、恐れ入りました」

続いて上って来た長頼が、恐縮と驚きの混じった声をかけてきた。

「長よ。この辺りに誰ぞいた、と思えたが、そちは如何であった」

「は？　いえ、気付きませせなんだが、一揆の者にございますか」

言いながら素早く信長の前に馬を出し、周囲に鋭く視線を投げる。

「いや、よい。直ちにここを渡るよう命じねばならん。お主だけ連れて戻る。他の者は残って、あたりを固めよ！　誰も近づけてはならぬ」

信長は馬廻衆へ声をかけると、再び川へ馬を乗り入れた。途中で一度だけ振り返ったが、見えたのは、残してきた鎧武者どもの姿だけだった。

こののち、足軽たちも徒で難なく川を渡ることができた。信長率いる精鋭は、その日のうちに京に帰り着く。次の日から川は水嵩（みずかさ）を増し、馬でも渡ることはできなくなった。付近の村人は大いに不思議がったという。

翌二十四日。信長勢は逢坂（おうさか）を越え坂本（さかもと）まで進む。浅井朝倉勢は野戦を避け、比叡山東麓（とうろく）の八王子山（はちおうじやま）、壺笠山（つぼかさやま）などに立て籠（こも）り、備えを固めた。

これに対して信長は宇佐山城へ陣取り、比叡山を包囲するように軍勢を配置した。そして延暦寺に対し、浅井朝倉勢に味方しないよう脅したりもしたが以後、膠着（こうちゃく）状態となる。いわゆる志賀（しが）の陣である。

このとき八瀬、大原にも軍勢が送られ、砦が築かれた。八瀬からは松尾坂（まつおざか）で根本中堂（こんぽんちゅうどう）に通じ、大原からは山上の横川（よかわ）を経て、やはり根本中堂に通じていたからである。平穏だった山里は騒然となった。

一方、信長が近江に矛（ほこ）を転ずるや、三好三人衆が河内で再び攻勢に出てきた。南近江でも六角承禎（じょうてい）の再度の挙兵があり、更に各地で一揆が勃発（ぼっぱつ）する。

織田勢精鋭が比叡山麓に釘付（くぎづ）けとなっている間に、これまで信長に抑えられてきた敵対勢力が一斉に攻勢をかけてきたのである。裏に義昭の指嗾(しそう)があったと言われている。

信長はここに桶狭間以来の危機を迎えた。ときに信長三十七歳である。

十三

十月に入り、京近郊でも一揆が頻発した。焦りを深めた信長は二十日、菅谷長頼を使者として敵陣へ送り、下山して一戦を交えるよう挑発したが、姉川で苦杯を喫していた浅井朝倉勢は応じようとしなかった。

†

誠仁親王は深更、異な気配を感じて目を覚ました。横になったまま、目だけ動かしてあたりを窺う。暗い部屋の中には初冬の冷気が漂っている。

親王御殿の御帳(みちょう)の中である。板張りの広い部屋の一隅に厚畳を敷き、四隅に柱を立て周囲に帳(とばり)を垂らしている。寝るときは褥(しとね)を敷き衾(ふすま)をかぶる。

寝ている右手と頭方向に襖戸(ふすまど)があり、足方向に屛風(びょうぶ)が立ててある。残る一方――左手が明り障子であり、庭からの月の光を受けてほの明るかった。

気配は足元の屛風からだった。何者かがいる。警護の侍はいないが、大声を出せば舎人(とねり)が駆けつけてくる。枕元に置いた太刀に、そろそろと手を伸ばす。

「お待ち下さい。怪しの者ではございません。話をお聞き下さい」

静かな声が聞こえた。若い女だ。

ゆっくり上体を起こしながら左手で太刀を取る。害する魂胆ではなさそうだが、夜半ここまで忍び入って来て、怪しの者でないと言われても直ちには納得できない。褥から出るとき、檜扇（ひおうぎ）も帯の前に挟む。

右手で帳を払って御帳から出た。屏風のあたりは障子の薄明りも届かず、真っ暗である。高灯台（たかとうだい）を手探りし、香炉にある種火で手早く蠟燭に火をつける。屏風が浮かび上がった。その傍らに座っている巫女を認めて、目を見張る。幼なげな白い顔に黒目がちの瞳。白絹の千早をまとい、緋の袴姿である。

あの能舞台にいた巫女――。同じ玄妙なる姿だ。

誠仁は鯉口（こいぐち）を切り、太刀を抜いた。その場で、右上段から左斜め下へ振り下げ、すぐさま右上へ切り返す。次いで上下左右へ一閃（いっせん）した。祓（はら）いの太刀である。振り終わった後、伊吹（いぶき）の呼吸法で心を静めながら視線を投げた。息が白く漂う。

巫女は変わらぬ佇まいで座っている。

「怪しの者でないと、ご納得頂けましたか」

女の声が再び耳に届いた。答えず左片手で太刀を持つ。先ほど帯に差した扇を右手で抜く。

誠仁は、屏風に向かって一歩踏み出し、同時に巫女に向かって檜扇を投げつけた。扇とはあおぐもの。それは神をおぐ——招くものであり、悪霊や邪気を払うこともできる。ゆえに神事、神楽舞で用いられるのだ。

飛翔した扇は巫女の眼前、宙空でぴたりと止まった。そして力なく床に落ちる。

「ご納得頂けましたでしょうか。魔でもありませぬ」

微かに笑うような、しかし感嘆を滲ませた声がした。夜、寝ているとき突然の闖入者に向かって、かくも沈着に振る舞える者が、どれほどいるだろうか。既に二人の幼子を持つとはいえ、親王はまだ十九なのだ。

「だが人でもない。まあよい、何用か聞かせてもらおう。但し妙な挙措あらば、すぐ人を呼ぶ」

険しい目つきで言ったが、紛れもなく好奇の響きがあった。

「織田弾正忠のことです。今、窮境にあるのは聞き及んでおられるはず。あの者を救うのに力をお貸し頂きたい」

意外な言葉であった。比叡山で織田勢が釘付けになっている間に、諸方の敵が兵を挙げ、更に一揆も起こって、手の施しようがなくなりつつあるのは知っていた。

このままでは、弾正忠が目指す天下静謐は頓挫しかねない。そうなればまた、武将どもが寸土を巡って争う血腥い日々が戻ってくる。誠仁も気が気ではなかった。だが——。

「なぜ弾正忠を救おうと。そなたは観能の場にも居ったが、あれは弾正忠に用があったのか。いかなる因縁があるのだ」

「ここ一、二年で見知ったほどの縁。私は戦さのない世を求めております。弾正忠ならそれを成し遂げ得るものと、望みをかけておるのです」

「我も、かの者の苦境は懸念しておる。できるなら手助けもしたい。だが朝廷に兵はない。貸す力がないのだ」

「いいえ、お願いしたいのは祈禱にございます。弾正忠の武運を拓くべく、増益の修法を行いたく思っております。それに列して頂きたいのでございます」

「ぞうやくの修法？」

それは密教による祈禱、不動護摩の一つである。不動護摩には主に四つある。敵の運気を奪って倒す調伏、病魔退散を祈願する息災、想う相手の心を我がものとする敬愛、そして運気を強くする増益である。

「密教の祈禱などできん。そもそも左様なものが役に立とうか。現に父――帝も自ら祈禱されたり、勅命で戦勝祈願もさせたが、何の効もなかった」

「祈禱が役立つのは、それなりの者が為してこそ。私どもが行う祈禱に、親王様もご加勢頂ければ必ずや成就できます」

「そのような法力なぞない」

「いいえ、あなた様は真のすめらみことの力を持ってお生まれになりました。久方ぶりの稀なるお方なのです。私には分かります」

「仮に法力があるとしても、そなたが執り行うのでは、実際は如何なる祈禱なのか分かるかれる」

まい。万一、邪な祈禱に荷担することになっては皇祖に顔向けができぬ。来世で業火に焼かれる」

「親王様、よくお考えください。このままでは弾正忠は敗れ去りましょう。また戦さの世に戻るのです。無辜の民の苦しみが延々と続くこととなります。それでもよろしいのですか。それに京の近くでも一揆が起こっております。内裏も無事には済まぬでしょう。せっかくの御殿も、再び荒廃の中に沈むことになりましょう」

誠仁は言葉に詰まった。そもそも弾正忠を手助けすることにためらうものではない。あの観能ののち、既に阿吽の呼吸で、帝や摂関家に働きかけた件もあった。このまま推し進めて行けば、筋目ある安寧の世を取り戻すことも夢ではない。そう思い始めていた。

それなのに弾正忠の形勢が不利になってきた。朝廷、京の町衆にも動揺が生じつつある。誰もが再び、先行きの見えない恐れを感じているのだ。とはいえ、この巫女の申し条を、その通り信じてよいものか――。

「では、こう致しましょう。親王様のお力で、いずこかの勅願寺に増益の修法を行わせて下さい。もし費えが必要なら、こちらで工面しても構いません。私どもは陰から介添えする形と致しましょう。これなら何の祈禱かは明らかですし、親王様が列せられてもおかしくないはず」

「確かにそうだが、勅願ではないゆえ私願になる。そう簡単に祈禱させられるものではない」

「親王様なら何か説得できるすべはございましょう。それに申し遅れましたが、御礼の用意もございます」

「礼？　左様なものは」

屛風の背後から、黒く巨大なものが現れた。赤い両眼。水干をまとった蓬髪巨軀の男。それが蠟燭の揺らぐ明りに照らし出された。

ぎょっとして一、二歩後ろに下がる。思わず太刀を構え直した。

「お静まり下さい。これは同じ志の者。明王とでもお考え下さい」

憤怒相の明王か。言われればそうとも見えるが、余りに不気味だ。

巫女が異形の男から何かを受け取った。両刃の剣だ。長さは二尺（約六十センチ）ほど。鍔はなく、銀色の刃と黒灰色の柄が一続きの形をしている。賢所での祈禱の折に見たご神剣に似ていた。だが先頃できたばかりのように新しい。

形を似せた新剣か。最初そう思った誠仁だが、たちまち惹きつけられた。全体が微かな白い光を放っている。明りが反射しての光ではない。内から放たれる光。だが剣が自ら光るなどあるはずがない。これはもしや……。

「親王様ならお感じになられるはず。これは真のご神剣です。かつて平家が壇ノ浦に沈めてしまった、宮中より失われた剣です。海の底より取り戻しました。失ったのは写しの剣で、熱田社にあるご神剣が真であると聞かされておられたでしょう。しかしこれをご覧になれば、実はいずれが真か、自ずとお分かりのはず」

「これが祈禱の礼物か」

「左様にございます。増益の修法に用いますが、ご加勢頂けるなら、終わりましたのち親王様に差し上げます。そののちどうなされるかは、ご随意に。それと」

巫女が後ろを振り返り『明王』の胸を指し示した。そこに下げられている丸鏡が初めて目に入った。緑青色の小さな鏡であった。

「ご神鏡です。これも此度の修法で用いますが、写しですので持ち帰ります。さあ、どうなされます」

誠仁は二つの神器を交互に見やった。何か言うべきことを探さねばと思ったが、一つしか思いつかなかった。

†

「お尋ねの儀があると伺い、急ぎ参上致しました」

裏部惟敦が、親王御殿の母屋内に座っている誠仁に向かって平伏した。彼は簀子縁に居る。惟敦は地下公家——つまり殿上人ではないので遠慮がいる。座敷から見える庭は、北風に木の葉が払われて、寂しげである。

「そこでは話が遠いの」

誠仁はそう言うと、手を振って人払いをした。腰軽く立ち上がると惟敦に歩み寄り、すぐ前の庇の間に腰をおろす。惟敦は異例の振る舞いに驚いた。この身分差で口をきくとなれば、人を介してやり取りするのが普通である。

「帝より聞いた。裏部殿は、四月の弾正忠出陣に際して、事前に凶兆ありと言い当てたそうな。更に武運祈願をしても、その験は難しいと」

「恐れ入ります。骨卜にそう出ました。神祇官にまつわる役儀ゆえ、非礼を省みず奏上させて頂きました」

惟敦は素早く考えを巡らせながら答えた。帝は、変改の呪については親王に話しておらぬようだ。立太子もしていないゆえ、時期尚早ということか。それならどこまで口にしてよいか心せねば。

「さこそあるべけれ。今後とも神祇伯を助けて、よしなに願いたい。それで早速だが聞かせて貰いたいことがある」

何なりと、と答えながら内心首を捻る。人払いしたのは余人に聞かせたくない話だからであろうが、面識のない権少副に、内密で何を尋ねたいのだ。

「密教に増益の修法があるのは存じておろう。その修法で、ご神鏡とご神剣を使う、という仕方は存じておるか」

「いえ、聞いたことはございませぬ」

惟敦は答えながら、胸の鼓動が早くなるのを感じた。

「左様か。とある者から、そのようなやり方もあると聞いてな。それでもし、そういう――つまり密教の修法において神器を使うとしたら、それは如何なのであろうか。仏への祈禱に用いるなど、皇祖神がお怒りにならぬか、とも懸念致すのだが」

いくぶん不安そうな色を浮かべて顔を覗き込んでくる。

惟敦の中で、様々なことが様々な形に組み合わされていく。術を使うことにする。

「神器ですな。三種全てということにございましょうか」

「いや、あくまでご神剣とご神鏡だ――ということらしい」

「左様でございますか。初めて聞く祈禱法でございますが、特段そのような差し障りが生ずるとは思えませせぬ。むしろ、一段強い効を顕わすことができそうに存じます」

「ほう、そう思うか」声が明るくなる。

「神仏の諍いとは往古の懸念。今では神とは、仏が形を変え地祇として顕れたものと決しております。されば、その祈禱法であれば、神仏双方が一体となって心願を果たさんとして頂けることとなります。良き効験を招来するは必定。但し」

「但し？」

「そのための正しいやり方に則って行えば、ということになりましょう。護摩祈禱に神器を用いるなど、寡聞にして存じませんでしたが、それは誰が行うのでしょうか。神器は宮中のものを使うのですか。また密教のどの仏、明王へ祈願するのでございましょうか。親王様も何かご真言を」

「いや、そのような仕方があると聞いただけなのだ。詳しくは存ぜぬ。足労をかけた」

惟敦は、内裏を出て屋敷へ戻りながら、駆け出しそうになるのを懸命に押さえた。読心の結果は明らかだった。

赤い目を持つ巨軀の明王、奇なる巫女、ご神鏡、そして壇ノ浦からのご神剣。ついにあ奴が動いた。しかも早々にその尻尾を摑んだ。誠仁様を巻き込もうとしておる。祈禱への加勢が欲しいのだという。天皇家の血を引く者の助けが変改の呪に入り用とは知らなんだが、間違いなく親王を使おうとしている。

加勢するか否か、しばらく考えさせてくれと答えたようだ。だが近々諾と応じ、それから段取りが組まれることになるだろう。目を離さず見張るのだ。さすれば自ずとオオナムチの元に辿り着く。あ奴は網の中に入った。だが親王が絡んできたり、妙な巫女が付き従っていたり、伝えと違う点が多い。まあよい。巫女もろとも必ずや斃してくれる。

これからの策を考えるのに夢中だった惟敦は、遠間からつけてくる物売りがいることに気付かなかった。

†

「裏部が誠仁親王のところへ？」

宗玄が、寺までやってきた男へ聞き返した。目立たぬ風体の中年男――与平次である。

壮介と真吉が修行中の山に日が沈みつつある。

「はい、急ぎお知らせに。突然、使いの者が来て参内しましたので、少し詳しく調べておいた方がよいかと思い、内裏の庭掃除をしておる雑人に少し握らせました。親王様が、年寄りの公家と余人を交えず話をしておったとか」

「ようやってくれた。裏部の家人どもも動き始めるかもしれん。もっと人手を使ってもらって構わん。できるだけ細かく知らせてくれ」

幾つか小粒を渡した。裏部はこれまで、帝はともかく、親王との縁はなかったはずだ。それがいきなり親しく口をきく。もし、これから家人の動きが慌ただしくなるようなら、この時期である。変改の件と思ってよいはずだ。

あの大風の日から一年と少し。ついに変改の呪法が始まるのだ。

十四

十一月。木下藤吉郎は、主である信長が比叡山を囲んだまま、諸方の敵勢に手が回りかねていることを知った。そこで同じ琵琶湖東域に配されていた丹羽長秀と共に、志賀の陣への加勢を図る。

小谷城への付城である横山城、百々屋敷砦には少数の兵のみ残して出陣。途中、一揆勢を打ち破り、宇佐山城にほど近い勢田まで進出した。以後、彼らは信長の下知に従って、援兵として働くことになる。

†

「今日で寺を立ち退きます。お世話になりました」

　壮介と真吉が、明玄上人に深々と頭を下げた。傍らに宗玄もいる。

「おおそうか。またいつなりと訪うて参れ」

　上人が、相変わらず書物に埋もれた文机から振り向いて応じた。

　織田勢が比叡山を取り囲み、大原と八瀬にも砦が設けられ関所ができたせいで、京との行き来が不便になっていた。何かあったとき、すぐに駆けつけられない。一方、裏部の家人たちは惟敦の参内以来、親王の動きを逐一、見張っている。変改は間近と思える。

　与平次に頼んで、上京近くで借りられる百姓屋を探してもらった。比叡山が戦さ場になって以来、京近郊から逃げ出す百姓が増えていたので、空家はすぐ見つかった。

　真吉は昨日、村へ文を書いた。年内には京での用が終わるとだけ書いて、いつ戻るかは触れなかった。最後の文になるかもしれない。

「壮介、お前さんと問答ができなくなるのは寂しいのう」

「恐れ入ります。では最後に、いま一度やって頂けますか」

　壮介が頼んだ。

「そうじゃな……何の役に立つか分からんが、一つだけやってみるか。儂らが当たり前に言うてきた『写しの神器』とは何であろうな」

「姿を似せて作った神器ということでは？」

「さてどうかのう。神器の写しじゃぞ。その霊妙なる力も取り込ませて初めて写しと言えるのではないか。じゃが霊力を写し取るなど、できるはずもない。一つを二つに分かつことも難しかろう。じゃが元から二つあれば分けられるやもしれん。それで思い出したことがある」

上人が傍らの床から一つ、書物を拾い上げた。それは平安時代、古くからの祭祀の次第をまとめた『延喜式』にある神祇巻であった。

「この中に、朝廷の慶事に際し、出雲国造が京まで上って奏上する神賀詞というのが出てくる」

三人は、呆気にとられて聞いていた。いきなり何のことだ。

「その中に、オオナムチが出てくる箇所がある——ここだ。『すなはちオオナムチのみことの申したまはく、皇御孫のみことの鎮まりまさむ大倭の国と申して、おのれみことの和魂を八咫の鏡に取り付けて……八百丹杵築の宮に鎮まりましき』とある。八百丹杵築の宮というのは、かつて都だった藤原京のことなんじゃが、分かるか宗玄」

「つまりオオナムチが、己の和魂をご神鏡に移したと？」

宗玄が自信なげに答えた。

「まさにその通り。八咫の鏡とは、天照大神が己の霊力を籠め、皇孫神に託した三種の神器の鏡。それに重ねてオオナムチが和魂を取り付けた、つまり付け加えたわけだ。霊力が二つある。これなら元と写しに分けることもできる」

「なるほど。仰りたかったことは、ご神鏡の元と写しは共に霊力を持つが、その中身は違う。変改に使う鏡と剣は決まっていると」

「そうじゃ。おそらくオオナムチが今、使おうとしておる鏡に己の和魂が籠められているのであろう。自在に操っとるようじゃからな。ついでに推量するに、二つの霊力を持った八咫の鏡が、一時にせよ祀られた地は」

「三輪山ですか」

壮介が思わず口を挟んだ。上人との問答が蘇ったのだ。大国主命は己の和魂を大和の三輪山に祀らせた――。

「おそらくな。もっとも三輪山は山自体がご神体ゆえ、正しくはその近くに祀られたということかもしれん。形はどうあれ、そのとき天照大神とオオナムチとが、三輪山に神として祀られておったことになる。『一体同身の神』としてな。出雲の神賀詞にもあるとなると、記紀の不可解な記述も、あながち嘘ではないかもしれん」

「しかし、なぜそんなことを。出雲の国造りの役に立ちますか」

「さあてそこだ。天照大神とオオナムチには、記紀には出てこない何かがあったのではないか。となると、いつ誰が、なぜ二つに分けたのかという疑問も湧く。いかなる経緯で外宮に祀られたかも謎だが」

「上人様は何か考えをお持ちなのですね」

壮介が改まった口調で尋ねた。

「まあ一応な。壮介よ、知りたいなら無事に戻ってこい。また問答を致そう」

　三人は粛然とした。明玄上人にはあれ以後、何も話していない。これから起こることに巻き込むことにならないか危惧したからだ。だが薄々感づいていたのだろう。

「分かりました。それを伺いに、また参ります」

　真吉はふと胸を衝かれた。今の話は難しくてよく分からなかった。だが本来、壮介にふさわしい生き方とは、京に上り学問をすることだったのではないか。とおの技を継ぐことではなく……。

「ご神剣も同じようなことだろう。おお、そうだ。これは役に立つかもしれんので言うておく。ずっと気になっとることがある。勾玉はどうした。神器は三種のはずだが、勾玉が出てこん。写しどころか一切係わって参らん。妙ではないか」

「確かに仰せの通りですが、変改の呪法に要しないのでは」

　宗玄が首を傾げながら応じた。

「そうかもしれんし、そうでないかもしれん。心の隅にでも入れておいてくれ。何かの役に立つやもしれぬ」

　壮介と真吉は、寺の門前で宗玄と別れた。木枯しが吹いている。

「色々とありがとうございました。いったん鞍馬へ抜けて、そこから京へ入ります」

「儂も行きたいが、いつまでと分からぬまま寺を空けるわけにもいかん。足手まといにもなるだろう。見届けられぬのは心残りだが、止むを得ん。危ないことは決してするな。終いにどうなったか教えてくれ」

宗玄が皮袋を壮介に渡した。もう残り少ない。

「分かってます。必ず戻ってきます。問答もありますし」

壮介がいつもと変わらぬ口調で応じた。だが真吉は何も言えなかった。

†

「小夜はまだおるか」

暗い堂内でお南無様が言った。

「はい。ですが致し方ございませぬ。機は今しかございません」

前に座る幼なげな、だが青白い鬼火の目を持つ巫女が応じる。

「確かにそうだな。媛が観(み)た通り、ここで変改せねば、信長は諸国平定の勢いを失うだろう。仮にこの窮境を脱せたとしても、あの者の持つ朝廷や世人への慮(おもんぱか)りは今後、邪魔になる。天下一統はならず、混沌(こんとん)とした乱世が続くことになろう。増益の修法というのは当たらずとも遠からず。うまい口実であった。

親王も使わねばならぬのは面倒だが、神剣を戻す手間は省ける。持ち帰らせれば、いずれ密(ひそ)かに賢所にある模作の剣と入れ替えるだろう。鏡の方は、儂がここへ鎮(しず)まりに戻る際、持ち帰る」

「変改を果たしましたら、この者――小夜はまた出雲へ?」

「そうだ。あの地で、血を受け継ぐ者らを産み育ててもらわねばならぬ」

「真吉という名がしきりに浮かんで参ります。その者の送ってくる思念を感ずることもあるようです」

「何だと。あの小僧はまだ諦めておらんのか。あれは少彦名の村の者。イヨの血の者とは、助けることはあっても、契ることは許されん」

「となると……」

「うむ。このうえ我らを煩わせるようなら、今度こそ消えてもらう」

十五

十一月二十一日。信長お膝元の木曽川河口にある長島でも一向一揆が蜂起し、この日、小木江城を守っていた弟の信興が自刃に追い込まれた。

ここに至り、信長は和睦による陣の終結を図った。朝倉勢としても、冬になって雪が降り始め、越前へ帰国できなくなる恐れが出てきていた。それゆえ成立の目途もそれなりにある。

足利将軍を脅して、和睦すべき旨の内命を出してもらうよう天皇に上奏させる。義昭はしぶしぶそれに従ったが、和議が成ることなど望んでいない。

二十六日。琵琶湖西岸の堅田城を押さえていた信長麾下の武将坂井政尚が、浅井朝倉の別動隊に攻められ、討ち死にする。比叡山のすぐ北方であるが、信長は援軍も送れなかった。

もはや一刻の猶予もない。正親町天皇より、義昭と関白二条晴良に和睦斡旋の命が下された。

二十八日。義昭と晴良が園城寺に入った。穴太に和談所を設け斡旋に入る。信長より早速、和睦条項が書かれた朱印状が出された。だが義昭は動こうとせず、交渉役を晴良に押しつける。

十二月二日。

晴良は斡旋案を双方の陣所へ送った。浅井との関係では、北近江の三分の一を浅井領、三分の二を織田領とするものであった。浅井はこれを了承するが、延暦寺は信長に不信感を抱いており、受諾しない。

五日。晴良は、延暦寺の同意を取るべく、信長に新たな誓紙の提出を求めた。だがそこには屈辱的な内容が含まれていた。信長は誓紙を出すか否か煩悶する。

†

七人連れの行列が、洛外の道を北西へと向かっていた。馬を使っているのは一人だけだが、足元の地面にはうっすら雪が積もっている。空は鉛色で、まだ昼だと言うのにあたりは薄暗い。今にもまた雪がちらつきそうである。

馬上にいるのは誠仁であった。狩衣に、重ねと打掛けも着てきたが、それでもまだ寒い。

小者が馬の手綱を取っており、その前に舎人が、後ろには長持を運んでいる荷担ぎと衛士がそれぞれ二人ずついる。微行であったが、これ以上は減らせなかった。

一行は妙心寺を通り過ぎ、双ケ岡の手前で北に折れ、突き当たりで止まった。別の道が東西に通っているが、それを横切った先に、広い空き地が広がっている。

誠仁が馬から下りた。荒れ果てた空き地で門はないが、入り口と思しき所に僅かに砂利道があり、その左右に藪が迫っている。傍らの松の木に荷車と、それを牽く牛が括られていた。そばで番をしている牛飼童の雑人が、所在なげにしゃがんでいる。

舎人が先に立って空き地に入った。緩やかな傾斜を上っていく正面向こうに小山が連なっている。京盆地北西の山々である。その南麓に当たるこの地に、かつて仁和寺の伽藍があった。

仁和寺は、皇族が住職を務める門跡寺院である。多くの伽藍を有していたが応仁二年（一四六八）、戦乱により全て焼失した。ここは焼け跡の境内である。焼亡から既に百年を経て、広大であった境内は、東西から藪や雑木に侵食されており、焼け崩れた築地塀や礎石が辛うじて残っている。

だが残された境内に全く建家がないわけではない。迫ってくる草木を最低限度は払っておく必要があるし、百姓や流れ者に居つかれても困る。この地で行いたい供養もある。

そこでそのための仮屋を、境内北隅に建てていた。祈禱堂と、それに付随する庫裏であるが、共に茅葺き屋根の簡素な建物であった。戦火から避難させた仏像、寺宝も多くあるが、それらは引き続き仮御所――先ほどの双ケ岡の西麓にある――に安置しておき、祈禱の都度、それに要する祭具を仮の祈禱堂へ運んで来ていた。境内入り口に繋いであった牛荷車はそのためのものである。

南向きの仮堂の西に庫裏が建てられている。一行が歩いて行くと、そこから顔見知りの老僧が出てきた。誠仁を認めると、合掌して深く辞儀する。

「親王様、お待ち申しておりました。堂内で今、護摩壇をしつらえております。先にこちらでお支度ください」

誠仁と舎人、長持担ぎが庫裏に入った。衛士二人はその前に立ち、小者は馬を引いて裏手に回る。これから誠仁が頼んだ増益の修法が行われる。それに列するに当たり、狩衣姿というわけにはいかないので、わざわざ衣冠束帯を運んで来たのだ。だがこの長持は、密かにご神剣を持ち帰るためのものでもあった。

†

「裏部惟敦が、家人四人と屋敷を出ました」

慌ただしくやってきた与平次が、百姓屋の土間へ転がり込むや、いきなりそう言った。囲炉裏傍に座っていた壮介と真吉が立ち上がる。

「どこへ行った」

「まだ手の者が跡をつけております。とりあえずお知らせに参りました」

二人が借り受けている百姓屋は、何か動きがあったとき直ちに報せ(しら)が届くよう、上京の囲いのすぐ南にあった。与平次はこのところ、自ら裏部の屋敷を見張るようにしていた。むろん慎重に遠間からである。

「上京の西の木戸を通って出て行きました。途中で内裏の近くを通りましたんで、見張りの者に確かめたところ、親王様も一刻（約二時間）ほど前、内裏を出たそうです」

与平次は他の探索仕事も色々請け負っている。とある人物の内裏への出入りを知りたがる客も多い。そこで出入りを見張らせるため、内裏の門前に物乞い姿でずっと一人、座らせていた。その者は人の出入りを覚えておくだけで、報せに走ることはしない。

「これから跡をつけている者を追います。目印を残しながら進んでおりますんで追いつけるはずです。どっちにしても、ここへ報せに来る手筈(てはず)にしております」

与平次はそれだけ言うと、また慌ただしく飛び出して行った。

「家人は四人やと言いましたね。例の三人以外に誰なんでしょう」

真吉が首を傾げた。

「親王は一刻前に内裏を出た。そして連中は、ずっと親王を見張っとったはずだ。たぶん、親王の跡をつけてった見張り役が行き先を確かめ、それから屋敷へ戻ったんだろう。その者が改めて道案内しとる、ということだな。どうやら遠い所じゃない」

「そんなら相手は、やはりあの三人と、東山で密かに太刀を振るっとったという裏部……四人ですか。いよいよですね」

「いつまでかかるかは分からん。先に腹ごしらえをしとこう。それから出かける支度だ。寒さしのぎに笠と蓑は用意してあるが、脚絆と手甲もつけた方がいいだろう。それと」

壮介は、火箸を使って囲炉裏の灰の中から、何かを掘り出し始めた。出てきたのは丸い石である。

「温石だ。少し冷めたら布でくるんで腹に巻け。さもないと凍えてしまう。それに間違うな。あいつらと闘いに行くわけやない。どうなるか見極めるためだ。手出しするんじゃないぞ」

真吉は無言だった。壮介は溜息をつくと、山刀を鞘ごと帯から抜き取り、真吉に渡した。前にも貸したことのあるものだ。

「お前がどうしてもやるとなったら、これを使え。大原で教えたように、左逆手に持って刃を受ける。あいつらは全員右利きだ。太刀は左から来るのが多いはずだ。だが、振り回すのはやめとけ。付け焼刃は通じん。攻めはあくまで貫手か手刀だ」

壮介はそう言いながら内心、不安を感じていた。蔵人に対してはどうする。あいつは強い。俺もやらなくてはならんはめになったらどうする。

ここまで良い手が思いつかなかった。家の中を眺めまわす。よくある小さな百姓屋である。鋤鍬や鉈などは持ち去っており、めぼしい物はない。鍋や炭さえ新たに購ったのだ。手元の古い火箸に目が止まる。これは残してあった。壮介が一人頷いた。

十六

舎人に手伝わせて、庫裏で束帯姿に着替えた誠仁が仮堂に入った。堂への出入口は庫裏に一番近い西側にある。二人の衛士も仮堂の前に移った。他にも、法親王が伴って来た僧兵が三人、表と裏に別れて立っている。

護摩壇が東を向くようにしつらえてあった。手前に修法を行う僧たちの畳座が三つ用意されている。主僧の両脇に僧が一人ずつ。いずれの畳座も、護摩壇の高さに合わせて黒漆の台に載せられている。法親王の座る真ん中の畳は繧繝縁である。三人の僧が、立ったまま小声で話していた。全員が黄色い袈裟を着ている。

「これは法親王様。本日はよろしくお願い申し上げます」

誠仁が一人の僧に向かい、深々と頭を下げた。他の二人より小柄だが、穏やかな目をして品がある。

「良きお心がけです。本来、勅願でも然るべきところを、自らの志で修法を願われるとは」

このときの仁和寺宮門跡は任助法親王。伏見宮貞敦親王の四男で四十半ばであった。戦火を免れた仏像寺宝を守りながら、再建を各所に働きかけてきた。だが戦乱が続く中では、そのような奇特な者は現れない。天下静謐というのは、法親王自身の切実な願いでもあった。信長の目覚ましい武功も、むろん知っている。

それでも親王からの頼みとはいえ、私願での密かな不動護摩というのは、にわかに受け難いものであった。だが誠仁には一つ説得材料があった。

「勅願による石清水での戦勝祈願も功がありませんでした。此度の修法により、弾正忠に明らかな冥加があれば大変な験力。帝に申し上げ、宮中での修法再開を奏上致します」

「宮中での？　それは有難いこと。是非そう願いたいところですが、真言院の再建予定はないと聞いておりました」

ここでいう真言院は、密教祈禱のため、かつて空海が内裏の西に建てた祈禱堂を指す。この堂もとうに失われており、宮中での真言修法は長く途絶えていた。

「此度のように、修法に要するものをお運び頂けるなら、場所は清涼殿でもよろしいでしょう。必ずや尽力致します」

これが実現すれば、門跡寺院の中で最も高い仁和寺の寺格を、改めて示すことができる。それは伽藍の早い再建にも確実に役立つ。そして誠仁親王は、父である帝も含め、将来を嘱望されている次の天皇である。既に、様々な口添えを頼む者が増えている。その親王が頭を下げてきているのだ。

「承知致しました。弾正忠への増益の祈禱。お引き受けしましょう」

「護摩壇が整いましたので、始めたく存じます」

脇僧の一人が促した。先ほど出迎えた老僧である。

壇のしつらえは修法の種類で異なる。増益の場合、護摩壇と護摩炉は四角、座る方向は東、袈裟の色は黄色と決まっている。炉には既に段木が積まれている。壇の手前に、炉に投ずる房華、乳木、薪が積まれている。塗香、香水、香油を入れた丸い器も並んでいる。これらも順次投じられていくのだ。

堂内はそれらの香りで満ちている。投じる物以外にも金剛杵、鈴、輪といった様々な法具、五穀、五薬、捧花、多くの蠟燭台などで護摩壇周辺は埋め尽くされ、五色編の細紐が囲っている。これらのしつらえで堂内は半分近くが埋まっている。これだけ要するとなると、確かにそう簡単にはやれない。

護摩壇の向こう側にも黒漆の台が置かれ、小振りの不動明王像が安置されていた。

「本日のご本尊です。寺宝の中から選んで持参致しました」

若い僧が説明したが、誠仁の目は、明王像の向かって左に置かれている物に釘付けになった。あのご神剣が刃先を上にして立てられている。支え台が少し大きめなのは、寺にあったものを用いたからだろう。

「ご依頼にございました通り、親王様の護持剣はあそこへ立てました。剣は終わった後、お持ち帰りになるということで間違いございませんか」

「それで結構です。あれは誰が持って参りましたか」

驚きを押し隠して尋ねる。

「若い巫女の方です。ご到着のすぐ前でしたので、会われたかと思っておりましたが」
「見落としたようです。いや、何も問題はありません。ではよろしくお願い致します」

誠仁は、壇から少し離れた所に用意されていた畳座に座った。やはり繧繝縁である。ご神剣が見えやすいよう、正面から左にずれて座る。座から見て、正面と左はそれぞれ堂の東と北の板壁に当たる。右は堂の南面で、明り取りの連子窓と少し開けた蔀戸があり、そこから寒気が入り込んでくる。後ろの西面が出入口であるが、手伝い役なのか、そこにさっきの若い僧が座った。並んで誠仁の舎人も座る。

全ての蠟燭に火が灯され、香が焚かれた。堂内が明るくなり香煙が立ちこめる。僧が印を結び読経を始め、積まれていた段木に火が点けられた。増益の修法が始まった。

†

「感じますな」

空き地の入り口に立った蔵人が、隣の惟敦に言った。

「うむ。境内の奥から何やら沸き立っておる」

惟敦が答えるのを、しゃがんで牛と荷車の番をしていた雑人が、胡散臭げに見上げた。

空は相変わらず鉛色である。吐く息が白い。

惟敦が他の四人を促して西へ向かって歩く。五人とも、寒さよけの打掛けを着て笠を被っている。そのまま進んで雑人から見えないところまで来た。他に行き交う者はいない。

「手筈通り、修法が終わるまで待つ。親王様や法親王様が帰ってからで問題ない。それまで林の中で待とう。気は抑えておけ」

「裏部様。ここまで交代で誠仁様を見張って参りましたが、法親王様に祈禱して頂くべく、色々算段されてきただけです。あ奴の姿を捉えることはできませんでした。本当に現れるでしょうか」

刑部がためらいながら問うた。

「読心した通りに事は進んでおる。加持祈禱を頼んだ当人が必ず列するものでもないのに、親王様はわざわざここまで参られた。祈禱への加勢のためだ。どう加勢されるかは分からぬが、間違いなく裏に、あ奴がおる。あの沸き立っておる気がその証左だ」

四人が一斉に頷いた。腰の太刀を確かめる。

「一木」惟敦の声に、白髪頭の老侍が一歩前に出た。

「案内ご苦労であった。ここからは離れて見守れ。この後のそなたの役目は、全てを見届け、それを書き残すことだ。闘うことではないぞ。では参ろう」

五人は道の北側――かつて仁和寺の西境内であった林へ踏み込んだ。

十七

「連中を見失ったのは、この辺りなんだな」

壮介が傍らの与平次に尋ねた。既に未の刻（午後二時）を過ぎている。

「はい。この先に見える空き地は仁和寺跡でして。そこまで来たはずが急に姿が見えなくなったとか。私が追いつくのが遅れましたもんで、面目ありません」申し訳なげに与平次が説明する。

「あそこで牛の番をしている男が見えると思いますが、尋ねてみたところ、五人連れの侍がしきりに覗いて行ったということでした。その先で足跡が切れておりますんで、そこらで道からそれたのではないかと思います」

壮介が振り返った。真吉が、じっと空き地の奥を見つめている。

「お前も感じるか。お南無様らしき気だ。西の林にも何やら感じるが、はっきりせん。だが、連中の狙いはお南無様なんだから、おそらく林に潜んどるのがあいつらだ」

壮介が懐から皮袋を取りだし、小粒を幾つかつまみ出した。

「世話になった。後は俺たちでやる。ひょっとしたら、もう会えんかもしれん。いったん勘定を締めとこう。これで足りるか」

「充分です。百姓屋の方はどうしますか」

「三日待って、二人とも戻らんかったら、終りにして片付けてくれ。たいした物は残しとらん。始末して貰って構わん」

「分かりました。何をおやりになるかは知りませんが、お気をつけて。あの連中は勘が鋭く、やりにくい相手でした」

与平次は頭を下げると、それ以上尋ねることなく去った。

「さて、どこで待つか。反対の東の林がいいだろう。動きがあったらすぐ分かるし、少しは寒さもしのげる。ここからは気を抑えろ」

真吉は頷いたが、なかなか視線をはずせなかった。

いる――小夜だ。そこで何をしてるんだ。

†

修法は火天段(かてん)、部主段(ぶしゅ)を終え、三番目の本尊段へ入っていた。いよいよ不動明王の力に触れる、最も長い山場の段である。読経の声が一段と大きくなり、振り鳴らす鈴、打ち鳴らす輪の音が混じりあって高く響く。護摩木、乳木、房華、香が次々と炉へ投じられていく。火煙と香煙とで堂内は青灰色に霞(かす)み、咽(む)せんばかりである。目にも沁(し)みてくる。

修法を見守り続けていた親王は目を押さえた。左隣に誰かの気配を感じてまぶたを開く。

舎人かと思っていた誠仁の体が強張(こわば)る。

「では親王様、ご加勢をお願い致します」

あの幼なげな巫女であった。背筋を伸ばして座り、前を見つめている。

どこから入った？　ちらりと振り返る。出入口に若い僧と舎人が座っている。巫女を認めて慌てる素振りはない。他の者たちには見えていないのだ。

「弾正忠への神仏のご加護をお祈り下さい」

巫女はそう言うと、誠仁の左手に自分の右手を重ねた。

どきりとする。既に子持ちであり、室以外に何人もの女人を抱いている。手を握られるくらいのことで動揺はしない。だがその冷たい手は不思議な感触であった。肌の表面に、硬いものでも柔らかいものでもない何かがある。そしてそれ自体が蠢いている。敢えて言えば、微細な脂粉が自ら震えているような……。

それが誠仁の裡へと入り込んできた。手の甲にある目に見えない無数の隙間を通って浸透してくる。決して不快ではない。だがその経験したことのない奇妙な感覚に、思わず叫び声を上げそうになる。

「お祈り下さい」

手を握っている巫女が静かに、だが有無を言わせぬ口調で告げると彼を見上げた。青白い鬼火が燃えるが如き目であった。胸から例の古鏡を下げているのに、ようやく気付いた。表にした鏡面が白銀に輝いている。よく見れば、全身もまた微かに白く光っている。真珠の粉を撒き散らしたような淡く白い光……。

いや、見とれている場合ではない。急いで前を向き、弾正忠への神仏の加護を祈る。そこでまた驚く。ご神剣を、いつの間にか『明王』が持っていた。

変わらぬ蓬髪、水干姿で護摩壇の横の暗がりにうずくまったまま、右手で掲げている。刃は銀白色に煌めき、両眼は緑に光る。壇上の明王像よりはるかに恐ろしい。だが、その姿が目に入るはずの僧たちに動揺の素振りはない。

左手を握られたまま、懸命に自分を落ち着かせ、弾正忠への加護を祈る。

前に座る三人の僧は、変わらず読経し印を結び、炉に香と油を投じ護摩木をくべる。炉の炎が高く上がり、煙が濛々と立ちこめる。読経の声が耳を聾せんばかりに堂内に響き渡っている。体の裡に陶酔が湧き起こる。

突然、鏡の光が緋色に変じた。それが鏡から剣に向かって飛ぶ。剣の発する銀白光にぶつかり、絡み合う。それは緋白の光の塊と化した。

誠仁が思わず凝視したとき、緋白の塊は一瞬にして消え失せた。音にならない音が誠仁を揺さぶる。全身の力が引き抜かれて、座っていられない。横ざまに倒れた。

†

「菅谷様」

藤吉郎が薄暗い廊下をやってくる。琵琶湖西岸から内陸に入った、宇佐山城内の館である。

「おお、木下うじ」

広間の外に座していた長頼が応じた。横に端正な顔の小姓も座っている。二人とも兜こそ脇に置いているが、鎧、脛当てを身に着け、いつでも飛び出せる姿である。だが彼らの後ろにある、広間へ通じる板戸は閉め切られている。

「殿のご様子はいかがです」

「誰も入れてはならんと言われたきり、まだ籠っておられる」

「大事なことは全て、ご自分でお決めになりますからなあ。しかし此度ばかりは、なかなか悩ましいようで。武井夕庵様から聞きました」

長頼の方が織田家での経歴も地位も、藤吉郎より上であるが、二人とも親しげである。彼らは先日、京の北、西岡あたりを荒らし回っていた土一揆を、主の命で合力して鎮圧したばかりだった。

「それにしても、朝からずっとは長すぎますゆえ、差し入れを持って参じました。通して下され」藤吉郎が手に持っていた紙包みを示した。

「京まで駆けて購わせてきた菓子です。小豆を餡にして包んでいる珍しい饅頭です。うまいですぞ」

信長は甘い物好きで、京の粽や味付け餅を好んだ。

「酒でも呑まれるなら、それで気分も散じられようというものですが、全くの下戸ですからなあ。ですが、これなら幾分かでも」

「なるほど、さすが木下うじ。しかし決して誰も入れてはならぬと」

長頼がためらう。

「お叱りはそれがしが受けますする。殿からはずっと怒られ続けとりますし、それに誰かを叱り飛ばした方が、良き思案が浮かぶ方でもございます」

藤吉郎はそう言いながら、長頼の脇をすりぬけて板戸を開けた。

鎧に陣羽織姿の信長は、床に置いた誓紙の案文を眺め直した。今朝、受け取ってから何度目だろうか。

気に入らん。眺めるたびに怒りがこみ上げてくる。

山門の寺務を保証、浅井へ非分をしない、浅井朝倉とその味方の身上領地を保証、本願寺に遺恨なし、今後は朝倉義景と深重に申し談ずる——。

これでは浅井朝倉、延暦寺、本願寺まで今後一切、手出しができない。だが延暦寺が、浅井朝倉勢へ糧米を密かに送り続けておるのは分かっておる。到底許せるものではない。本願寺はこちらが手薄なのにつけ込み、長島で弟を殺しおった。それなのに遺恨なしなどと。おまけに義景とよく相談するとは一体何だ。陰でほくそ笑んでいる義昭の顔も浮かんでくる。

とはいうものの、この和議が成らねば延々と滞陣が続く。兵は凍え、既に疲弊し切っている。関白晴良も斡旋に疲れてきて、これで駄目なら高野山に隠遁するなどと申しておるとか。これを呑まなければ決裂する。誓紙を睨みつけ考え続けてきたが、堂々巡りするばかりである。

俯いて考え込んでいた信長の前で何かが光った。目を上げる。

緋白の光の塊が出現していた。中空に丸く浮いている。

妖異！　脇に置いてある刀を取り上げ、叫ぼうとした寸前、その塊は見知った姿へと瞬化した。白い顔に黒目がちの瞳。幼なげだが、妙なる容の巫女――。

お前は！　信長に一瞬、虚が生じた。

変改する相手は、そもそも巨大な異能者である。易々とは己に手をつけさせない。それを強引に果たすには、相手に虚を作り、それに乗じて潜り込むしかない。

巫女は、光の奔流と化して相手の裡へと躍り込んだ。信長に残った僅かな抵抗が、奔流の端を弾く。

藤吉郎が板戸を開けたのはその瞬間だった。弾かれた光片が藤吉郎へぶつかる。何らの心の準備もなく戸を開けた藤吉郎はそのとき、全くの虚であった。意識が途切れ、膝の力が抜ける。

仮堂の中で『明王』が眉をひそめた。これは媛も観じていない。

「と、殿」

目が眩み一瞬、気を失った藤吉郎が、尻餅をついたままあたりを見渡す。広間の真ん中に、座したまま思案している主の後ろ姿が見えた。こちらへ振り向く。

「藤吉郎か。何用だ」いつも通りの信長である。

「は、はあ。今、何やら眩しいものが」

「何を寝惚けておる。長！　誰も入れるなと申したのに、どういうことだ」

主の怒鳴り声に、長頼が飛び込んできて平伏する。

「いや、これは私めが無理にお願いして」

「夕庵を呼べ。関白への返書を作らせる」

弁解しかける藤吉郎を無視して命じた。長頼が広間から走り出て、慌ただしく小姓に主の命を伝える。

「それでは、お心を決められましたか」

藤吉郎が、床に落とした菓子包みを拾い上げながら尋ねる。

「うむ。申して参った通りの誓紙を出す」

「左様でございますか。残念ですが致し方ございませんな。ではこれで越前、近江については手打ちということで」

「何を申しておる。年明けから一段と忙しくなるぞ。早々に戻って横川城の備えを固めておけ」

「は？」

「我ながら愚かであった。所詮(しょせん)、誓紙は誓紙。ただの紙切れだ。何なりと望む通りのことを書いて出しておけばよい。あ奴らが兵を引いたところで、一つずつ叩(たた)き潰(つぶ)してくれる」

「お、お待ちください。そう仰せられましても霊社起請文(れいしゃきしょうもん)ですぞ。むやみなことをすれば神罰が。それに殿がご承諾となれば、延暦寺に同心させるため、同じ旨の綸旨(りんじ)を出すと伺いました。左様なことをなされば、帝をも裏切ることになりますぞ」

「神仏などおらぬ。神罰を恐れる要もない。儂(わし)に逆らった浅井朝倉、それに肩入れした坊主ども決して許さぬ。一揆勢共々、ことごとく根切りにしてくれる。それに帝がどうした。約束を違えたところで何もできん。相応にあしらっておけばよい。だが遣い方によっては役立つことは、此度の件でよう分かった。これからも儂のために大いに働いて貰おう」

「……」

「どうした。浅井朝倉を討つ手立てを思案しておるのか。無用だ。先ほど、突然に攻め口が見えた。まずは佐和山におる磯野員昌だ。こ奴を籠絡すれば、北近江は全て我が領とできる。筋は見えた。そちに員昌の調略を命ずる。うまく成し遂げたなら、浅井領を全て任せてやるぞ」

藤吉郎は呆然として、主の言葉を聞いていた。

まるで人変わりされたようなこの言は何だ。信をなしておられるかはともかく、神仏への尊崇の念は忘れなかった。朝廷に対しても同じだ。親王と結んで筋目ある世を取り戻すのだ、とか仰せられておった。それが只の方便か。名分を重んじ世評への慮りを忘れなかった殿とは思えない。そもそも余りに血気に逸ったお言葉。無益な殺生を嫌われていた常のお姿と全く違う。

だが藤吉郎は、己の裡にも、信長の言に同調する何かが少しずつ広がり始めていることに気付いていなかった。

この後。十二月九日、正親町天皇から安堵(あんど)の綸旨が延暦寺へ出される。十三日、双方の人質交換。十四日、信長は瀬田まで軍勢を退(ひ)く。十五日、浅井朝倉勢は比叡山を下り、帰国の途につくこととなる。

かくして志賀の陣は終結し、信長は生涯最大の危地を脱する。

そして翌元亀二年（一五七一）より、信長による容赦ない反撃が始まる。それは綸旨、誓紙を全く無視したものとなる。その年の九月、比叡山延暦寺の堂宇(どうう)悉(ことごと)くが炎上する。

十八

「親王様、大丈夫ですか」

舎人が不安そうに馬上の誠仁を見上げた。

「案ずるな。煙とにおいで目がくらんだまでだ。祈禱の最中に倒れるとは見苦しかったの」

そう言いつつ顔色が悪い。それも当たり前で、実は体に力が入らない。歩くのさえ辛(つら)いので、やむなく馬で境内(けいだい)出口へと向かっているのだ。

祈禱への加勢は能(よ)く為(な)せたのであろうか。舎人に抱き起こされ気付いたときには、奇なる者たちは消え失せていた。他にあの者らを認めた者はいなかった。

ともあれ増益の修法はつつがなく終わった。法親王へは丁重に礼を述べた。あとは弾正忠がどうなるか待つのみだ。験力が明らかになれば、宮中での真言修法を進言する。

「此度のことを口外なされば、ご神剣を取り戻しに伺います」

巫女にそう念押しされていたが言うはずがない。誰が信じる。

誠仁は後ろを振り返った。終わって受け取った剣を入れた長持が担がれて続いており、左右を衛士が固めている。先ほど祈禱の諸祭具を運び出すための牛荷車とすれ違った。雑人が牽(ひ)いて仮堂へ向かって行った。

そろそろ申(さる)の刻(午後四時)になる。暗くなる前に戻らねば物騒だ。すぐに法親王の一行もここを発(た)つだろう。また空になる堂だが、錠(じょう)は掛けるらしい。あとに残るのは庫裏の番人一人だけか。

この後。任助法親王は仁和寺宮門跡として、清涼殿で密教祈禱を執り行うこととなる。天正四年(一五七六)五月には、巡大法と呼ばれる調伏(ちょうぶく)祈禱も行っている。それは信長と戦さを続けている本願寺に対するものだった。本願寺もまた勅願寺であったのだが。

†

陽(ひ)はまだ残っている。だが黒灰色の空は夕日を通さない。風はないが、一段と寒さが増しつつある。法親王たちも帰った境内は物音一つしない。仮堂はまもなく闇(やみ)に沈む。だが空のはずの堂内で、何かが動いた。

「お前は吾が媛か」

暗がりに座るお南無様が問うた。

「いいえ、小夜です。でも媛様もおられます」

背筋を伸ばして座っている巫女が答えた。幼なげな目元が強張っており、寒さのせいなのか、声が少し震えてもいる。

「そうか。では、あとしばらくの間だな」溜息をつき首を傾げる。

「吾が媛よ、聞かせてくれ。藤吉郎とかいう者にも欠片が入り込んだ。あの者がおかしなことをしでかすようなら、余計な時がかかるやもしれん。鎮まる前に、どうにかしておくべきか――」

低い声で問うていたお南無さまが、かっと目を開けた。突然、仮堂が気で取り囲まれた。それも殺気である。赤い目がぎらりと光った。

裏部たちは堂の四方に陣取った。手には既に抜き身の太刀がある。庫裏の番人は気絶させて縛り上げた。これで邪魔は入らない。日が更に翳っていく。そろそろ雪が降り始めるかもしれない。

「おるのは分かっておる。出てこい！　奇なる巫女も一緒にな」

西の扉に向かって立つ蔵人が声を張り上げた。掛けられていた錠が、勝手に音を立ててはずれた。視線が一斉にそちらへ動く。

南の蔀戸が上へ跳ね上がり、隙間から、水干姿の巨漢が飛び出してきた。懐に巫女を抱きかかえている。うっすらと残っている雪の上へ音もなく降り立った。南側にいた惟敦が飛びのき、間合いを取り直す。他の三人も素早く駆け寄って取り囲んだ。

「ふうむ、神祇官の者どもか。イヨの血の者に骨卜は効かぬと分かったゆえ、此度は封じておったはずだが。ここまでつきまとわれるとは、意外であった」

髭の隙間から覗く赤い唇が蠢き、境内に声が低く響いた。渦巻く蓬髪を振り立て、赤い目で睨め回す。ぶ厚い胸に緑青を吹いた鏡がぶら下がっている。

「その巫女はイヨと申すのか」

正面に立つ惟敦が言った。その左手に蔵人、右手に隼人、そして背後に回った刑部の四人で囲んでいる。初めて見る魁偉な容貌に驚いたはずだが、包囲に乱れはない。

「これは小夜だ。イヨではない」

左腕で抱きかかえている巫女に、ちらりと目をやってから応じる。その幼なげな娘の目には脅えがあった。胸にしがみついている。

「まあよい。帝に仇する魔は捨て置けぬ。宸襟を悩ますのも今宵までだ」

「帝？　今の帝がさほどに大事なものなのか。世を平らかにする大王は絶えて久しい。できることは精々、祈禱ぐらいではないか」

「黙れ！」

隼人が踏み込みながら太刀を突き出した。その切っ先が弾き飛ばされる。胸の鏡を取って振り回したのだ。

勝てる！　四人はそう思った。

その奇怪な姿には驚いた。だが祇秘抄には、こ奴を斃す方法も書かれていた。変改が終わった直後、その呪の力が極端に落ちる。幾分かでも戻るまで丸一日かかる。その間が斃すのに最大の好機である。

そして、その策を試みた結果も残されていた。三人がかりで、今一歩まで追いつめた。だが斃せなかった。もっと人数を要する。それと鉄剣を持たれていた。得意な得物は剣。それを持たせなければ、より確実に仕留めることができる。

望む以上の形になった、と惟敦は思った。奇なる巫女を抱えているから左腕も封じたことになる。右腕一本で四人相手ではどうにもなるまい。だが侮ってはならない。落ちたはずの気は、それでもなお強い。じっくり時をかけて追いつめる。呪の力が落ちている以上、隠形くらいはともかく、飛翔の術は使えないはずだ。逃げられる恐れはない。少しずつ弱らせていく。止めはそれからでよい。焦らず仕掛けるぞ。読心の術で他の者たちに告げる。

「お南無様が出てきた。小夜もおる」

真吉が思わず呟いた。隣にいる壮介が頷く。

「気の力が落ちている。前とは比べ物にならん」

東の林に潜んでいた二人は、立ち木越しに、突然始まった闘いを窺っていた。

「小夜の結界がない。消えとる。あの狭いお堂のどこに隠れてたんだ」

「隠れてたのではなく、見えないとしてたんだろう。隠形の術だ。見た者に、見えてないと思わせる。見えなければ、居ないのと同じだ」

金物が激しくぶつかる音がした。隼人の刀が弾かれたのだ。

「壮介さんは……あいつは神様ではないと思っとるんですか」

「そうだ。食べるし眠る。触れることもできる。強い呪の力を持っとるが神ではない。人だと思う」

「でも飛び……神飛びを」

「それに変改もある。だが、それはあの鏡と剣がなす呪と思える。いずれにせよ、人かどうかは見とれば分かる」

壮介は意味深な言葉で口を噤んだ。真吉は不安げな眼差しを送る。神様でないなら小夜、お前も一緒に……。

裏部たちは、二方からほとんど同時に、太刀を振るって切りかかる。だがこの魔はさすがである。右手に持った鏡を自在に、しかも恐るべき速さで振り回す。一方の太刀をかわしつつ、他方をそれで弾き返す。

だが裏部たちは深追いしない。魔が逆襲してくれば退き、別の二方から切りかかる。この繰り返しである。

片腕に小夜を抱えたままでは、いつまでも完全にかわすのは難しい。少しずつ太刀が体に近付く。水干に刃が届き、切り裂かれる。今や、お南無様の衣はあちこちが切り裂かれていた。そして――。

ざっという音がした。お南無様の皮膚を刃が切り裂いたのだ。右肩から赤い血しぶきが飛ぶ。小夜が小さく悲鳴を上げた。

「浅手だ。騒ぐな」

お南無様が唸(うな)るように言う。鮮やかに体をひるがえして、次の太刀を弾いた。だが息が徐々に荒くなり、眉間(みけん)の皺(しわ)が深くなる。囲みから抜け出ようとするのだが、四人は巧みに位置取りを変えて、外に出さない。

修練だけではない。読心術である。互いに意を伝えることで正確に連動する。同士討ちもない。壮介は相手の太刀筋を読むための術だと言った。だが強い気の力を持つオオナムチには、もともと読心術は通用しない。そうではなく、狼(おおかみ)が一群となって巨大鹿(きょだいじか)をも倒す戦法、それを真似(まね)るために工夫された技なのだ。

その狙いは的中した。今や裏部たちは一体となって、魔を切り刻みつつあった。白かった水干が赤く染まっていく。

「待て！」

押しとどめた壮介を、真吉が睨(にら)み返す。

「それに分かったはずだ。あれは小夜だ！　以前の小夜だ」

「血だ。確かに神様やなかった。お南無様は勝てん。このままやと、もうじき小夜にも刀が届く」相手の手を払い、帯に差した山刀を抜く。

蔵人の太刀が、オオナムチの左太腿を切り裂いた。これまでとは手応えが違う。血が噴き出した。左膝が落ち、あたりの雪面が朱に変わる。

動きを封じた！　裏部たちも動きを止めた。

異形の巨漢は、膝をついて唸り声を上げている。赤い目は変わらず炯々と光り、辺りを睥睨しているが、腿からの血は止まらない。口からは忙しなく白い息が吐き出される。他のあちこちからも血が滴っている。

左腕から巫女が下りた。唇が震えている。だが前をきっと睨んで、オオナムチを庇うように真っ正面に立った。

「ここまでだな。もうかわせんぞ」

四人は太刀を握り直した。オオナムチの、そして小夜の正面に立った蔵人が一歩踏み出す。

一陣の風が、巨漢の左に立つ隼人に襲いかかった。隼人が飛びのいて、ぎりぎりでかわす。颪はそのまま走って、娘の前で止まった。

真吉だった。

「小僧！」蔵人の顔が歪んだ。

「どけ。何をしているか分かっておるのか。そ奴は帝に仇なす」

「そんなことはどうでもいい！」真吉が怒鳴り返す。

「お前らこそどけ。小夜を連れて帰る」

お南無様の左手が、巫女の肩を後ろから掴んだ。振り向く彼女を、ぐいっと左にどかす。よろめいた小夜が真吉の背に触れた。

「その小僧と行け」

低い声が響いた。

「待て！　その娘も生かしてはおけん。どうしても邪魔するなら」

蔵人が一歩前に踏み出しながら、他の三人に目で告げる。

この二人は引き受けた。逃がしはせん。足止めしている間にオオナムチを斃せ。そのあと共々に死んでもらう。

真吉は左手に山刀を構えている。残った手で巫女の左手を握った。

冷たい――。左へ踏み出しながら、その手を引く。小夜の手の感触が伝わってきた。ためらっている。だが引かれるままに歩を進めた。

蔵人は彼らに刃を向けているが、隣に立つ裏部は変わらず、お南無様に向かって太刀を構えている。

真吉は一瞬だけ後ろを確かめた。隼人はこちらを視界に入れながらも、太刀は異形の魔に向けている。刑部はお南無様の背後なので見えないが、こちらへ迫ってくる気配はない。

蔵人と一対一か。緊張で思わず右手に力が入った。

「真吉……」

小夜の声が聞こえた。それは慄え掠れて、ほとんど聞き取れないほど小さな声だった。

しかし間違いようもなく懐かしい声だった。

今度こそ絶対にお前を守る！　真吉は蔵人を睨んだ。

まずいな。壮介は冷静にそう読んだ。やはり真吉では勝てない。防ぐのが精一杯だ。だがその間に、お南無様は止めを刺されるだろう。そうなれば四対一。帰趨は明らかだ。

仕方がない——。三年前、真吉を盗人から助けてやったことを思い出した。結果的には小夜も救ったわけだが、今度もそうできるかは分からんぞ。

境内へ一歩、踏み出した。

蔵人のうなじの毛が逆立った。凄まじい殺気が飛んできたのだ。

真吉との間合いから一歩下がりつつ、右の林へ視線を向ける。見知らぬ男が無造作に歩み寄ってくるところだった。手には何もない。

こいつは何者だ。誰かは分からない。だがやろうとしていることは、はっきりしていた。

「刑部、隼人！」思わず叫んだ。猶予はない。

「代われ！　この二人を始末しろ。裏部様、逃さぬよう頼みます」

あの男は俺とやる気だ。斃すしかない。だがこの小僧は数段強くなっている。一対一なら、刑部でも隼人でも勝てんかもしれん。だが二人なら群狼の刀法が使える。一方、オオナムチは動きを封じた。だいぶ弱ってもいる。裏部様なら逃がすことはあるまい。

三組に別れての戦いになる。誰かが勝てば、その生き残りが他の組を助けて勝ちを得る。いずれかの組の勝敗が全てを決するのだ。

むろん――蔵人は思った。勝つのは俺だ！

真吉は蔵人の声を聞いて、素早く左向きになった。罠かもしれない。横目で蔵人を見ながら、後ろの隼人の動きを確かめる。その剣先が二人に向いた。刑部が駆けて来るのも見えた。

蔵人の方は東へ走っていく。その先を目で追う。林の陰から出てくる壮介の姿が見えた。

壮介さん――。申し訳ない気持ちと、少しの安堵がこみ上げた。だが手に何も持ってないことに気付く。蔵人相手にそれで勝てるのか。

そこまでが限度だった。隼人の太刀が繰り出された。

惟敦は太刀を構えたまま、じっくりと荒魂神を見た。血まみれの左膝を地に落とし、切り刻まれた水干は、そこかしこに血が滲んでいる。荒い息を白く吐き出しながら、邪悪な赤い目で睨んでくる。

これがオオナムチか。祈禱の最中の異様な気のうねり。あのとき弾正忠を変改したか。だが、まだ成就しておらんぞ。変改された者を抹殺すれば、それで企みは防げる。我らはお前を斃し、そして生き残った者が弾正忠を葬る。それで万事が終わるのだ。

蔵人が東の林から現れた新手に向かって走り、刑部と隼人が、南へ退く二人を追うのが目の隅に映った。よかろう、こ奴は儂が斃す。

蔵人の太刀が、上段から真っ直ぐ壮介に伸びてきた。体を左へ捻り、紙一重でかわす。相手から見て右側は二の太刀を出しにくい。脇へ入ると同時に、右貫手を横腹めがけて奔らせる。

蔵人は足を踏ん張り、体を引きつつ太刀を引き寄せる。迫ってくる貫手を、その柄ではじく。脇腹をかすめて逸れた。

駆け抜ける壮介めがけて刃を振るう。だが切っ先が届かない。瞬時にすり抜けたのだ。

早い！　心の中で唸る。

間合いを取り直して再び対峙する。蔵人の着物の右脇が切り裂かれていた。かすめた貫手が裂いたのだ。

一撃で仕留める大きな太刀筋では懐へ入られる。オオナムチへも使っていた小さな動きで手足を狙うのだ。速さを消せば勝てる。

再び踏み込む。

　真吉は困惑していた。小夜へ、逃げろと言ったのに逃げない。間は取っているものの、真吉の後ろにいて離れない。怖くて動けないのかと思ったが、しきりにお南無様の方を見やっている。

　一人では逃げる気になれないのか。一瞬、胸が苦しくなる。だが今はそれどころではない。二人が同時に太刀を振るって飛び込んでくる。

　まずい！　闘ってみて、その恐ろしさに気付いた。二人同時へは気を打てない。とっさに二人の太刀筋を見極め、一方に気を打ち、その太刀を遅らせて他方をかわす。相手の顔に困惑の表情が浮かぶ。

　だがこれでは、こちらも避けるのが精一杯だ。反撃の余裕がない。しかも一撃ごとに目を凝らして、最速の早さで動かなくてはならない。どうしたわけだ。もう息が荒くなってきた。

　二人を相手にし続ける真吉の体力は急速に奪われていく。

　惟敦は、左へ回りながらオオナムチへ太刀を小刻みに繰り出した。右手の鏡で全てはじいてくる。だが真っ正面から挑んだら、懐へ呼び込まれて左手で何かしてくる恐れがある。常に相手の右へ右へと位置する。

それにこうすれば、こ奴は左膝を軸にして体を回さざるを得ない。腿の傷口が更に開いていく。血がもっと流れ出せば、自ずと動きは鈍くなっていく。そのときこそ止めだ！

蔵人は舌打ちした。この男は場数を踏んでいる。小さな太刀筋で打ち込んでも左右、後ろへと逃げ回る。ぎりぎりの見切りで刃をかわしてくる。

気を打ってみたが弾かれた。気の技は五分と五分だ。埒があかない。だが相変わらず殺気は強い。大きく踏み込んでくるのを待っているのだ。その瞬間に懐へ入り込むつもりだ。

他の闘いにちらっと目をやる。刑部と隼人はうまくかわされている。二人いるんだから早く仕留めろ。裏部様はさすがに沈着だ。一人でも止めを刺せるかもしれん。

そのとき蔵人の胸中にさざ波が立った。

腕は俺の方が上だ。あ奴を斃すのは俺であるべきだ。少なくとも一緒に斃したい。そのためには目の前のこいつを早く――。よし、隙を見せて呼び込もう。退き太刀の技だ。素手では決して刀の間合いに及ばない。その利を用いて一撃で仕留める。

蔵人は立ち止まり、青眼に構えた。逃げるだけだった相手の腰が据わった。

真吉は喘いでいた。一方をかわしても、間髪いれずもう一方の太刀が飛んで来る。必死に受ける。だが一呼吸置くだけで、また二人同時に打ち込んでくる。一撃ごとに刃が衣を切り裂き、肌をかすめる。血があちこちから滲みだす。山刀を持っていなかったら、とうに倒されていただろう。

二人相手の修練はしてなかった。どうしたらいい。冬の夕暮れなのに汗が噴き出してくる。だが絶対に小夜を守る！　喘ぎながら歯を食いしばる。

蔵人が踏み込んだ。わざと動きを大き目にする。太刀が再び上段から壮介へ伸びる。壮介も懐へと踏み込む。

太刀が止まった。いや振り下ろすのは止まらない。刃先が伸びず、逆に引かれる。踏み込んだ足で地を逆に蹴り、後ろへ退いたのだ。

蔵人の体が後方へ戻る。壮介が飛び込み、間合いが詰まる。だが不充分だ。

壮介の左貫手が、相手の喉めがけて突き出された。届かない。振り下ろす太刀が、低く飛び込んだ壮介の左肩へ落ちていく。

勝った！　いや右へかわした？　左手での攻めは初めて――。

刃が肩を切り裂く寸前、壮介が手を開いた。指先から光る物が飛んだ。

そのまま地に体を投げる。刃は左肩を浅く切って流れた。二の太刀が来たら、もうかわせない。

だがそれは来なかった。蔵人が太刀を地面に食い込ませて、動きを止めた。

張り裂けんばかりに開いた目が、地に転がっている壮介を睨む。

喉笛から血が噴き出した。そこに短い棒が突き立っている。

太刀を落とす。棒を抜こうと両手で握ったが、更に血が噴き出す。

口が動いたが声にならず、前のめりに倒れた。僅かに痙攣し、動かなくなった。

壮介が大きく息を吐きながら立ち上がる。手裏の棒剣は、錆びた火箸を山刀で斜めに断ち、峰で叩いて尖らせたものだった。予め左手甲に仕込んでおいたのだ。

卑怯——。そう言おうとしたように壮介には思えた。

だがあんたは得物を持っていた。やはり素手のままでは勝てない。それになぜ勝負を焦った。あんたなら、これくらい見破れたんじゃないのか。

真吉の立つ所からは、お南無様と壮介の両方が視野に入っていた。左隅にお南無様と裏部。右隅に壮介と蔵人である。

蔵人が倒れた！

それに気付いた刑部が、大声を上げながら倒れた蔵人の方へ駆けていく。だが彼を助けようとしたわけではない。壮介がオオナムチへ向かうのを妨げるためだ。

この男に邪魔はさせん。裏部様がすぐに止めを刺す！

惟敦は魔の動きが鈍くなったのを感じていた。

片膝をついた体勢のまま、変わらず太刀を弾き返してくる。だがその後、鏡を握る右手が僅かに流れる。ずっと右腕を使い続けて力が衰えてきているのだ。ここまでの出血も半端ではない。肩で息をしているし、目が血走ってきている。

　首筋を狙って右片手で袈裟懸けに振った。太刀は左へ弾かれたが、弾いた鏡もそのまま流れる。次の守りに入る拍子が遅れた。

　今だ！　右掌を外へ返す。左下方へと弾かれた刃が反対方向へ――右上へ向く。踏み込みざま、太刀を下から振り上げる。

　刃は過たず、魔の右腕を下から切り飛ばした。肘から先の腕が鏡を握ったまま、血しぶきを上げて宙を飛ぶ。咆哮が上がった。


　真吉の眼前で、刑部が蔵人の方へ走り、残された隼人は一歩引いて構え直した。相手の目が忙しく動き、顔が朱に染まる。動揺しているのだ。直後、裏部がお南無様の右腕を切り落とすのが見えた。大きな苦悶の叫びが上がる。

　お南無様がやられた！　意外な展開に真吉も一瞬、気がそれた。

　その刹那、小夜が背後から走り抜けた。お南無様めがけて駆けていく。小夜、待て！

　追いかけようとした真吉の前に、隼人が立ちふさがった。白刃を振ってくる。山刀で弾きながら、走っていく小夜の後ろ姿を目で追う。やめろ、危ない！

　壮介は、小夜が真吉の脇をすり抜け、裏部たちの方へ駆けていくのを見た。何をする気だ！　次の太刀が来るぞ。

迫ってきた刑部が太刀を振るってきた。後ろへかわす。前へ行けない。

斬られた腕を左手で押さえたオオナムチが、両膝をつき、唸り声を上げながら睨んできた。右腕から激しく血が流れ落ちている。

惟敦は己でも驚くほど冷静だった。次の一撃で確実に斃す。

素早く見て取る。両膝をついて上半身は前のめりになっている。心の臓は正面からは陰になっている。

息の根を止めるには——顔だ。鼻を狙え。上は目、下は口。どちらへずれても、深く突き通せば屠れる。

地を蹴って、顔面めがけ太刀を突き出す。

刃尖がお南無様に届くと見えた瞬間、横から巫女が飛び込んできた。両腕を広げたその胸に、深々と太刀が突き立った。

真吉が叫ぶ。太刀を振ってくる隼人へ気を打ち込む。疲れていて効かない。構わず正面へ踏み込む。

山刀で隼人の太刀を受け止め、心の臓めがけて貫手を叩き込んだ。何かを潰した感触が伝わってきた。そのまま走り抜ける。崩れ落ちる隼人を一瞥すらしない。

刑部の横薙ぎの太刀を、壮介は体を投げてかわした。そのまま足元へ転がる。刑部が後ろへ跳ぼうとしたが、足が痙攣して動けない。壮介が気を打ったのだ。

刑部の顎に、飛び上がってきた壮介の肘が撃ち込まれた。鈍い音がして、首を折られた刑部が後ろへ倒れる。


胸を刺し貫かれた巫女は、両腕を広げたまま、その場に立ち尽くしている。流れ落ちる血が足元の雪を赤く染めていく。目は虚ろだ。

惟敦の太刀はオオナムチまで届いていない。寸前で止まっている。

奇な巫女めが。邪魔をしおって！　後ろからの若僧の叫びが耳を打つ。前からもう一人の男も駆けてくる。

惟敦は太刀を引き抜こうと焦った。だが硬直した体で締め付けられた太刀は容易に抜けない。慌てて捻じった刃が、ごりっと何かを削った。

強引に引き抜く。胸から血が噴き出し、口からも溢れ出た。

今のは骨か？　そう思った惟敦の目の前で、貫いた傷口から緑色の光が迸り出た。

大きく目と口を開き、何か叫ぼうとした惟敦の顔が、黒く変じる。

緑の光は人の形へと化す。その輪郭は曖昧だ。

『ワガネガイヲサマタゲルモノハダレカ』

声でない声が、生き残っている者の頭の中で轟いた。

裏部惟敦の意識はそこまでだった。全身が黒く粉々に割れ砕け、燃え尽きた灰が吹き飛ばされるように、四方へと飛び散った。

緑に光る人型が消えた。だが血が止まった小夜の傷口からは、なお微かに緑の光が放たれている。娘が仰向けに倒れる。

膝をついたままのお南無様が受け止めた。

駆け寄ってきた真吉と壮介を、じろりと見やる。その目はいつもの炯々とした赤い光を取り戻していた。切り落とされた右腕の血も、そして左太腿の血も止まっている。

お南無様が蘇ったのか。壮介はたじろいだ。だが真吉の目には小夜以外、何も映っていない。

「小夜！」そう叫び取り縋ろうとする。

「待て」

お南無様が左掌を上げて真吉を止めた。胸の傷口へ指を当てる。緑の微光の中へ、親指と人差し指が潜っていく。

さすがに言葉が出ない真吉の目の前で、指はすぐ引き戻された。緑色に光る小さなものを摘んでいる。光を失った傷口が、みるみる塞がっていく。

お南無様の膝の上で、娘が薄く目を開けた。異形の男は面倒くさげに、真吉へ渡して寄越した。

両足に力の入らない小夜を、若者が抱き止める。

「しんきち……真吉」

か細い声が彼の耳に届いた。小夜の冷たい髪に頬を押し当てる。

前にもこんなことがあったよな――。涙が頬を伝った。髪に顔を埋め、強く抱き締める。

お南無様の手中の光が、薄らぎ消えていった。

溜息をついて立ち上がった巨軀の男は、切り飛ばされ落ちていた己の右腕を拾った。血を失って灰紫色に変じているそれを、断ち切られた腕の断面へ押し当てる。目が緑色に変じた。

一瞬ののち、切られた腕は元通りになっていた。赤銅色に戻り、傷跡一つない。右手指をゆっくり動かす。傍らに落ちていた鏡を拾い、懐に押し込んだ。

呆然とその光景を見守っていた壮介の目の前で、次に惟敦の太刀を拾った。何をする気だと思ったが、それを西の林へ投げつける。

矢のように飛んだ太刀が茂みに突き刺さる。微かな呻き声がして、誰かが逃げ去るような藪音がした。壮介をじろりと見る。

「神祇官の者だ。見届け役だろう」

「追わなくていいのか」

「ふむ」空を見上げる。

「あの者らも宿命に囚われたる者――」

ちらちらと白い薄片が落ちてきた。雪だ。このまま降り続けば、夜の間に、闘いの跡は全て覆い尽くされるだろう。境内に闇（やみ）が落ちつつある。

「堂へ入れ。そこでお前たちに話すことがある」

壮介は境内を見回した。

「先に行ってくれ。とりあえず三人を安置してやらねば」

「堂の傍らでよい。それと庫裏にも一人縛られておるようだ。様子を確かめておけ。気がつくのは明日の朝だろうが」

お南無様が先に立って仮堂に入った。

十九

仮堂の東の壁に、お南無様がもたれている。身にまとう水干は、さっき流した血で赤く斑（まだら）に染まっている。不気味な容貌に変わりはないが、赤い目に殺気はない。向い側に壮介が、そして寄り添うように真吉と小夜が座っている。堂の真ん中に、壮介が庫裏から持ってきた油灯皿が置かれていた。

真吉は不思議に思った。灯（あか）り一つだけなのに妙に明るい。それに戸が閉め切られているとはいえ、ほの暖かい。外では雪が降り積もりつつあるのに。握っている小夜の手も、徐々に暖かくなってきた。

お南無様は何か考え込んでいる。壮介が我慢できず尋ねる。

「あの緑の光は何だ。小夜の体から何を取り出した」

お南無様が、袂から小さな物を摘み出した。小夜に目を向ける。

「勾玉だ。お前の母――イヨは死んだ。ゆえにお前が持つべきものだ」

放り投げられたそれは、緩やかな弧を描き、小夜の掌中へ収まった。その勾玉は古来よりの巴形をしていた。濃緑色だがもう光っていない。紐を通す小さな孔と別に、側面に少し削られた痕があった。惟敦の太刀がつけた傷だろう。

「この勾玉には、吾が媛の思念が込められておる。いや、その中に封じ込められたと言うべきか――呪の反面なのだ。お前たちには分からん」

異形の男は彼方を見やる目をした。

「吾が媛？　イヨとどういう係わりがあるんだ」

「媛の血を受け継いだ女は代々、幼き時はサヨ、長じればイヨと名乗ってきた。小夜は吾が媛によく似ておる。間違いなく次のイヨたるべき者だ。世が乱れ果ててしまったとき、イヨは勾玉から啓示を受ける。命ずる地へ赴け。そこでオオナムチの力を借り、鏡に祈れと。啓示の地でそれらに出会ったとき、イヨの裡に媛が蘇る。そして我らは変改へと動き出す」

お南無様は、小夜に向かって語り続ける。

「その啓示に従い、お前の母は伊勢へ向かわなくてはならなくなった。それが代々のイヨに伝えられてきた定めだったのだ。だがそのとき、幼いお前がいた。如何にしてお前の無事を図るか。考えあぐねた末が」

娘の目に涙が浮かんだ。

「もう分かっているだろう。勾玉は、それを持つイヨの血の者を絶対的に守護する。お前の母が持っているべき物だった。だが長く危険な伊勢への道中を案じて、お前の裡へ埋め込んだのだ。短刀で自ら、お前の胸を切り開いてな。幼かったお前には理不尽な、忘れてしまいたい出来事であったろう」

「そんなことができるのか」

壮介が驚いて聞き返した。

「悪くすると痛みで死ぬ。人を仮死とできる薬がある。それを使えば、その者が眠っている間に埋め込める。幼い者へ使うべき量の塩梅は難しく、完全に仮死とはできなかったようだが。出雲では、少彦名の子孫――スクナの者どもは、霊薬を伝えることができておった。お前らの村とは違ってな」

「そんなら、あの大男は」

真吉の脳裏に、棒を振って盗人どもに対峙していた姿が蘇った。

「あれもスクナの者だ。イヨの一族を守るべく出雲で暮らしてきた。だが多くの者が死んでしまった。あれが腕の立つ最後の者だった。それもあって、小夜を残して行けなかったのだ」

「死んだ？　なんで」

「毛利の軍勢が突如、その地を襲ったのだ。山上の城を落とすため町を焼き払った。戦さに巻き込まれたイヨと娘を救うため、多くの者が死んだ。勾玉から啓示が下ったのは、そのすぐ後だ」

永禄八年（一五六五）四月。出雲にある月山富田城を毛利勢が急襲している。戦さは長引き、降伏開城は翌年十一月までかかる。

壮介は、はっとした。

イヨたちは外宮へ行くはずが、道を間違えて宿儺村へ来たと思っていた。だが、知らず知らず勾玉に導かれて、鏡のある所、つまり村へやって来たんじゃないのか。もし村境いに真吉がいなかったら、そのままイヨは宿儺村へ入って鏡を手に入れ、お南無様が蘇って……何てこった。いや待てよ。結局、変改は成ったようだ。真吉は間違ったことをしたわけではなく、実は勾玉に操られて石塚へ……。まさか、考えすぎだ。いや分からない、どっちなんだ。

壮介は答えの出ない疑問を振り払い、核心を問うた。

「媛とは誰なんだ。いや、そもそもあんたは――オオナムチとは何者だ」

「我は出雲の王――だった者。吾が媛は筑紫国の媛。従妹にして吾が妃となるはずだった者だ。我らは強い呪の力を持つ一族だった」

「それがどうして」

「これ以上語る気はない。小夜、お前は己の持つ宿命に目覚めたはずだ。出雲へ戻り母の後を継げ。そこで血を守り伝えよ」

両手で勾玉を包み、胸に押し当てていた小夜が頷いた。その拍子に涙がこぼれ落ちた。

異形の男が真吉に目を当てた。

「此度こそ分かったであろう。お前には諦めて貰うしかない。ここまで話してやったのは、そのためだ」

「いや、俺は村を捨てる。一緒に出雲へ行ったたって構わん」

「駄目だ！　少彦名の子孫は、しかるべき地で村を拓いて貰う代わりに神器を守り、時が至れば儂とイヨを助ける。それが儂と少彦名との間の呪の誓いなのだ。スクナの者がイヨの者と交わることがあれば、その誓約は崩れ、我らは手助けを受けられなくなる。変改を成せない」少しためらって続けた。

「お前は危険だった。この娘への想いはすぐ分かった。だがそれはスクナの者の定めを超えた想いだ。何をしでかすか分からん。それゆえ壇ノ浦へ遠ざけたのだ。沈んでいる剣くらい儂がすぐ探せた。だが無駄だった。まさか、あの深さから剣を取り戻すとは……。始末するかとも思ったが、吾が媛が、お前は儂に似ていると言いおった。生かしておいてやれ、飛び神明を見せれば諦めるだろうと」

大風の日の小夜の微笑みを思い出した。あれは『吾が媛』だったのか。

だが壮介は、真吉とは別のことが気になった。

「似ている？　ではあんたも、真吉が小夜を想うように」

「そうだ。吾が媛こそは儂の全てだった。だが媛は大乱の世を終わらせるため、己を犠牲にして諸王の巫女となることを諾った。儂にはその決意を変えることができなかった。残されていたのは、儂の全てを——呪も剣も国も与え、助けてやることだった。そして死の際に」一気に言ったお南無様が、そこで我に返ったように言葉を切った。

「小僧。お前は、その娘の願いを何でもかなえてやろうと思うだろう。それと同じだ。吾が媛への想いを変えることはできぬ。諦めて貰うしかない」

しかし——壮介は思った。それは千年以上も昔のことなんだろ。あんたは今までずっと、それを持ち続けてきたんだ。神祇官の者たちと命のやり取りまでしながら。

「いやだ。あんたが諦められんように、俺も小夜を諦められん」

「なら仕方ない。媛の言ゆえ、できれば見逃してやるつもりだったが」

お南無様がゆっくりと立ち上がった。巨軀が更に膨れあがったように見えた。その頭は、ほとんど天井に届かんばかりである。髪が逆立ち、目が赤く爛と輝いた。勾玉の光を浴び、呪の力も復活している。右手が不気味に開いた。人の頭でも簡単に握り潰せるだろう。

「お前の気の力は生来、強い。勝手に頭の中はいじれん。残るは」

「殺すなら殺せ！　小夜と離れ離れになるくらいなら、死んだ方がましだ」

真吉も立ち上がり、お南無様を見上げて怒鳴った。

異形の男は上体を屈ませ、そして手を伸ばした。

「やめて！」小夜の叫び声が響いた。

「真吉を殺さないで。そんなことしたら私も死ぬ！」

娘も立ち上がっていた。両手に、いつの間にか山刀が握られている。とっさに真吉の帯から引き抜いたのだ。刃先を喉元に当てる。

「ま、待て。お前にはイヨの者としての定めが……お前以外に誰が」

「いや！　真吉が殺されるような定めなんて、どうでもいい」

涙がぽろぽろとこぼれ出た。手が震えている。刃先が揺れ、喉をかすめる。

ついにお南無様は立往生した。

その場からでも小夜に傷一つつけず、刀を奪うことはできる。それくらい何とでもなる。だが宿命なんてどうでもいい、と言わせるほどの想いは問題であった。そもそもそんな言を吐くこと自体あり得ない。その裏にある情念はどれほどのものか。仮に強引に封じたとしても、その想いはイヨの血の底に潜み、次の変改のときに蘇ってくるだろう。結局、定めは破綻する。どうすればいい。

真吉も愕然とする。やめろ！　俺のために死ぬことなんてない。

咳払いが聞こえ、三人ともそちらを見た。壮介だった。

「お南無様、聞かせてほしい。真吉がスクナの者でなければ問題ないのか」

「それは……そうだ。小夜には、イヨの血を受け継ぐ者を生み育てて貰わねばならん。だがその相手に別段どうこうはない」

「そんなら真吉がスクナの者でなくなればいい。お前は、村を捨ててもいいと思ってるんだな」

真吉が頷き返してきたが、お南無様は眉根（まゆね）を寄せた。

「村を出たからといって、スクナの者でなくなるわけでは」

「そうかもしれん。だが、あの村の者には、既に多くの外の血が混じっている。血からスクナの者だとは言えなくなってるはずだ。現にもう役目を引き継げなくなっている。だから村におらず、村のことを一切知らなければ――覚えてなければ、スクナの者とは言えなくなるはずだ」

真吉と小夜には何のことか分からなかった。だが、お南無様は唸った。

「この小僧の頭の中から、村のこと全てを消せば、スクナの者ではなくなるはず。そういうことか」

「そうだ。あんたは前に、村へ来た侍たちに違うことを覚えさせた。真吉が自ら受け入れるなら、全てを忘れさせることくらい容易なはずだ」

「でも、そしたら……真吉は私のことも」

小夜の声が震えた。その通りである。村にいたときのことを全て忘れるということは、小夜のことも忘れることになる。

「全て忘れて俺はどうなる。小夜みたいに、いったん気を失うんかな。目が覚めたとき、俺はどこにいるんだ」

　真吉が落ち着いた口調で問うた。言わんとしていることは、直ぐお南無様に伝わった。

「気を失っている間に、共に出雲まで連れて行ってやろう。お前は目を覚ましたとき何もかも忘れている。村のことも、小夜のことも。だが目の前にはこの娘がいる」

　異形の男は呪を唱えるかのように、厳粛な調子で言った。

「で、でも」

　小夜の声はやはり震えていた。やろうとしていることは分かった。真吉は全てを忘れる。だが傍にいるのだから初めからやり直せる。そう言ってるのだ。だが本当にもう一度、自分を好きになってくれるのか――。

「俺が目覚めたとき、小夜がそこにおるんやな」

　真吉の念押しに、お南無様は頷いた。

「なら問題ない。それで構わん」

　真吉はあっさり言って、青い顔の娘を見やった。

「お前は俺の前におる。お前の目をもう一度、見ることになる。大丈夫だ。また同じことを繰り返すだけだ。あとはそのとき、お前が俺のことを好きでいてくれるか。それだけだ」

「真吉……」

　同じようなことを前にも言ったな。そう思った。

　小夜は山刀を落とし、顔を覆った。嗚咽が漏れ肩が震える。

「大丈夫、大丈夫だ。小夜」

泣きじゃくる娘を抱き締める。俺のために死ぬなんて言うな。これでいいんだ。これでやっとお前を守れる。

「お前の方は、これからどうする」

お南無様が壮介に問うた。目に険があった。

「分かっている。俺は知りすぎた。このままにしとくわけにはいかん」他人事のように言いながら、首を傾げた。

「俺も村には戻らん。このことは誰にも言わないし、書き残しもしない」

異形の男はまだ眉根を寄せている。

「これでは足りないか。ではもう一つ。この二人の後見をする」壮介はにやりと笑った。

「二人を出雲に連れて行ってから、あんたはまた眠りにつくんだろ。しかし、その後が心配じゃないか。この二人はあまり世慣れとらんぞ。小夜には必ず血をつないで貰わないと困るんだろ」

上人様と問答ができなくなるのは残念だし、宗玄和尚にも何も伝えられず申し訳ないが仕方ない。

「お前に後見を任せよう。それと」

「まだあるのか」

「出雲のスクナの者の再興を頼もう。残っている者たちは、導く者を失っておる。技も失われた。代々のイヨを守れる者たちを、再び作り上げて貰いたい」

「分かった。引き受ける」

なるほど、俺が死んだ後まで考えるか。真吉にとおの技を教えたが、それも失われる。だが見どころのある者を鍛えるのは、意外と面白くもあった。そうだ、あのあたりにも修験場があったな。確か伯者大山だ。そちらへも出かけてみよう。また色々な行者様と知り合えるだろう。笑みを抑える。

「ではよいか」

お南無様に声をかけられた真吉が、小夜を放す。深く視線を交わした二人の指先が離れる。

「小夜、こっちへ来てろ」

壮介が言った。その瞬間を見ているのは辛いはずだ。堂の隅まで連れて行き、後ろ向きにさせる。目をつぶった小夜は、まだ震えていた。その肩に手を置く。

「大丈夫、真吉を信じろ。あいつとお前の間には何かある」

真吉は平静だった。また小夜に会えるんだから問題ない。そして今度こそ、ずっと一緒にいるんだ。そのときふと、尋ねてみたいと思った。

「俺の大事な奴は小夜だ。あんたの――吾が媛とかにも名があるんやろ。何ていうんだ」

「そんなこと聞いてどうする。すぐ頭の中から消えてしまうぞ」

「だから構わんだろ。聞かせてくれ」

「いいだろう。媛の母は、天照日媛命(アマテルヒノヒメミコ)といった。そこからつけられた名だ」お南無様の指が伸びてきた。

「前にこの名を口にしたのはいつであったか……千年以上経(た)っておる」

指が額に触れ、瞳が緑色に変わった。低く呟くように言う。

「吾が媛の名は、日御子——ヒミコだ」

そして真吉の記憶は全て失われた。

†

翌朝、仮堂は焼け落ちていた。焼け跡から三人の侍の死骸(しがい)が見つかった。庫裏で縛られていた番人の話から、勝手に入り込んだ牢人(ろうにん)たちの失火によるものであろうとされた。

誠仁親王はこの十六年後、三十五歳の若さで急逝する。熱の病によるものであったとされるが、様々な噂(うわさ)も残されており、確たることは不明である。

一方、信長は多くの悪名を残すこととなる。比叡山焼き討ち、義昭追放、浅井父子の髑(どく)髏(ろ)、北畠家乗っ取り、長島、越前の一向衆徒殺戮(さつりく)。しかし明智光秀の謀反(むほん)で信長が自死した後、元和偃武(げんなえんぶ)に至るまで更に三十年以上が必要だった。本能寺の変の際、藤吉郎——後の豊臣(とよとみ)秀吉がいなければ、もっと早く戦さのない世が来ていたかもしれない。

そして元和元年(慶長(けいちょう)二十年、一六一五)七月。徳川幕府より天皇、朝廷に対して、禁(きん)

中並公家諸法度が出された。その第一条で、天皇の行うべきこととは——政ではなく——学問であるとされた。

終章

良太は秋曇りの中、屋敷の前の道へ出た。村はずれの雑木林にある無縁墓へ行くのだ。年に一度、参っている墓があるが、孫のいる齢にもなると、それすら億劫になる。あと何年続けられるか。

　左手に広がっている田んぼは、すっかり稲が刈り取られ、乾いた地肌がむき出しになっている。あちこち立つ稲架にぎっしり干された稲束も、ここ何日かの風干しで黄金色に変わっている。そろそろ稲扱きを始める頃合である。

　向こうから男の子連れの老婆がやってくるのに気付いた。右手に杖、左手に市女笠を持ち、しきりにまわりを見回しながら歩いてくる。旅打掛けを羽織った上に、緋の掛帯をしているところを見ると、お伊勢参りに行くのだろうか。だとすると道を間違えている。この道は、村の西で行き止まりだ。目が合う。

「申し。神宮へ参ろうとしておるのですが、道はこれで合うてましょうか」

　案の定、向こうから尋ねてきた。白髪で品の良い老婆だった。孫と思しき童も旅拵えに草鞋履きである。

「いや、こちらやありません。途中、木橋があったはずですが、それを渡らないかんかったのです」

「左様でございましたか。間違えてしまいました」

「お婆、だめじゃないか。やっぱり俺の言った通りだったろ」

連れの童が、口をへの字にして言った。まだ十かそこらだ。

「そちらの林まで行く用がありますんで、一緒に参りましょう」

良太は二人の先に立ち、連れ立って村境いまで行くことにした。どうせ隠居の身なので暇である。

「孫を連れての参宮とは珍しい。めおとの方は多いですが」

「連れ合いが先年亡くなりまして。一度は伊勢へ参りたいと申しておりましたので、三回忌が終わったところで思い切りました。出たがりの孫も連れて参りました。孫は四人おりますが、この子は若い頃の主人に、よう似ておって」

「童を連れての旅なぞ、昔は考えられんことでした。あの頃は、ここらも追剝ぎが出たりして物騒やったもんです。ええ世の中になりました」

遠くから来たようだが、その割には荷が少ないなと内心、首を傾げる。二人とも斜めに背負った小さな布包みだけだ。

「不躾ながら、この村の長でいらっしゃいますか」

良太は驚いて振り返った。

「去年までは。なんでお分かりに？　前に会うたことでも？」

「どことなく重みのある方なので、そうではないかと。あなた様のお連れ合いや、ご兄弟はお達者なのですか」

「連れ合いは達者どころか、年取って一段と口うるさいほどです。兄弟は、兄がおったのですが、わけあって家を出ました。それ以来、ずっと会うてません。父母もとうに亡くなりましたんで、今頃どうしておるのか、気になります」

細長い棒を持った村の子らが、雀を追って、遠くの畦道を駆けていく。それを見送っていた連れの童が、ふいに口を開いた。

「お婆は、ここいらに住んでたことがあるんだろ」

「いいえ。この村ではありません。それも昔、ほんの短い間です」

老婆が慌てたように打ち消す。

「おや。それでは全く初めてでもないんですな。ただ、この村は変わった祭神を祀っとるせいで、昔は他とあまり行き来がありませんでした。村の名など憶えとられんでしょうが、ここは宿儺村と言います」

「変わった祭神と申されますと？」

「お南無様と呼んどるのですが、戦さの世を終わらせてくれるという神様です」

「まあ、それは……。では、かような平穏な世となりましたのも、こちらでお祀り頂いたおかげでございましょうか」

「はは。左様なことはないでしょうが、今でもお祀りしとります」

「でも、もう戦さはないのでは？」

「私の祖母が、頑として続けたのです。この村は、お南無様をお祀りするためにある、何があろうと続けるのだと。それで父母も仕方なく続けて、それでまあ手前も」

「左様ですか。その神様も、きっと喜んでおられましょう」

老婆はしきりと頷いた。まるで自らも嬉しいかのようである。

「ただ、仔細は知らんのですが、兄が家を出たのはその神様のせいだ、とか妙なことを言う村の年寄もおりました。どうもわけありの祭神のようで、父が生きておるうちに、よう聞いておけばよかったと思っとります」

「お兄様については、何の便りもないのですか」

「そこがまた、どういう経緯か分からんのですが、兄と一緒になったという女の人から、たまに文が届いとりました。二人とも達者で暮らしているとか、娘が生まれたとか綺麗な字で。送り人はサヨという方でした。小さな夜、と書きます。

なぜか兄が書いてくることは一度もなかったのですが、父母も祖母も、その方からの文が届くたび、たいそう喜んどりました。ただ、どこに住んでおるのか書いてないので、こちらからは文を送れんかったようです。使っておる飛脚も毎回違うてたので、殊更に書かなかったんでしょう。終いに母も亡くなってからは、それと知ったかのように文が来なくなって、これももう昔のことです」

「文を送ってこられた方は小夜さん――。あなた様には、何もお心当たりがないのですか」

「実は幼い頃、朝起きたら見知らぬ女童がおって、母がいきなり、兄の許嫁だ、名は小夜だと申したように覚えとります。妙な話ですが、遠い昔のことなんで何か間違えて覚えとるのでしょう」

「そうですね……。本当に、随分昔のお話ですね」

涙ぐんでいるかのような声に、思わず目をやった。だが老婆は連れの孫の顔を見下ろしていて、目元は見えなかった。

雑木林を横目に、道祖神のところまで歩いた。木橋を渡るよう指し示す。

「あの道を行けば参宮道に出られます。お気をつけて」

「ありがとうございました。ではこれにて失礼致します。……どうぞこれからも、お体お大切に」

心のこもった挨拶をする人だと思いながら、会釈して踵を返した。お互い、名も告げていなかったことに気付く。

少し歩いたとき、橋の向こうから、童の声が小さく聞こえた。

「えっ。この先が、お婆の母様が亡くなられた所なの？　じゃあ今度はそこで……」

振り返ったが、二人の姿は既に背の高い草むらの陰になってしまっていた。

あの老婆は、本当は道をよく覚えていたのに、わざと村へ入ってきたのかもしれない。

釈然としないまま雑木林まで戻り、小径（こみち）へ入った。その先に無縁墓がある。昔は村への出入りを見張る者がいて、墓の手入れもしてくれていたが、戦さがなくなってからはそういう者もおらず、段々と荒れてきている。

目指しているのは『いよ』と刻まれている、古い苔（こけ）むした墓だった。その墓は、小夜という人の母御（ははご）のだと聞いた。だとすると、兄の許嫁の母ということになる。しかしそれなら、身元ははっきりしているわけで、なぜ無縁墓に埋葬されたのか解せない。そもそも、どんな経緯があってこの村で亡くなったのか。これについても教えてくれなかった。父母も祖母も、兄や小夜のことについては、教えるどころか触れてもいけないという風だった。だから知らぬままになってしまった。

ただ、三人がまめに墓参りしていたので、兄との係（かか）わりもあり引き継いでいる。もっともやっているのは、まわりの草取りをして、袂（たもと）に入れてきた線香を上げるくらいのことだ。無縁墓だから、それくらいのことでも、やりに来るのは自分一人だけだが。

目当ての墓まで行って驚いた。既にすっかり清められていた。野に咲いているものだが、花も供えられている。まだ火のついている線香まであった。村人がやるはずはない。誰（だれ）か縁者がきたのだ。しかもついさっき。

老婆と孫の顔が浮かんだ。ようやく分かったような気がした。あの老婆は……。

だが追いかけようとは思わなかった。もう橋の向こうにもいないのではないか。そんな気がした。小夜にまつわる話は、全（すべ）てがこんな調子なのだ。いくら聞き回ってみても、はっきりしたことは何も分からない。

もっと前なら、分家の者や昔の主立った者にも尋ねられたはずだが、祖母に父母、三人とも亡くなって、いざ本気で確かめてみようと思ったときには、みな死んだり、行方知れずになったり、惚(ぼ)けてしまっていた。

小夜は伸ばした手をすり抜けて、どこかへ消えてしまう。この墓も、遠からず本当の無縁墓になるだろう。そして刻まれた名さえも消えていく。『サヨ』とは誰だったのか、この村で何があったのか、どこから来てどこへ行ったのか。その不思議な話を語れる者は、もう誰もいないのだ。

あとがき

高代亜樹

この物語を書くことになった発端は、もう十年以上前のことですが、「信長(のぶなが)って本当はどんな人だったんだろう?」という疑問でした。戦国の革命児にして冷酷非情の独裁者、当時の価値観に捉(とら)われない天才的合理主義者——というあたりが一般的なイメージかと思いますが、逸話の一つ一つができすぎの感があり、歴史学者の方々が書かれている本をいくつか読んでみました。

すると、史料に意外な側面が書かれていることを知りました。若き日の城攻めでは、多くの家臣が死んだことを知って涙を流したとか、知り合いの老公家(くげ)が、炎暑の中、朝廷の資金調達のため三河(みかわ)(徳川家(とくがわけ))まで行くと聞いて、便宜を図ってやった、などなど。

最近の歴史研究で、信長は結構、世評や世人の目を気にしていたとか、「天下布武」の印章は天下統一を目指すことを意味しているわけではないとか、従来の信長像を否定する論文や本が多く目に付くようになっています。

当時そこまでの知識は得られなかったのですが、意外と人間味があったらしいとか、革新的と言われている施策も実は他国のそれを参考にしたものだった、くらいは分かりました。

やはりそうかと思ったのですが、信長のカリスマ性を否定するだけでは、「ではなぜ信長か」（なぜ彼だけが天下統一に王手をかけられたのか）の答えが得られません。とんでもない残虐行為を命じているのも事実です。そこで信長は多くの死地や窮地を経験して、「人が変わった」のではないかと考えました。

つまり、それなりの思いやりを持つ「優れた」戦国大名から、冷徹かつ「極限まで鍛え抜かれた」大名へと変貌を遂げたのでは、と推測したのです。

これでは当たり前すぎる結論ですが、そこでふと、「変わった」のではなく、「変えられた」のだとしたらどうなのだろうと思いました。誰が、どうやって、何のために——？

それがこの物語を考えることになったきっかけです。

私が最初に書いた物語は、五年前、某カルチャースクールの小説講座へ行って、月一回の課題として提出したものです。「原稿用紙四枚で」完結する話を作りながらストーリーや文章の勉強をしましょう、という独特なやり方でしたが、確かにそれなりの物語も書けますし、何より短いので未完成ということがなく、頭の中にある漠然としたイメージを、次々と一つの形にしていけます。

この講座を通して、物語を書くことの楽しさを知り、また自分の中に（四枚に収まらない）色々な物語があることを確信しました。

そこで次に、それらの物語も形にしたいと思い、どうせならプロの小説家から教えてもらえる場はないものかと探したところ、有栖川有栖先生を塾長にお迎えしている創作塾

（合評形式の勉強会）を見つけました。

三ヶ月で一期（月二回。一ヶ月休んで次の期。飛び飛び参加も可）の塾でしたが、通い始めてから、作家を目指す方々もおられるレベルの高さに慌てました。とはいえ受講料は前払いだったので（笑）、とにもかくにも三ヶ月は続けようと、それまでに書いた課題作や、自分なりに書いた中短編を提出するようにしました。

ちなみに四年間、飛び飛びで通ったのですが、結局、年に一人ずつ作家デビューされました。具体的には野々宮ちさ（『黄昏のまぼろし』講談社X文庫）さん、大津光央（『たまらなくグッドバイ』宝島社／第14回『このミステリーがすごい！』大賞優秀賞受賞）さん、伊丹央（『ヒーローは眠らない』富士見L文庫／第１回カクヨムＷｅｂ小説コンテスト現代ドラマ部門大賞受賞）さん、有村歩侑（『妄想弁護士』小説幻冬２０１７年９月号掲載）さんの四人です。

なお、直接の面識はないのですが、塾ＯＢの小松亜由美（『恙なき遺体』小説幻冬２０１６年11・12月号掲載）さんも同時期にデビューされておられます。

有栖川先生は「ほめて育てる」方針で、あまり細かいことは言われません。特にストーリー面は各人に任せておられて、迷ったら助言を下さり、間違った方向へ行きかけたら指摘して下さるという教え方です。（創作に必要な個性というものを考えれば当然という気もします）

文章面では、良い文章を書く前に悪い文章を書かない、ということを繰り返し指摘されました。悪い文章とは「くどい、大げさ、不正確」な文章です。数ページ実際に添削して頂けるのは、大変貴重な機会でした。もっとも、それで次からすぐ直せるなら苦労はないのですが……。

先生だけでなく、他の受講生の方々から様々な感想を伺えるのも、とても役立ちました。とりわけ同じ受講生のUさんから、「今回出されたものを読んで、ちょっと泣きました」と言われたことは大きな励みになりました。

この塾に一年通ったところで、中短編だけでなく長編も書いてみよう（形にしてみよう）と思い立ちました。対象は一番イメージがはっきりしていた、先の信長の話です。とは言うものの、長い物語の書き方は全く知りません。そこで、図々しく先生に教えて頂きました。この塾には毎期二回、交流会と称する飲み会があり、その場を活用しました。（要するに、分からない点、疑問に思う点を「飲みながら」色々質問させて頂いたということです。笑）

極めて具体的なテクニックも教わりましたが、一つご披露しますと「長編小説を書きたいなら、長い物語を考えましょう」というのがありました。

なるほどと思い、最初に二ヶ月ほどかけて、話の背景にあるはずの遠大な（？）物語世界を構想してみました。

ここからは「ネタばれ」の話が入ってきますので、あとがきから読まれる習慣のある方は、先に本文をお読み頂ければと思います。

その頃に興味があったのが、出雲神話（古事記、出雲国風土記）と邪馬台国（魏志倭人伝）との関係でした。共に想像を掻き立てるものがありますが、うまく解釈したら両者を繋げられるのではないかと感じていました。そこで最近の考古学的成果の解説などを読みながら、試行錯誤で考えてみました。

古代については専門の先生方にも色々な見解があります。その中で一番面白いと感じたのが、邪馬台国（北九州～近畿圏）は狗奴国（濃尾圏）と争ったが、そのとき第三勢力として出雲国（山陰～北陸圏）があったという説です。

詳細は省きますが、これをベースに自分なりの古代史の仮説が作れたので、それに伝奇的要素を入れて物語の背景世界にしました。ざっと千三百年分の架空歴史ができたので、これだけ用意しておけば長編になるだろうと思い、改めて話の粗筋を作ってから書き始めました。それがこの物語です。

書き始めてすぐに困ったのが、書けば書くほどストーリーが当初の粗筋からずれていき、思ってもいなかった展開になっていくことでした。途中からは、この話は本当に無事着地できるのだろうかと不安を感じるほどでした。もっとも、長さは予定の倍くらいになり、

「長編を書く」という目標は文句なく達成しました。（笑）

私が物語を書く最大の動機は、死ぬ前に自分の中にある物語を全部書き尽くしたい、ということなので、書き上げられれば一応それで満足なのですが、書き終えたところで、先生から小説賞への応募を勧められました。（塾では、長編は書き終えた分から毎回、少しずつ提出します）

せっかくだからと、半年がかりで推敲してから角川春樹小説賞へ応募してみたところ、思いがけず最終候補に残りました。受賞には至りませんでしたが、選考委員の今野敏先生からは高い評価を得て推して頂きました。選評のその部分は繰り返し読ませて頂きました。（欠点や未熟な箇所のご指摘も、無論しっかり読ませて頂きました。笑）

そのようなご縁もあって、このたび本という形になりました。この物語が多くの方々の目に触れる機会が持てたことは、やはり嬉しいことです。そして少しでも楽しんで頂けたのなら、もっと嬉しく思います。

最後までお読み頂き、ありがとうございました。

〈主要参考文献〉

『信長と天皇』　今谷明　講談社
『信長の親衛隊』　谷口克広　中央公論新社
『人物叢書　織田信長』　池上裕子　吉川弘文館
『織田信長〈天下人〉の実像』　金子拓　講談社
『お伊勢まいり』　西垣晴次　岩波書店
『アマテラスの誕生』　筑紫申真　講談社
『一〇〇年前の女の子』　船曳由美　文藝春秋

た 26-1

勾玉の巫女と乱世の覇王

著者　高代亜樹

2018年3月18日第一刷発行

発行者　角川春樹

発行所　株式会社 角川春樹事務所
〒102-0074 東京都千代田区九段南2-1-30 イタリア文化会館

電話　03(3263)5247［編集］　03(3263)5881［営業］

印刷・製本　中央精版印刷株式会社

フォーマット・デザイン＆シンボルマーク　芦澤泰偉

ISBN978-4-7584-4154-4 C0193

http://www.kadokawaharuki.co.jp/［営業］
fanmail@kadokawaharuki.co.jp［編集］ ご意見・ご感想をお寄せください。